법정스님

# 숨결

법정스님

# 숨결

변택주
지음

깨달음을 기다리는 것은 바른 수행이 아님을 알아라.
종교 여행은 시작은 있고 끝은 없다.
그저 늘 새롭게 출발할 뿐이다.
그 새로운 출발 속에서 향기로운 연꽃이 피어난다.

차례

# 3장_ 나눈 것만 남는다

# 4장_길을 열라 나는 자유다

# 시작할 때 그 마음으로

법정 스님. 법명을 떠올리기만 해도 맑은 기운이 온몸을 감아 돈다. 스님 글을 읽고 문뜩문뜩 스님을 뵙고 싶은 마음은 들었지만, 그저 바람일 뿐이었다. 그러던 어느 날 법정 스님께서 어느 할머니에게 요정을 시주받아 절을 세우신다는 소식을 들었다. 그래도 그뿐이었는데…….

길상사가 절이 된 그 이듬해 봄. 아내가 법정 스님 법회가 길상사에서 열린다는 기사를 읽고 같이 가지 않겠느냐고 말했다. 스님 글을 읽으면서 기쁨을 누리고 스님과 같은 시대를 사는 것만으로도 고맙고 모자람이 없다고 여겼었다. 그뿐이었는데, 아내 이야기를 듣고 나니 먼발치서라도 스님을 뵙고 싶은 마음이 일었다.

여린 나무 새순들이 세월이 만든 두꺼운 껍질을 뚫고 세상에 고개를 내밀어 빛을 발하던 날, 바람결을 따라 곁님 손을 잡고 길상사 나들이를 했다. '아, 서울 시내에도 이런 곳이 있었구나.' 절집 같지 않게 단청이 되지 않아 봄 햇살에 나뭇결을 고스란히 드러낸 극락전이 정갈하고 살갑게 다가왔다. 부처님 숨결이 감싸드는 고즈넉한 길상사는 한 폭 그림처럼 그렇게 내 안에 들어앉았다.

내 전생이 무슨 복을 지었을까? 그해 가을, 법정 스님 법석 사회를 보게 되는 인연을 맺었다. 그 뒤로 십 년 세월을 빠짐없이 스님 숨결을 느끼면서 법음을 듣는 영예를 누리게 되었다.

길상사에 첫발을 디딘 지 십 년 세월이 잠깐 지났다. 무슨 일이든 망설이고 미루기만 했던 내가 '바로 지금이지, 그때가 따로 있지 않다.'는 준엄하신 스님 말씀에 따라 삼십 년 가까이 피우고 마시던 담배와 술을 멀리했다. 그랬더니 술과 담배에 찌들어 죽었던 밤이 살아났다.

식구들과 어우렁더우렁 이야기도 주고받으며 책을 벗 삼는 새 세상이 열렸다. 그 뒤 술은 한 십 년 가까이 마시지 않다가 살기가 팍팍해 힘들어하는 동료나 후배 푸념을 들을 때 위로 겸 한두 잔씩 함께 마시기도 하고 식구들이랑 두런두런 사는 얘기를 나눌 때 가끔 한두 잔씩 곁들이기도 한다. 하지만, 담배와는 이제 완전히 남이 되었다.

스님 은덕으로 열린 새 세상을 새록새록 맛보면서 여기가 극락이지 어디서 극락을 따로 구할 것인가 싶었던 적이 많았다. 하지만 이제껏 살아오면서 가장 힘든 일은 수계식 때 스님께 들었던 '착하게 살라'는 말씀이다. 간단하고 지극히 평범한 그 말씀, 착하게 사는 일이 말처럼 쉽고 간단치 않다. 오랫동안 몸에 찌든 타성과 이기심이 쉽사리 자리를 '착하게' 내주지 않는 까닭이다.

스님께서는 지금도 비구계를 받으신 하안거 해제 날에는 계를 받고 처음 배운 〈초발심자경문〉을 다시 펼쳐 보시면서 시작할 때 그 마음으로 돌아가 새로이 삶을 관조한다고 하신다. 스님이 깨닫고 나신 뒤에도 늘 처음 시작하던 그 자리로 돌아가 새롭게 시작하시듯이 나 또한 새롭게 시작해 보고 싶은 마음이 일었다.

결제結制를 하면 해제解制를 하고, 입재入齋를 하면 반드시 회향回向을 해야 하는 법. 배웠으면 그 배움이 비록 짧고 모자랄지라도 한 단원을 정리하고 마감해야 한다는 생각이 들었다. 절집에서는 '수본진심 제일정진守本眞心 第一精眞'이라는 말이 있다. '참 마음' 순수한 첫 마음 자리를 찾는 것이 가장 으뜸가는 공부라는 말이다. 시작할 때 그 마음으로 돌아가고 싶은 마음으로 산에 오른 지 11년째 되는 봄, 산에서 내려왔다.

그리고 또 두 해째를 맞았건만 아직도 몸이 뻐근해지도록 절절하게 사무치는 삶을 살지 못하고 있다. 미욱하고 게으른 탓이리라. 이제 또 한 해가 저물고 새해가 밝았다. 하지만 생각이 바뀌지 않는다면 한해가 가고 새해가 온다고 무에 달라질 일이 있을 것인가. 제 마음자리를 찾아 세상이 바로 보이면 새달이나 새해를 따질 일 없이 하루하루 새로 떠오르는 해를 맞을 때마다 늘 새롭고 신비로울 것이다.

게으른 수행자에게는 늘 새롭고 신비로운 날이 새로 열려 날마다 시작할 때 그 마음으로 돌아갈 수 있게 해주는 자연이 고맙고도 고맙다. 기적처럼 주어진 이 신비로운 오늘은 앞으로 얼마나 또 내게 주어질 수 있을까.

2010년 1월 변택주

1장
—

난 나이고 싶다

# 절

14세기경 일본. 무더운 여름날 수양버들이 늘어진 냇가에서 웬 여인네가 목욕을 하고 있었다. 마침 마을 어귀를 돌던 이큐—休 선사 (1394~1481) 눈에 이 목욕하는 여인이 들어왔다. 스님은 잠시 발걸음을 멈추고 목욕하는 모습을 바라보다가 문득 삿갓을 벗어 놓고 여인을 향해 세 번 절을 하고 자리를 떠났다. 멀찍막이 서서 그 모습을 바라보던 마을 사람들이 그 까닭을 물었다.

"아니 스님, 어찌 존귀하신 스님께서 목욕하는 하찮은 마을 아낙네에게 절을 하셨습니까?"

그 말을 들은 스님은 빙그레 웃으며 입을 열었다.
"하찮다니요. 그건 여러분이 잘 모르고 하는 말씀입니다. 여성은 세상 모든 존귀함을 다 갖춘 보물창고입니다. 존귀한 불법을 설하신 석가모니 부처님을 비롯해서 달마대사도 모두 여성 몸에서 나왔습니다. 그뿐 아니라 여러분이나 나 또한 모두 여성에게서 태어났습니다. 하늘과 땅이 열린 이래 나무나 바위 뿌리에서 태어난 이는 한 사람도 없습니다. 여성은 우리 고향입니다. 여성은 불법佛法을 나누는 보물창고입니다. 그 신성한 몸이 보이기에 예를 갖춰 절을 올린 것입니다."

여성을 가축보다도 못하게 여기던 시절 석가모니 부처님은 여성을 존중했고, 스님으로 받아들였다. 이 같은 행동은 마을에 내려가 탁발托鉢하는 처지에 있던 석가모니로서는 맞아죽거나 굶어죽을 각오 없이는 할 수 없는 일이었다. 이큐 선사 역시 일본에서 여성을 소유물로밖에 취급하지 않던 그 시절, 여성한테 절을 해 생명을 낳고 보듬어주는 여성이 지닌 존귀함을 넌지시 일깨워 준다.

절!

그것은 나를 더할 나위없는 바닥까지 낮추어 너를 존중하는 가장 순수하고 고결한 행위다. 절은 이 세상 모든 존재가 다 신성함을 온몸으로 나타내는 절절한 표현이다.

2000년대 초 어느 법석에서 법정 스님은 이렇게 말씀하셨다. 법회

자리에서 삼배를 받을 때마다 부끄럽고 부끄럽다고. 절을 받을 자격을 갖추지 못했다는 말씀을 덧붙여서…….

그리고 그다음 법석.

스님께 법을 구하는 청법가가 끝났는데도 스님은 법상에 오르지 않고 자리에 그냥 서 계셨다. 법회식순에 따라 청법가를 마치면 법사 스님은 마땅히 법상에 오르셔야 하는데, 스님이 그저 서 계신 것이다. 진행자로서는 참으로 난처하고 딱한 일과 맞닥뜨렸다.

잠시 적막이 흐르고……,

'어쩌지?'

바로 그때 지난 법회에서 스님께서 하신 말씀이 머리를 때렸다. 법회에서 절을 받을 때마다 부끄럽고 부끄럽게 여긴다는 말씀이었다.

'어떻게 해야 하나?' 쩔쩔매다가 궁리 끝에 나온 말이,

"모두 자리에 앉으십시오."였다.

사부대중이 모두 자리에 앉은 다음, "입정에 들겠습니다." 하고 말했다.

스님은 죽비소리에 맞춰 입정을 마친 뒤에야 법상에 오르셨다.

'어쩐다?' 스님은 절을 받지 않으시려고 하시지만 그냥 넘어가서도 안 될 일. 짧은 시간 궁리 끝에 나온 멘트가 아주 궁색했다.

"스님께 삼배를 올려야 하지만 자리가 비좁은 관계로 앉은 자리에서 합장 반배로 삼배를 올리겠습니다."

등에서는 식은땀이 비 오듯 흘러내렸다.
'이렇게 해도 되는 것일까?'
법문을 마치시고 산회가가 울린 뒤까지 시간이 어떻게 흘렀는지 몰랐다.
'내가 제대로 한 걸까?'

그다음부터 스님 법회 진행을 그렇게 하고 있다. 하지만 지금도 머리를 떠도는 물음은 '잘못하고 있는 건 아닐까?'이다.

법정 스님은 그렇게 법석에서 대중과 함께 합장 반배로 삼배를 나누신다. 맞절!


"맑음은 개인이 청정함을, 향기로움은 그 청정이 사회에 널리 퍼지는 메아리를 뜻한다."고 늘 말씀하시는 스님은 진흙 속에서도 한 점 티

없이 맑고 향기로운 연꽃이 피어나듯이, 혼탁한 이 세상에서 우리 모두는 그 연꽃처럼 '맑고 향기로운 존재'라는 깨우침을 주는 맞절을 하고 계신다.

소리에 놀라지 않는 사자와 같이, 그물에 걸리지 않는 바람과 같이, 흙탕물에 더럽히지 않는 연꽃과 같이, 그렇게 사시는 스님은 말없는 말씀으로 물이 논에 들어가서 벼를 빛나게 하고 산에 올라가서 나무를 빛나게 하는 것처럼, 당신을 낮추어 우리를 흔들어 깨우신다.

# 만남은 눈뜸이다

"지나간 생을 돌이켜 보면 20대 초반에 불법을 만나게 된 것이 얼마나 고 맙고 다행한 일인지 늘 절실하게 느낍니다. 사람은 어떤 만남에 의해 거듭 형성되어 갑니다. 일찍이 이름도 성도 얼굴도 모르는 우리들이 오늘 이 자리에서 만나게 된 것도 부처님 가르침 덕분입니다."

–법정 스님, 2002년 동안거 결제법회에서

우리는 태어나면서 죽을 때까지 수많은 인연을 맺는다. 옷깃만 스쳐도 인연이라는데 도대체 우리에게 만남이란 뭘까? 때로는 물 같고, 때로는 불같기도 하고, 때로 바람 같기도 한 만남. 그 순간 우리 삶이 움직인다.

우리가 부처님을 만나고 불교 진수를 맛볼 수 있게 된 데는 수많은 만남이 있다. 그 가운데서도 역사에 길이 남을 만남 가운데 하나가 기원전 2세기경 아소카Asoka(기원전 304~233년) 대왕과 니그로다Nigrodha 스님 간 만남이 아닐까 싶다.

인도 마우리아 왕조 마지막 왕이었던 아소카 왕이 왕위에 오른 것은 기원전 270년경이다. 그는 왕위 계승 적임자라고 주장하는 수많은 경쟁자들과 오래도록 혈투를 벌인 끝에 가까스로 왕위에 올랐다. 인도 역사상 가장 위대한 왕으로 칭송받는 아소카 왕은 마우리아 왕조를 형성한 찬드라 굽타 손자이면서 빈두사라 왕 아들로서 인도 최초 통일국가를 만들었다.

아소카 왕은 왕위에 오른 지 3년이 지난 어느 날, 왕궁 근처를 거닐다 자신이 왕위에 오르기 위해 죽인 형 아들인 열두 살 먹은 어린 사미승 니그로다를 만난다. 아소카 왕은 그를 궁중으로 초대해 공양을 올리고 법을 설해 줄 것을 요청한다.

아소카 왕에게 설법을 요청받은 니그로다는 "주의 깊음은 열반으로 가는 길이며, 주의 깊지 않음은 윤회로 가는 길이다. 주의 깊은 사람은 윤회에 얽매이지 않는다."고 설한다. 여기서 '주의 깊음'이란 모든 사물을 진지하게 마주하고, 일을 하는 데 있어서 그 일이 작은 일이든 큰 일이든지 간에 모두 꼭 같이 진지하고 무게 있게 대하는 것을 뜻한다.

금강경을 보면 맨 처음 이런 대목이 나온다.

언젠가 나는 이와 같이 들었다.

스승께서 슈라바스티(사위성)에 머물고 계셨다.

아침 일찍 스승께서는 옷을 입고 가사를 걸친 다음

바루(밥그릇)를 들고 탁발을 하려고 큰 도시인

슈라바스티로 들어가셨다.

탁발에서 돌아와 공양을 마치신 다음

스승께서는 의발을 치우시고

발을 씻으시고

그분을 위해 마련한 자리에 가부좌를 틀고는

몸을 곧게 펴고

앞쪽에 주의를 집중하고 앉으셨다.

그때 많은 비구들이 스승이 계신 곳으로 다가섰다.

그들은 스승 발밑에 머리를 조아려 경의를 표하고는

스승 둘레를 오른쪽으로 세 번 돈 뒤에

한쪽에 가서 앉았다.

위 대목을 살펴보면 우리가 느끼기에 별 것 아닌 것 같은 부처님 움직임을 하나도 빠뜨리지 않고 세세하게 밝히고 있다. 그리고 이 대목은 거듭 나온다. 왜 특별하지도 않은 일상을 거듭거듭 이야기하고 있는가? 찬찬히 들여다보고 되새겨 보면 여기서 우리는 부처님이 바루를 들거나 가사를 걸칠 때에 어느 것 하나도 허투루 다루지 않음을 느낄 수 있다. 부처님은 모든 사물을 아주 진지하게 대한다. 그뿐만 아니라 슈라바스티로 걸식을 나가거나 돌아올 때에 한 걸음 한 걸음 내딛는 걸음걸이를 비롯한 행동 하나하나가 주의 깊고 신중하다.

'탁발에 돌아와 공양을 마친 다음, 스승께서는 의발을 치우시고 발을 씻으시고 그분을 위해 마련한 자리에 가부좌를 틀고 몸을 곧게 펴고 앞쪽에 주의를 집중하고 앉으셨다.'

이 대목 또한 시나브로 음미해 보라. 우리는 옷을 입을 때나, 음식을 먹을 때 그리고 자리에 앉을 때조차도 허겁지겁한다. 하지만 부처님은 다르다. 한 동작 한 동작 천천히 아주 진지하고 신중하다. '주의 깊음'이 바로 불교 가르침 정수이다. 주의 깊음은 모든 행동 하나하나를 할 때, 마주하는 상대가 목숨을 가졌거나 그렇지 않거나, 크거나 작거나 간에 모든 존재와 마주할 때 한결같은 비중으로 대하는 일이다. 마치 태산을 옮기거나 부처와 마주하듯이.

이 주의 깊음을 니그로다 사미승을 통해 들은 아소카 대왕은 그 자리에서 불교에 귀의했다.

우리 같으면 과연 열두 살밖에 되지 않은 사미승을 모셔다가 설법을 청할 수 있을까 싶다. 하지만 아소카 왕은 그렇게 했다. 번정 스님은 '친구는 내 부름에 대한 응답'이라는 말을 하셨다. 아소카 왕이나 어린 니그로다 관계 또한 그 부름 가운데 하나였을 것이다. 어린 사미 승을 범상치 않게 여겨 모신 아소카 왕이나, 그 부름에 응해 열두 살밖에 되지 않은 어린 나이에 거대왕국 대왕 앞에서 기죽지 않고 당당하게 '주의 깊음'을 설한 니그로다 스님이나 모두 보통 사람은 아니다.

아소카는 왕위에 오른 지 8년째 되는 해인 기원전 257년경 칼링가 Kalinga를 정복했다. 칼링가 전투에서 희생된 사람 수는 칼링가인 남자, 여자, 어린이들을 포함해 무려 10만 명과 아군 1만 명이었다. 아소카 대왕은 수많은 목숨을 잃게 만든 전장에 대한 후회로 가득 차 있었다. 이런 죽음들이 의미 없음을 깨닫기 시작한 아소카 왕은 전쟁을 멈췄다. 인류 역사상 이기고 있는데 전쟁을 멈춘 지도자는 아소카 왕밖에 없다. 동서고금을 막론하고 모든 지도자들이 전쟁을 그친 것은 모두 전쟁에 져서 어쩔 수 없이 전쟁을 끝내도록 강요당했을 때뿐이었다. 하지만 아소카 왕은 이기고 있는 상황에서 전쟁을 멈췄다. 그는 그 뒤로 "전쟁 나팔 소리 대신, 부처님 가르침 소리를 울리겠다."고 마음을 굳힌다.

아소카 왕은 마우리아 왕국 전역에 8만 4천 보탑을 세우고 정법 선포를 위해 바위와 돌기둥石柱에 포고문을 새기며 스스로 부처님 유적을 순례했다. 영토는 북쪽 설산, 남쪽으로는 마이소르, 동쪽은 벵갈 만, 서쪽은 아라비아 해에 이를 만큼 넓었다. 즉위 17년, 부처님 말씀을 제

3차 결집을 하고 희랍 5개국에 전도승을 파견하고 26년 동안 26차례나 특사를 파견하며 정법을 일으키고 발전시키는데 많은 힘을 쏟았다.

돌기둥에 새긴 포고문에는 군주가 자기 백성들에게 저지른 나쁜 짓을 진솔하게 털어놓고, 이제부터 덕을 쌓아 더 나은 사람이 되려고 한다는 참회와 앞으로 자신이 가진 힘을 선행을 위해 쓰겠다는 서원이 담겨 있다.

"모든 사람은 내 자손이다. 내 자녀가 복지와 안심을 이 세상과 저 세상에서 얻기를 절절히 바라는 것과 똑같이, 모든 사람이 복지와 안심을 이 세상과 저 세상에서 얻기를 절절하게 바란다. 이것이 바로 모든 사람들을 위한 절절한 내 바람이다."

"정복되지 않은 국경 그 너머에 사는 사람들은 이런 생각을 할 것이다. '우리에 대해 왕이 가진 생각은 무엇일까? 우리를 정복하려 들지는 않을까?' 그러나 내 유일한 의도는 그들이 나를 믿고 나에 대한 두려움 없이 사는 것이며, 그들에게 비참함을 안기려는 것이 아니라, 안심하고 평안하게 살 수 있게 하기 위함임을 알아야 한다. 더욱이 내가 '용서받을 수 있는 사람은 용서할 것'이라는 사실을 그들은 알아야 한다. 그리고 그들이 진리를 실천하여 이 세상과 저 세상에서 안심하고 살기를 간곡히 바란다."

실제로 아소카 왕은 그 뒤로 참수형을 없앴으며, 포로와 죄수들이

보다 나은 사람대접을 받게 했고, 동물을 보호하는 법률을 제정하기에 이른다. 이 왕국은 이웃나라와 평화롭게 공존하는 관용과 덕을 갖춘 정의를 실현하게 된다.

영국출신 과학 추리소설가인 에지 웰스는 불교도가 아니었지만 동료들과 그룹을 이루어 인류 역사에서 가장 위대한 인물을 찾는 조사를 했다. 수년 동안 조사 끝에 그들은 인류 역사상 가장 으뜸가는 인물은 석가모니 부처님이라는 결론을 내렸다. 뿐만 아니라 부처님에게 버금가는 인물로 손꼽히는 사람은 아소카 왕이라고 말했다.

에지 웰스는 세계 역사에서 유일하게 전쟁을 멈춘 아소카 대왕을 이렇게 말한다.

"세계사를 통해 수천 명이 넘는 왕이 있었고, 그들은 스스로 '위대한 폐하' 또는 '전하' 같은 칭호를 붙이고 높이 숭상을 받기도 했지만, 아주 잠깐 동안 빛났을 뿐 재빨리 사라지고 말았다. 하지만 아소카 대왕은 높은 하늘에 뜬 밝은 별처럼 오늘날까지도 계속해서 빛나고 또 빛나고 있다."

붓다와 다섯 비구 만남이 불교를 일으키고, 그 불씨를 살려낸 만남이 아소카 대왕과 니그로다 사미승 만남이었다. 그리고 역사 속에서 깊은 잠을 자는 아소카와 니그로다 스님을 깨운 영국 역사학자들이 있었다. 그 만남이 법정 스님과 부처님 만남을 이끄는 씨앗이 되었고, 우리도 법정 스님을 만났다.

우리는 날마다 적지 않은 사람들과 인연을 맺는다. 우리 곁에 주어진 작은 만남 불씨가 어떤 폭발력을 지녔는지 아무도 모른다. 하지만 그 어떤 만남이라도 아주 소중하고 절절한 목숨 나눔이라는 것은 잘 안다. 만남은 우리를 자라게 하고, 우리는 만남을 통해서 형성된다.

만남은 눈뜸이다!

# 거리낌 없는 관세음보살님 원력

길상사는 법정 스님이 개산開山*법회에서 다짐하신 대로 불교신자들만을 위한 절이 아니다. 누구나 부담 없이 드나들면서 마음 평안과 지혜를 나눌 수 있는 소담스런 공원이자, 오솔길이며, 마음 쉼터요, 기도처다. 1999년 12월 중순, 길상사에서는 색다른 플래카드를 길 앞에 내걸었다.

'아기 예수님 탄생을 축하합니다.'

종교끼리 서로 마음으로 품고 웃음으로 보듬어 안는데 무슨 다툼이 있으랴.

단출한 일주문을 들어서서 오른쪽으로 오르면 설법전 앞에 가녀린 보살님 한 분이 서 계신다. 가톨릭 신자인 최종태 씨가 조각했기 때문에 성모 마리아 같다고 오해를 사는 관세음보살님이시다.

"실로 미륵반가사유상처럼 온전히 인간실존 진정을 평화로운 모습으로 구현한 예술품을 본 일은 일찍이 없습니다. 그것은 지상에 있는 모든 시간과 어떠한 형태 속박을 넘어서서 도달한 가장 청정하고, 가장 원만하며, 가장 영원한 사람 모습을 상징한다고 생각합니다."

미륵반가사유상을 본 독일 철학자 칼 야스퍼스가 남긴 감탄사이다.

"'미륵반가사유상'과 로댕이 조각한 '생각하는 사람'은 똑같이 생각하는 모습입니다. 그렇지만 둘 사이에는 분명한 차이가 있습니다. 미륵반가사유상 앞에 서면 저절로 고요와 평안과 미소가 우리 안에 저며 듭니다. 그러나 로댕의 생각하는 사람에는 그러한 고요와 평안과 미소가 없습니다. 그저 무거운 고요가 감돌 뿐입니다. 미륵반가사유상에는 어디에도 거리낌이 없는 아름다움, 무애無碍 미美가 깃들어 있는데, 생각하는 사람에는 이 아름다움이 결여되어 있기 때문입니다."

– 미륵반가사유상이 지닌 아름다움에 대한 법정 스님 말씀

조각가 최종태 씨는 평소 조각 완성을 관음상이라고 여겨 관음상을 조성하려고 이곳저곳 인연이 닿는 곳을 수소문하다가 법정 스님이 길상사를 열었다는 소식을 듣고는 같은 가톨릭 신자이자 '맑고 향기롭게 활동'을 하고 있는 작가 정채봉 씨에게 자기 소망을 전한다. 최종태 씨를 만난 법정 스님은 걸림 없이 무애 자재한 미륵반가사유상 느낌을 살려 관세음보살상을 조성해달라고 말씀하신다. 길상사 불자가 보시한 돌 속에 숨은 관세음보살님이 이 세상에 빛을 드러냈다.

"이 관세음보살상은 길상사 뜻과 만든 이 예술혼이 시절인연을 만나 이 도량에서 이루어진 것이다. 이 모습을 보는 이마다 대자대비한 관세음보살 원력으로 이 세상 온갖 고통과 재난에서 벗어나지이다."

불교와 가톨릭이 만나 빚은 이 섬세하고 오묘한 관세음보살상은 담백하고 맑간 길상사 분위기를 한껏 잘 드러내고 있다. 그래서일까 이 관세음보살님께는 수녀님들이 삼삼오오 찾아와 담소를 나누고 두 손 모아 합장을 하고 예를 올리곤 한다. 어쩌면 보살님은 '나는 누구인가?' 하는 화두를 들고 계실지도 모른다.

"누구도 자신이 믿는 종교만 받들고 다른 종교를 비난하거나 저주해서는 안 된다. 다른 종교도 존중해야 한다. 다른 종교에도 도움이 되어야 한다. 그렇지 않으면 자기 종교 무덤을 파는 길이며, 다른 종교에 해를 끼치는 일이다. 화합을 위해서 다른 종교 가르침이나 교의에도 기꺼이 마음을 열고 귀 기울여라."고 말한 기원전 2세기경 불교 중흥에 앞장섰던 걸출한 영웅 인도 아소카Asoka 대왕이 뿌린 우담바라 홑씨가 수천 년 세월을 뛰어넘어, 성북동에서 작은 꽃을 피우고 있다.

이 우담바라 꽃이 만개해서 세상에 두루 퍼지는 날, 설법전 앞에 서 계신 관세음보살님이 품은 화두가 활짝 열리는 날이다.

*개산開山 산이 열린다는 말로 새로운 청풍을 세운 큰 스님 원력을 담아 세운 장건을 뜻한다.

# 가난한 절되기가 더 어려운 세상

"새로 세운 절에서 기회 있을 때마다 '가난한 절'을 내세우는 것도, 될 수 있는 한 시은施恩(시주 은혜)을 적게 지고 살자는 뜻에서다. 수행자에게는 풍요로운 물질과 편리한 시설이 두려워해야 할 함정이기 때문이다."

법정 스님은 기회 있을 때마다 이 말씀을 하신다.

어느 해 겨울 법정 스님은 강원도 평창에서 냇가를 건너시다가 미끄러운 돌 위에 발을 잘못 디뎌 갑자기 뒤로 넘어져 뒷골을 다치셨다. 한참 동안 꼼짝도 못 하고 피를 흘린 채 쓰러져 있다 정신을 차리신 스님은 "아, 사람이 이렇게 해서 죽는 것이로구나!" 하는 생각이 드셨다고 한다.

"마을에 약을 사러 가려다가 그만두었어. 웬 중이 넘어졌다고 할까 봐서……."

나중에 제자들에게 그 사실을 전하며 하신 말씀이다. 세상에 널리 알려진 스님은 약국 가시는 일도 이렇게 조심스러우시다.

"스님, 제발 이제는 조금 소란스러우시더라도 제자들이 사는 절에 함께 사시면 어떠세요?" 여쭙고 싶다.

스님,
엊그제 뵈었을 때 기관지가 좋지 않아 천식기가 늘 따라다니던데요. 좀 어떻습니까? 치료제로는 적당치 않지만 그래도 드시면 좋은 식품이 있답니다. 도라지, 더덕, 은행, 계피, 동충하초, 배 따위랍니다. 가까이 계시면 배를 황토에 싸서 장작불에 구워 드릴 텐데요. 예로부터 두어 개만 드시면 그만이랍니다. 배 안에 꿀을 채워 넣으면 더 좋지요.

스님,
지난 추석날에 어찌 지내셨는지 궁금해하는 산승에게 스님은 말씀하셨지요.

"가까운 OO 휴게소에 가서 4,000원짜리 우동 먹었지."
이 말씀 끝에 산승 마음이 얼마나 찡했는지 모릅니다.

"칠순 노인이 세상에, 스님, 사람은 어울려 함께 살게 되어 있어요."
"그래, 함께 살게 되어 있지……."

스님,
큰 절에서 후학을 봐서라도 함께 지내시기를 간곡히 청합니다. 함께 먹고 자고 일하면서 본本이 되어주셔야지요. 법문으로 한 시간 하시고 훌쩍 떠나시는 건 큰 영향력이 없습니다.

보십시오. 가난한 절을 만드는 것이 창건 이념이셨지요. 다 부자 절이 되어도 우리 절만은 가난한 절로 남겠다고요. 집도 가난한 집이고 먹고 사는 것도 가난한 살림으로요.

공부하려면 목숨을 떼어놓고 해야 한다는 준엄한 가르침이 떠오릅니다. 스승은 어김없는 독설로 사정없이 경책하고 방망이로 때려도 공부하는 진정한 후학은 스승 매를 고맙게 여겨 달게 받으며 각고 정진을 한 것이 달마가풍입니다.

부처님 절은 청빈이 창건 이념입니다. 그러나 현실은 부자 절이 되기보다 가난한 절되기가 더 어렵습니다. 왜냐하면 살림을 사는 주지는 부자 절 쪽에 눈이 먼저 가고 가난한 절은 거들떠보지도 않기 때문입니다.

아침은 일식 삼찬, 점심은 일식 오찬이 오랜 선가 가풍입니다. 이런 정견正見 정안正眼을 갖추는 일이 우선이라고 옛 사람은 말씀하십니다.


스님,

스님이 계시는 동안만이라도 살림하는 사람들이 정견 정안을 갖추도록 채찍을 들어주십시오. 그러기 위해서는 후학들과 함께 사시는 시간이 많이 필요합니다.

창건 이념으로 내세운 청백 가풍이 후세에 단 한 절이라도 남아 있기를 발원하면서 이 글을 마칩니다.

늘 청안하십시오.

수원 아란야 선원에서 (삼배)


지금은 보림사 주지로 계시는 지묵 스님 글에 가장 많이 나오는 스님이 법정 스님이시다. 지묵 스님은 상좌는 아니지만 조계산 불일암에서 법정 스님을 시봉하시고, 길상사 창건 뒤 길상사에서 유나 소임을 맡고 선원장을 하며 법정 스님 뜻을 받들었다. 법정 스님이 본디 바라셨던 가난한 절을 이루려면 스님께서 대중과 함께 길상사에 사시면서 후학들을 가르치고 이끄셔야 한다는 절절한 마음이 담긴 편지를 지묵 스님은 당신이 쓴 책 〈조롱박 넝쿨〉에 담았다. 이 편지가 법정 스님에게 전달되었는지 아닌지 확인하지 않았다. 하지만 스님 뜻이 후대에까지 전해지길 바라는 지묵 스님 마음이 큰 울림으로 전해진다.


칠순이 넘은 어른이 추석명절에 휴게소에서 우동 한 그릇으로 때우실 만큼 시주 은혜를 지지 않으려는 마음을 지닌 스님. 길상사가 길상사에 드나드는 어느 누구라도 불교 본질을 깊이 이해하고 올곧고 웅근 신행을 꾸려나가 작지만 큰 절을 꾸리기를 간절히 바라신 스님. 소유보다는 쓰임, '선택한 가난' 청빈정신을 잃지 않는 절이 되기를 바라셨던 스님. 그 뜻을 제대로 받들지 못하고 있다는 반성이 가슴을 뚫는다.

# 이제껏 지켜온 정절이 아까워

법정 스님 불일암 시절. 어느 해 가을, 감나무 잎이 빨갛게 물든 날, 지묵 스님은 법정 스님을 모시고 송광사 불사 도감을 맡고 있는 도감 스님과 함께 기와 굽는 가마를 구경하려고 전남 강진으로 나들이 나갔다. 제재소를 둘러보고 나서 점심때가 가까웠을 무렵.

"어디서 밥을 먹을까?"

법정 스님이 물었다.

"여기 남도는 식당들이 다 잘해요."

운전석에 앉은 도감 스님이 대답했다.

"어디 안내해. 오늘은 내가 사지. 불사 때문에 고생들을 하니."

"어른 스님을 모셨으니 큰 데로 가야겠어요."

"그래 큰 데로 가봐."

이리저리 식당을 찾아 헤매다 마침내 한 근사한 식당을 찾아 밥상 앞에 앉았다.

창 밖에 선 감나무 잎이 곱다라니 물들어 가고 있었다. 법정 스님은 손을 씻으러 나가시고 지묵 스님과 도감 스님은 방 안에 남았다. 점심 먹기엔 아직 이른 시간이라 식당 안은 조용했다. 먹음직스런 남도 향토 음식이 상에 그득히 차려졌다. 지묵 스님은 법정 스님 밥그릇을 뒤집어서 밥 속에 볶은 고기 두어 점을 넣고 원래대로 곱게 덮어두었다.

손을 씻고 돌아오신 법정 스님이 말씀하신다.

"자, 맛있게 들어. 약으로 알고 어서 들자구."

이럴 때 스님은 평소답지 않게 너그러우시다. 무엇을 가리지 않고 그냥 맛있게 먹어주는 게 음식에 대한 예우라신다.

몇 수저 맛있게 뜨던 법정 스님이

"아니?"

조금 놀라시면서 밥 안에 든 고기를 꺼내 들어 보이신다.

"후후."

지묵 스님은 소리 죽여 웃었지만 도감 스님은 고개도 들지 않고 쑤걱쑤걱 밥만 먹고 있었다. 불호령이라도 떨어질까 봐 적이 걱정이 되는가 보다.

법정 스님이 천천히 지묵 스님 밥 위에 고기를 올려놓으면서 말씀하셨다.

"아까워서 못 먹겠네."

"네……?"

지묵 스님은 법정 스님이 정말 아까워서 고기를 못 드시겠다는 말씀으로 알았다. 그런데.

"한 처녀가 있었어."

'아니 느닷없이 웬 처녀 얘기를 하시나?' 하는 생각을 하고 있는데.

"신랑을 고르다가 혼기를 놓쳤어. 나이가 서른을 훌쩍 넘었을 때 마음에 드는 신랑후보가 나타났어. 그런데 결정을 못 내리고 몇날 며칠을 고민하다가 혼자 살기로 마음을 굳혔다는구먼."

"······?"

"마음에 쏙 드는 신랑감이 나타났는데도 왜 노처녀가 결혼을 하지 않겠다고 한 줄 알아?"

"글쎄요?"

지묵 스님이 영문을 모르겠다는 듯이 멀뚱한 표정으로 대답하자,

"그건 이래. 여태까지 지켜온 정조가 아깝다나."

"네······?"


법정 스님은 노처녀에 견주어서 출가한 뒤 40여 년 계를 지켜온 세월이 아깝다는 말씀을 넌지시 이르신 셈이다. 법정 스님은 아무 일 없다는 듯이 음식을 드셨다. 오래전 지묵 스님 법석에서 들은 일화다.

원칙을 지키는 일은 누구에게나 쉬운 일은 아니다. 하지만 법정 스님은 당신이 세운 원칙에서 일점 일획도 벗어나지 않으셨다.


원칙대로 사는 일, 기본에 충실함을 우리는 늘 입에 올려 말하곤 하

지만 실제로 일관되게 원칙을 지키며 살기가 쉽지 않다. 어떤 일이 있어도 누구와도 타협하지 않는 그것을 우리는 주관이라고 부른다. 객관이 난무하는 이 시대에 누구와도 타협을 마다하는 독특한 내 빛깔을 내야 한다.

# 네 생각을 말해라

절집에는 "부처를 만나면 부처를 죽이고, 조사를 만나면 조사를 죽여라!" 하는 말이 있다. 무슨 말인가? 누구를 닮으려고 들지 말고 자기 자신으로 뻐근하게 살라는 말이다. 우리는 서구 교육을 받으면서 무엇이든지 객관이란 잣대로 가늠하려고 든다. 그래서 객관성을 띠었다고 믿어지면 그것을 합리合理라고 여긴다. 하지만 객관을 잘못 소화하면 주관을 잃게 된다. 그 속엔 내가 없다. 무엇을 객관으로 보고 판단하는 능력은, 그 객관 바탕 위에 뚜렷한 주관, '나'가 바로 서 있을 때만 힘을 발휘한다.

스승이 제자에게 묻는다.

"넌 누구냐? 지금까지 보고 들은 것 말고 네 생각을 말해라!"

다른 누구 입이나 생각을 빌리지 말고 오롯이 네 생각만 말하란다. 추상같은 물음이다.

제비꽃은 장미를 닮으려 하지 않는다. 저 생긴 그대로 향을 내고 꽃을 피운다. 새봄, 나무나 풀들은 파릇파릇 처음 잎을 내보일 때 그 푸름이 다 다르다. 저마다 기량을 마음껏 뽐내면서 독특한 제 빛깔을 내뿜는다.

숨이 턱까지 닿을 죽음 직전, 직전의 직전까지 닿아 있는 억만 톤쯤 되는 힘으로 겨우 만들어낸 새순들이 저마다 제 특성을 마음껏 내뿜으면서 찬란한 봄을 이룬다. 하지만 차차 여름으로 가면서 서로 푸름을 견주며 제 빛을 잃고 '초록이 동색同色'이 된다. 그래도 처음 빛을 잃는 이파리는 제 빛을 조금 잃을 뿐, 제 향기마저 잃지는 않는다.

사람들도 마찬가지, 처음 이 세상에 태어났을 때는 저마다 고유한 제 빛깔, 제 성깔을 지닌다. 하지만 살아가면서 서로 빛 겨루기를 하게 되고 제 빛깔을 잃어간다. 산업사회에 들어와 사람들은 제 스스로를 '부富' 곧 '돈'이란 잣대에 가두고 이를 기준으로 상대평가를 받는다. 아이들 또한 성적이란 획일화된 상대평가를 받게 되고, 어른 아이 할 것 없이 서로 무한경쟁을 한다. 자기 정체성을 잃고 앞만 보고 달렸다. 그 바람에 사람들은 저마다 지닌 독특한 향기를 잃었다.

'자작자수自作自受' 푸름을 다투면서 앞만 보고 달린 결과이다. 어떻게 해야 할까? 생긴 그대로 첫 마음으로 돌아가 처음부터 다시 해야 한다. 정진규 시인 말처럼 가장 힘센 것이 가장 여린 것을 겨우 만들어내는 그 힘을 되찾아 억만 톤 힘을 기울여 처음부터 다시 시작해야 한다. 처음부터라야 완벽하다. 위험하지만 말이다.

"지금껏 보고 들은 것 말고 네 생각을 꺼내라!"

내 빛 · 내 맛 · 내 멋을 들추고, 내 숨결 · 마음결을 드러내야 한다. 석가를 만나면 석가를 죽이고, 예수를 만나면 예수를 죽이고, 내가 닮으려고 했던 그 누구도 다 죽이고 '나'를 살려내야 한다.

# 거꾸로 세상보기

법정 스님이 불일암에 사실 때 일이다. 불일암에 찾아간 손님들이 스님이 방에 계시지 않아 가끔 찾아 나설 때가 있었다. 그러다가 가끔 엉뚱한 스님 모습을 발견하곤 했다. 불일암 뒷자락에서 고개를 숙이고 다리 가랑이 사이로 산을 바라보고 계시는 모습을. 놀랍게도 어린애같이 천진스런 스님 모습을 발견한 나그네들은 폭소를 터뜨리곤 했다. 상상만 해도 웃음이 터져 나온다.

스님은 나그네들에게도 고개를 숙이고 다리 가랑이 사이로 산이나 하늘을 바라보라고 권했다. 그러고는 소년처럼 깔깔 웃으시면서 "어때요? 다리 가랑이 사이로 산을 바라보니까 새롭지요? 가끔은 이렇게 익숙한 것을 낯설게 보는 것, 거꾸로 세상을 바라보는 것이 필요하답니다."는 말씀을 하신다.

낯익은 모습을 새로운 눈길로 보면 낯설어진다. 날마다 보던 풍경인데 어느 날 갑자기 처음 보는 풍경처럼 느껴질 때가 있다. 너무나 익숙해서 대수롭지 않아 보이는 세상을 다른 각도에서 바라보면 그 모습이 신선하게 다가온다.

왜 여행하면 신선하고 즐겁고 산꼭대기 올라가면 탄성이 저절로 나올까? 왜 다리 가랑이 사이로 사물을 보면 재미있을까? 세상을 보는 맥락이 바뀌기 때문이다. 맥락을 바꾸면 창조가 일어난다. 익숙한 모습을 다른 각도에서 바라보면 새로운 재미가 일어난다. 그 까닭은 창의성과 재미는 한 뿌리이기 때문이다. 거꾸로 본다는 것은 익숙한 것을 낯선 눈길로 새롭게 재해석하는 일이다.


오래전 어느 날 법정 스님이 지묵 스님을 불렀다.

"묵 수좌, 이거 지장경인데 묵 수좌가 한번 번역을 해보지."

"네? 아, 네에."

"다른 사람이 번역한 책을 들춰보지 말고 해야 해."

어느 절 주지 스님이 법정 스님에게 지장경을 좀 번역해 달라고 부탁했는데, 그것을 지묵 스님에게 맡기신다. 그러면서 스님은 다른 번역을 보지 말고 풀어쓰라고 하신다. 왜 그러셨을까? 여기서 우리는 법정 스님 가르침에 바짝 다가선다. 다른 사람 목소리가 아닌 자기 목소리로 말하라는 말씀이다.

스님은 늘 "장부가 어찌 여래가 가신 길을 뒤따를 것인가."라며 제 빛깔을 내야 한다는 말씀을 하신다. 그 가르침에 충실하신 지묵 스님은 법정 스님 책이 나오면 그저 읽을 뿐 꼼꼼히 따져가며 보지 않는다고 한다. 행여 스님 필치를 흉내 내게 될까 봐서.

부처도 죽이고 조사도 죽여 내 빛을 드러내, 길을 새로 내면 새 세상이 열린다.

# 진면목

환공桓公이 책을 읽고 있는데 수레를 만드는 목수가 뜰에서 수레바퀴를 깎고 있다가 문득 환공에게 와서 물었다.

"왕께서 지금 무엇을 읽고 계십니까?"

환공이 대답했다.

"성인 말씀이시다."

그러자 목수는 되물었다.

"그러면 그분은 지금 어디 계십니까?"

환공이 대답했다.

"오래전에 죽었지."

목수가 말했다.

"그렇다면 왕께서 옛사람이 남긴 찌꺼기를 읽으시는군요."

환공이 화가 나서 말했다.

"아니 이놈이, 한낱 목수인 주제에 네가 무엇을 안다고 입을 함부로 놀리는 거냐. 지금 네가 한 말을 이치에 맞게 설명하지 못하면 살아남기 어려울 것이야."

수레를 만드는 목수가 말했다.

"저는 어디까지나 제가 일을 하면서 터득한 경험으로 미루어 말씀드린 겁니다. 수레바퀴를 깎을 때 너무 깎으면 헐거워서 쉽게 빠져 버립니다. 또 덜 깎으면 조여서 들어가지 않습니다. 그러므로 더도 덜도 않게 깎으려면 아주 섬세하게 손을 놀려야 합니다. 그래야 바퀴가 제대로 맞아 바라는 대로 일이 끝납니다.

그러나 그 기술을 손으로 익혀 마음으로 짐작할 뿐, 말로는 다 설명할 수가 없습니다. 저는 그 요령을 제 자식 놈한테조차 가르쳐 주지 못하고, 자식 놈 역시 저게 배우지 못하고 있습니다. 그러다보니 나이 일흔이 넘도록 제 손으로 수레바퀴를 깎고 있을 수밖에 없습니다.

옛 성인들도 그와 마찬가지로 자신들이 깨달은 그 사실을 모두 고스란히 전하지 못한 채 죽어갔을 것입니다. 그러니 왕께서 읽으시는 그 글은 그들이 남기고 간 찌꺼기가 아니고 무엇이겠습니까."

– 〈장자莊子〉 외편 천도天道 중에서


우리는 흔히 공부해서 지식을 쌓으면 그것을 바탕으로 세상을 잘살아갈 수 있다고 생각한다. 하지만 지식만으로는 세상을 꾸려가기 어렵다. 지식이란 살아서 펄펄 움직이는 생명체가 되지 못하기 때문이다.

뜨거운 실체와 직접 만나 싸워봐야만 우리는 슬기로운 실체를 만날 수 있다.

우리가 쓰는 '불'이란 말 속에는 불이 없다. 그래서 뜨겁지 않다. 불이 아무리 뜨겁다고 배워도, 그 뜨거운 맛을 보지 못한 사람은 실감이 나지 않는다. 마찬가지로 추운 겨울 날 불이란 말만 듣고 추위를 벗어날 수는 없다. 물이란 말을 듣고 목마름에서 벗어난 사람은 없다. 목이 마를 때는 물을 마셔야 목마름에서 벗어날 수 있다.

그래서 수레바퀴를 깎는 목수는 말한다.

"옛 성인들도 자신들이 깨달은 그 사실을 모두 고스란히 전하지 못한 채 죽어갔을 것입니다. 그러니 왕께서 읽으시는 그 글들은 그들이 남기고 간 찌꺼기가 아니고 무엇이겠습니까."

그런데도 우리는 책 속에 길이 있다고 한다. 왜냐하면 책에서 만나는 성현들 말은 누대에 걸쳐 쌓인 나침반이기 때문이다.

한여름 우물에 띄워두었다가 땀 흘려 일한 끝에 먹는 시원한 수박 맛은 기가 막히다. 하지만 한 번도 그 맛을 느껴보지 못한 사람에게 이 일을 다 마치면, 우물에 띄워둔 시원한 수박을 준다고 아무리 외쳐도 성취동기가 되지 못한다. 푸르죽죽한 수박 겉모양만 떠올릴 뿐, 그 시원한 맛을 알 턱이 없다. 책에서 만난 성현들이 가리키는 달을 보지 못하고 손가락 끝만 본다면, 일생을 언저리만 빙빙 돌다 한목숨 마치게 된다.

불에게 물이라고 이름을 붙인다고 해서 불이 지닌 성분이 바뀌지 않는다. 이름이 무엇이든 직함이 무엇이든 그것은 본질과는 무관하다. 이름은 그저 이름에 불과할 뿐이다.

"내 얼굴을 마주 대하면서 법정 스님을 많이 닮았다는 말을 낯선 사람들로부터 들을 때가 더러 있다. 그때마다 나는 이렇게 대답한다. '그래요. 그 스님이 나를 많이 닮았다는 말을 가끔 듣습니다.'"

— 〈새들이 떠나간 숲은 적막하다〉에 실린 법정 스님 말씀

우리는 흔히 누구를 닮았다는 말을 들을 때 "네, 제가 그이를 많이 닮았다는 말을 가끔 듣습니다."라고 답한다. 한데 스님 답변은 다르다. "그래요. 그 스님이 나를 많이 닮았다는 말을 가끔 듣습니다." 무슨 말인가. 세상 중심에 내가 서 있다는 말씀이다.

세상맛을 제대로 보려면 태풍 중심에 서야지 언저리에 서면 안 된다.

진면목!

# 난 나이고 싶다

경찰관이 되고 싶다는 초등학교 6학년 소년이 법정 스님께 물었다.

"스님은 무엇이 되고 싶으세요?"

스님은 웃으면서 대답하셨다.

"난 무엇이 되고 싶지 않고 난 나이고 싶다. 누구도 닮고 싶지 않고 나다운 내가 되고 싶단다."

'난나'는 정채봉 장편소설《초승달과 밤배》주인공 이름이다. 난나란 주인공 이름은 '나는 나'란 말이다. 정채봉은 "선악과가 없는 에덴이 유토피아 같지만 거기에는 사람 의지도 없을 것이므로, 사람에 의한 사람 삶이 있는 곳이라고는 할 수 없다. 선악과가 있는 에덴, 그 선악과 유혹에서 이겨낸 사람이야말로 신이 바라는 사람 된 삶을 산다고 믿는다."며 주인공 난나가 갈 길을 연다.

정채봉은 8년 뒤 책을 고쳐내면서 일찍이 '나는 나'라는 뜻을 담아 이름 지은 '난나'를 오랜 시간 마무리하지 않고 아껴왔다면서 차라리 그대로 두면 바위 자체로나마 남아 있을 것인데, 섣불리 건드렸다가 돌 부스러기만 남기게 될까 봐 정을 못 대고 있는 석공 심정 같았다고 말한다. 오랜 망설임과 숙성 끝에 '난나'는 세상을 향해 '난 나다!'라고 외친다.

"난나여, 네게는 쪽배가 주어졌을 뿐이다. 그러나 어디 한번 항해해 보자. 네가 횡단해야 할 바다는 초승달도 겨우 비치는 막막하고 막막한 도시이다. 그리고 그 바다에는 너를 티끌 만큼도 가당찮게 여기는 무지와 독선과 물질만능과 불의와 부패 파도가 넘실거리고 있다. 그것은 오염되어 생산이 거부된 바다 파도이다. 그러나 난나여. 밤을 거치지 않고 어찌 새벽이 오길 바랄 것인가. 도전하는 네 삶 행로를 나는 좇아갈 뿐이다."

몰개성이 뒤덮인 세상에 '나다움'을 찾아가는 항로는 결코 순탄하지 않다. 나답게 성큼성큼 내 길을 걷는 일은 용기 없이는 할 수 없는 일이다. 하지만 아무런 결정도 내리지 않기보다 나쁜 결정일지라도 내리는 것이 훨씬 낫다는 말처럼 섣불리 건드려 돌 부스러기만 남길지라도 내버려두기보다는 나다움을 찾아 내 길을 열어야 한다.

我 有 一 券 經　사람마다 경전 한 권이 있는데

不 因 紙 墨 成　종이에 글로 쓰인 게 아니다.

展 開 無 一 字　펼쳐도 글씨 하나 없지만

常 放 大 光 明　늘 환하게 빛난다.


절집에서 전해지는 글이다. 사람은 누구에게나 빛나는 제 빛깔이 있다. 저마다 독특한 부처씨앗, 불성佛性을 지니고 있다. 사람은 저마다 저다운 제 빛이 있는데, 제 빛을 내지 못하고 다른 이 빛에 끌려 다닌다.

"전에는 칼날 같아서 내 근처에 오면 다 베일 것 같았어요. 출가자 긴장감이었지요. 그런 과정을 거치며 성숙해집니다. 나이 먹어서도 괴팍하면 안 되지요. 그러나 기상은 늠름해야 합니다. 그게 수행자 본분입니다. 그래야 부처 길조차 따라하지 않는 자기 길을 걷게 되지요. 사람은 누구 모사품이 돼선 안 됩니다. 이게 선불교 본질이고 임제 선사가 이야기한 무위진인無位眞人, 곧 어느 누구도 닮지 않은 주체가 됩니다."

출가 50년을 돌아보시며 법정 스님이 하신 말씀이다.

"장부에게는 충천하는 기상이 넘치는데, 어찌 여래如來가 가신 길을 따라 갈 것이냐?" 석가모니 부처님은 한 사람이면 되지 두 사람 석가모니는 필요 없다는, 저마다 독특한 향기를 내뿜어야 한다는 말이다.

# 남에게 머리 못 맡겨요

　방송인 이계진 씨가 〈11시에 만납시다〉를 진행할 때 일이다. 처음 스님과 대담하는 자리에서 이야기가 만만하게 풀릴 것 같지 않았단다. 인터뷰나 토크쇼 대담에서 성패는 첫 질문에 크게 좌우되는 예가 많은 데, 이계진 씨는 대담하게 첫 물음을 이렇게 꺼냈다.

　"스님께서는 머리를 아주 곱게 깎으셨는데 누가 그렇게 곱게 깎아 드렸습니까? 이발소엘 가셨습니까?"

　절집에서는 거의 금기와 다름이 없는 물음이다. 예정에 없던 느닷 없는 질문이 방청객들 흥미를 끌었다. 개중에는 '아니 저 사람 대체 어 쩌려고……' 하고 걱정하는 사람도 있었다.

　하지만 스님은

　"내 머리요? 나는 원래 성질이 못되고 괴팍해서 남에게 내 머리를 못 맡겨요. 그래서 늘 내가 깎지요!"

방청석에서 웃음이 터지려는 찰나.

"네? 아니 그러시면 속담이 영 틀리지 않습니까? 스님!"

"어허허허……."

이때 이계진 씨는 차마 "중이 제 머리 못 깎는다는데요, 스님?" 하고 되묻지는 못했다고 한다. 방청석에선 폭소가 터져 나왔고, 분위기가 그쯤 되니 대담은 술술 잘 풀렸다는데…….

지금도 있는지 모르겠지만, 법정 스님이 처음으로 손수 머리를 깎으신 뒤에 얼굴을 비추며 삭발한 거울 뒷면에 '처음 삭발한 날'이라고 그 날짜를 적은 거울이 불일암에 있었다. 아주 말끔하게 깎인 모습에 스스로 대견하고 기쁘셨다고 털어놓는 스님은 그 뒤로 '남에게 머리 못 맡겨' 하고는 손수 삭발을 해오셨다고 한다.

짧지 않은 세월 동안 스님을 뵈어왔지만 스님 머리가 말끔하게 다듬어지지 않은 모습을 뵌 적이 한 번도 없다. 그뿐만 아니라 스님 가사 장삼도 늘 날선 칼날처럼 서 있다. 스님은 흐트러진 모습을 누구에게도 보이지 않으신다. 늘 자신에게 엄격하시다.

# 지금 그 자리

20년 전 제가 처음 인도에 갔을 때 겪은 일입니다. 산치 탑을 참배하고 나서 아잔타로 가는 길이었습니다. 보팔에서 밤기차를 타야 하는데, 승차권은 있어도 좌석이 없다고 했습니다. 입석입니다. 그다음 날도 좌석을 보장할 수 없다고 하기에 하는 수 없이 그 기차를 타야만 했습니다.

겨우 열차에 올랐지만 비집고 들어설 틈이 없었어요. 통로까지 사람들이 꽉 들어차 다들 바닥에 앉거나 누워 있었습니다. 여기저기 살피다가 제가 자리 잡은 곳은 좌우로 화장실 두 개, 소위 인도와 서양식 화장실이 마주하고 있는 출입구였습니다.

사람들은 남녀노소 할 것 없이 밤새 화장실을 들락거리고, 그때마다 역겨운 지린내를 맡아야 하고 배설하는 소리를 들어야 했습니다.

처음에는 슬그머니 화가 치밀어 올라 어쩔 줄 몰라 했습니다.

'나는 왜 이런 고생을 하면서 여행을 계속해야 하나?'

하지만 자정이 가까워 오면시 생각이 바뀌었어요.

'옛날 구법승들은 오로지 두 발로 걸어서 그 험난하고 위험한 열사, 사막 길을 건너왔는데, 그래도 나는 항공기와 열차를 이용하고 있지 않은가. 다른 승객들은 아무렇지도 않게 먼지 바닥에 주저앉기도 하고 드러눕기도 하는데, 저들이 아무렇지도 않게 겪는 일을 나라고 못 할 게 무엇인가.'

생각이 여기에 미치자, 문득 '관념 차이'라는 말이 떠올랐습니다. 그 순간부터 화도 불만도 사라지고 마음이 더없이 평온해졌습니다.

그토록 혼잡한 열차 안이었지만, 그날 밤에는 당시 인도여행 중에서 가장 맑고 투명한 의식을 지닐 수 있었습니다. 그 화장실 앞에서 어떤 성지보다도 평온하고 순수한 의식 상태를 지속할 수 있었습니다.

아침 6시 아잔타 석굴에서 제일 가까운 60킬로미터 거리에 있는 잘가온 역에 도착할 때까지 저는 지극히 평온한 선열禪悅, 선정에 들어 느끼는 기쁨에 충만해 있었습니다. 다른 곳에서 경험할 수 없었던 선정 삼매 기쁨을 누렸습니다. 그 전날 14시간 반이나 기차를 탔고, 지난밤에도 8시간 반을 그 틈새에서 지냈는데도 전혀 피로를 느끼지 못했어요.

그때 화장실 앞 틈바구니가 제게는 그 어떤 선원이나 명당보다 고마운 도량이었습니다. 모든 것은 마음먹기에 달렸습니다. 마음먹기에 따라 지옥이 천당으로 변할 수 있고, 천당이 지옥으로 바뀔 수 있습니다.

법정 스님이 2001년 3월 동안거 해제 법석에서 하신 말씀이다. 원

효元曉(617~686) 스님이 해골물을 마시고 깨침을 얻은 것과 같다. 법정 스님은 '일체유심조一切唯心造, 모든 것은 마음먹기 달렸다. 모든 것은 내 마음 의식이다.'라고 깨치신 것이다.

"모든 것은 내 관념 때문이다."라고 정리한 법정 스님은 "견딜 수 있고 없음이란 우리 마음속에서만 의미를 갖는다"고. "시끄럽고 냄새가 나서 견딜 수 없다는 느낌도, 저들이 아무렇지도 않게 겪는 일을 나라고 못할 게 무엇인가 하는 생각도, 모두 한마음에서 나왔다. 이런 두 가지 느낌은 단지 내 마음속에서만 의미를 가진다."고 말씀하신다.

'이 견딜 수 없다는 생각이 집착하는 마음에서 비롯됐고, 마음 바깥 사태와는 전혀 무관하다.'는 통찰이 법정 스님 법문이다.

집착이란 자기 마음속에 갇힌다는 말이다. 수많은 집착으로 인해 우리는 고통스럽고 삶은 시들어간다. 집착을 떨쳐버리고 바깥으로 나와야만 한다. 그래야 고통 늪에 빠져 허우적대지 않고, 다시 삶을 사랑하는 즐거움을 지니게 된다.

누군가 부처님에게 물었다.
"부처님! 가르침을 한마디로 요약해 주실 수 있습니까?"
부처님이 대답하셨다.
"집착할 가치가 있는 것은 아무것도 없다."

우리가 꿈꾸는 도량은 어디인가? 무엇에 집착하지 않고 걸림 없는…… 지금 바로 그 자리.

# 행지실 行持室

　　길상사가 세워지고 1년이 지나 단기 출가 주말 수련회를 마치고 차를 마시면서 법정 스님이 말씀을 꺼내셨다.

　　"내가 길상사에 와서 머물 곳은 다닐 행行자, 가질 지持자, '행지실 行持室'이란 이름이 좋겠구먼. 모범으로 행을 보여주는 이가 살아야 한다는 뜻이요. 행지당, 행지실 어느 이름이나 괜찮지만 그래도 행지실이면 되었어."

　　"붓글씨는 총무 스님이 써요. 총무 스님 글씨가 좋아요. 현판에 새기는 서각은 유나 스님이 하면 어때?"

　　길상사가 세워지고 일 년밖에 안 된 탓에 이제 겨우 극락전 현판 글씨를 바꾸고 새로 서각을 한 지 두어 달이 지났을 뿐이니 요사채 승당 같은 곳에는 아직 현판이 걸리지 않았다.

　　그렇게 총무 스님과 유나 스님 합작품이 태어났다. 그 행지실에 법정 스님은 말씀 그대로 잠시 머물렀을 뿐, 하룻밤도 길상사에서 주무신 적이 없다. 행지란 말은 일본 도겐 선사 책 〈정법안장〉에 나오는 말로 법정 스님이 무척 아끼시는 말이다. 대체 스님이 말씀하시는 행지란 과연 뭘까? 스님이 말씀하셨던 말씀 가운데 몇 가지를 추려 네 문단으로 나눠봤다.

쓸모 있는 공부가 되어야 공부하는 사람은 배운 것을 제 것으로 받아들여 생활에 드러내 보이고 인격 바탕이 되게끔 해야 한다. 배운 것을 밑천으로 사유를 거쳐서 내 것으로 재창조할 수 있어야 쓰임새 있는 공부가 된다. 또 그것을 남에게 전할 수 있어야 한다. 공부를 마치고 나서도 벙어리가 된다면 배우는 뜻을 잃게 된다.

제 빛깔과 향기를 내뿜어야 사람은 저마다 특성이 있다. 그것은 여러 생에 익힌 열매다. 그 열매를 묵히거나 없애지 말고 좋게 써야 한다. 저마다 재능과 특성이 한데 어우러져 건전한 우주 조화를 이룰 수가 있다. 꽃들은 제가 지닌 모양과 향기를 잃지 않고 저마다 세계를 활짝 열어 보이고 있다. 사람도 저마다 제 빛깔을 지녀야 한다.

여럿 속에 섞이면서도 은자처럼 살아가야 자기 자신을 거듭거듭 쌓아 나가려면 홀로 있는 시간이 없어서는 안 된다. 고독이 가진 진정한 뜻을 알아야 한다. 고독을 모르면 때가 묻는다. 그러려면 무엇보다

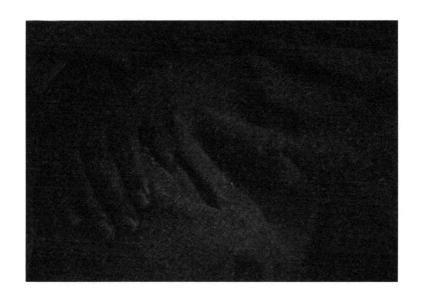

말이 적어야 한다. 말이 많으면 마음이 산란해지고 속이 비게 된다.

날마다 새롭게 피어나야 어디에도 갇혀 살아서는 안 된다. 흐르는 물은 영원히 살아 있듯이 마음 공부하는 이 또한 더 넓은 바다를 향해 끝없이 흘러야 한다. 오늘 핀 꽃은 어제 그 꽃이 아니다. 날마다 새롭게 피어난다. 새로워지려면 무엇보다도 탐구하는 자세가 몸에 배어 있어야 한다. 그렇지 않으면 둘레 온갖 시류에 물들고 만다. 하루하루 삶이 자기를 이루는 길임을 마음에 담아 두라. 한번 놓쳐버린 시간은 돌이킬 수 없다. 졸지 말고 늘 맑은 마음으로 깨어 있으라. 공부하는 사람은 온 세상이 잠든 시각에도 깨어 있어야 한다.

예전에는 절마다 섬돌 한곁에 조고각하照顧脚下라는 명패가 붙어 있었다. 자기가 서 있는 발부리를 돌아보라는 말씀이다. 어디 길상사 행지실 뿐이랴. 우리 사는 곳이 그대로 행지여야 한다.

# 내 생명 뿌리가 꺾였구나

"우리 같은 수행자들은 세상눈으로 보면 모두 불효자다. 낳아 길러준 은혜를 등지고 뛰쳐나와 출세간出世間 길을 가고 있기 때문이다."

목사나 신부가 되려고 공부하러 가면서 부모에게 거짓말을 꾸며대는 경우는 참 드물다. 하지만 스님이 되려고 출가하는 이들은 몇몇을 빼놓고는 부모 반대에 부닥치기 때문에 부득이 출가할 때 핑계를 둘러대고 떠난다. 조선 500년 불교를 배척했던 오랜 단절 기간이 그렇게 만들지 않았을까 싶다.

법정 스님도 마찬가지, 어느 싸락눈이 흩뿌리는 날, 스님이 되려고 절로 간다는 소리를 차마 할 수 없어서 시골 친구 집에 다녀온다고 말하고, 집에 홀로 계신 어머니를 뒤로한 채 길을 떠났다. 고샅길을 돌아나오는 뒤로 집 안뜰에는 눈발이 흩날렸다.

스님 기억창고에는 어머니보다는 구수한 할머니 기억이 그득하다.

지극한 할머니 사랑을 듬뿍 받고 자란 스님에게는 어머니 품보다는 할머니 등이 더 따뜻했다. 스님은 당신이 구김살 없이 자란 덕이 할머니에게서 비롯되었다고 말한다. 스님은 할머니가 가시는 곳은 어디든지 졸졸 따라다녔다. 그런 할머니를 위해서라면 어떤 일이든지 선뜻 나서서 기꺼이 해 드렸다. 담배가 몹시 귀했던 그 시절, 초등학생이었던 스님은 할머니를 위해서 혼자 10리가 넘는 읍내까지 나가 담배를 구해다 드렸다.

할머니 무릎을 베고 누워 듣던 호랑이가 담배 먹던 시절 소금장수 이야기라든가 호랑이와 떡 파는 아주머니 이야기를 듣고 자랐다. 만날 똑같은 이야기지만 아무리 들어도 싫증이 나지 않았다. 밤늦은 시간 다 듣고 나서 하나 더 해달라고 조르면 할머니는 "긴 이야기 해주랴, 짧은 이야기 해주랴?"고 물었다. 긴 이야기를 해달라고 하면 '긴 긴 간짓대.' 하고 끝을 맺었다. "그러면 짧은 이야기" 하고 또 졸라대면 할머니는 '짧은, 짧은 담뱃대' 하곤 그만 자자고 드러누웠다.

스님은 지금 당신이 글을 쓰게 된 소양을 갖추게 된 것은 할머니에게서 옛날이야기를 많이 들은 덕이라고 하신다.

스님은 해인사에 계실 때 할머니가 돌아가셨다는 소식을 뒤늦게 전해 들었다. 할머니는 돌아가시기 전에 손자를 꼭 한 번 보고 눈을 감으면 원이 없겠다고 했단다. 스님은 부처님 전에 향을 살라 올려 할머니

명복을 빌면서 출가한 뒤 처음으로 눈물을 흘렸다고 한다. 할머니 고향은 부산 초량이셨는데 그래서 그런지 스님은 부산에 가서 처음으로 초량을 지날 때 그곳이 전혀 낯설지 않고 살갑게 다가왔다고 회고하신다.

법정 스님은 절에 살면서 어머니를 세 번 뵈었다. 스님이 집을 떠나 산으로 들어온 뒤 어머니는 사촌동생이 모셨다. 이 동생은 어려서부터 자기 어머니보다 스님 어머니를 더 많이 따랐는데, 그런 인연 때문이었을까.

한번은 스님이 모교 대학 강연이 있어 내려간 김에 대학에 재직하고 있는 친구 부인 손에 이끌려 예정에 없이 어머니를 뵈었다. 느닷없이 불쑥 나타난 아들을 보고 어머니는 한편 놀라시며 반가워하셨다. 점심을 한술 뜨고 돌아서는 길, 골목 어귀까지 따라나온 어머니는 꼬깃꼬깃 접은 돈을 스님 손에 꼭 쥐여주었다. 어머니 마음이 담긴 그 돈을 함부로 쓰기 어려워 오랫동안 간직했다가 주석하시던 절 불사에 어머니 이름으로 시주를 했다.

두 번째 뵌 것은 광주 사시던 늙으신 어머니가 아무 예고도 없이 고종사촌 누이를 앞세우고 불쑥 스님이 사시는 불일암으로 찾아오셨다. 얼마 만인가. 수인사 외에 별다른 말이 필요 없었다. 빛바랜 창호지처럼 늙으신 어머니 얼굴에서 스님은 세월을 읽는다. 스님은 손수 밥을 짓고 국을 끓여 점심상을 차려 드렸다. 어머니는 아들 음식 솜씨를 대견하게 여기셨다는데. 어머니가 세상을 떠날 준비로 처음이자 마지막으로 아들 얼굴을 보러 오신 걸까?

그날로 오시던 길을 되짚어 산을 내려가시는 어머니 배웅 길, 마침 비가 내린 뒤라 개울물이 불어 노인이 징검다리를 건너기가 쉽지 않았다. 징검다리에는 조계산 골짜기 물이 콸콸 소리 내어 흘러내렸다. 스님은 바짓가랑이를 걷어 올리고 발이 미끄러지지 않게 어머니를 바짝 올려 업고 개울을 건넜다. 등에 업힌 어머니가 바싹 마른 솔잎단처럼 너무나 가벼워 마음이 몹시 아팠다는 스님은 그 가벼움이, 어머니 실체를 두고두고 생각게 했다고 하셨다. 어머니는 아들 등에 업혀서 무슨 생각을 하셨을까.

세 번째 뵌 것은 어머니가 많이 편찮으시다는 소식을 듣고, 직장을 대전으로 옮긴 동생을 따라 대전에 사시는 어머니를 찾아뵈었다. 많이 쇠약해진 어머니는 스님을 보시고는 전에 없이 많은 눈물을 쏟아 내셨다. 이때가 이승에서 마지막 모자 상봉.

어느 해 겨울 어머니가 돌아가셨다는 소식을 듣는 순간 스님은 "아, 이제는 내 생명 뿌리가 꺾였구나." 하는 생각이 들었다고 돌아보신다.

"지금이라면 지체 없이 달려갔겠지만, 그 시절은 혼자서도 결제結制를 철저하게 지키던 때라, 서울에 아는 스님에게 부탁하여 대신 장례에 참석하도록 했다. 49재는 결제가 끝난 뒤라 참석할 수 있었다. 영단에 올린 사진을 보니 눈물이 주체할 수 없이 흘러내렸다."

친어머니에게는 자식으로서 효행을 다하지 못했기 때문에 어머니들이 모이는 집회가 있을 때면 어머니를 대하는 심정으로 어머니에 대한 불효를 보상하기 위해 그 모임에 나가신다는 스님은 "나는 이 나이이 처지인데도 인자하고 슬기로운 모성 앞에서는 반쯤 기대고 싶은 그런 생각이 들 때가 있다. 어머니는 우리 생명 언덕이고 뿌리이기 때문에 기대고 싶은 것인가."라고 말씀하신다.

# 서슬 푸른 구도求道 그 끝에는

일연 스님이 쓴 〈삼국유사〉에 나오는 백월산 두 성인 성도기成道記. 백월산白月山 두 성인 노힐부득과 달달박박은 신라 구사군, 요즘 창원 북쪽에 있는 백월산 무등곡無等谷에 들어갔다. 그들은 저마다 북쪽과 남쪽 다른 암자에 살면서 부득은 미래 부처인 미륵불을 열심히 섬겼고, 박박은 아미타불을 예경하면서 정토왕생을 염원했다.

3년째 되던 어느 봄날 저녁, 나이가 스물쯤 되어 보이는 자태가 아름다운 낭자가 달달박박을 찾아와 하룻밤 자고 가기를 청하며 시 한 수를 읊는다.

날 저문 산중에 갈 길은 아득하고
길 잃고 인가가 머니 어찌하리오.

오늘 밤 이곳에서 자려 하오니
자비하신 스님은 화내지 마세요.

하지만 박박은 차갑게 거절한다.
"수도하는 곳은 청정해야 하니 그대가 가까이 올 곳이 아니오. 지체
하지 말고 어서 떠나시오."
하고는 인정사정없이 문을 쾅 닫고 들어가 버린다.
거절을 당한 낭자는 노힐부득을 찾아가 하룻밤 묵어가기를 부탁한
다. 부득은 갑작스런 여인 출현에 놀라면서 말했다.
"그대는 이 밤에 어디서 오는 길이오?"
여인은 시 한 수를 지어 바친다.

첩첩산중에 날은 저문데
가도 가도 인가는 보이지 않소
송죽 그늘은 한층 그윽하고
시냇물 소리는 더욱 차갑소
길을 잃어 찾아왔다 마시오
바른 법 일러주러 왔으니
부디 내 청을 들어주시고
길손이 누군지 묻지 마세요.

이 말을 들은 부득은 크게 놀라면서 말했다.

"이곳은 여인과 함께 밤을 새울 곳이 아니오만, 깊은 산골짝에 밤이 어두웠으니 문전박대할 수가 없구려. 중생을 살피는 일이 보살행 가운데 하나이니 누추하지만 들어오시오."

밤이 깊도록 부득은 자지 않고 정신을 가다듬으면서 염불하기를 쉬지 않았다. 새벽이 될 무렵 낭자는 신음소리를 내면서 부득을 불렀다.

"갑자기 산기가 있으니 죄송하지만 스님께서 자리를 좀 마련해 주세요."

부득은 고통스러워하는 여인을 가엾이 여겨 촛불을 들고 시키는 대로 거들어 주었다. 여인은 해산을 마치자 이번에는 물을 데워 목욕시켜 달라고 했다. 부득은 민망스러움과 두려움이 엇갈렸지만, 산모에 대한 연민이 생겨 목욕할 통을 가져다가 물을 데워서 목욕까지 시켜주었다.

이때 문득 통 속 물에서 향기가 진하게 풍기더니 그 물이 금물로 변했다. 부득이 크게 놀라는 모습을 보고 여인은 말했다.

"스님께서도 이 물에 목욕하십시오."

부득은 마지못해 그 말에 따랐다.

그러자 갑자기 정신이 상쾌해지고 살결이 금빛으로 변했다.

목욕통 곁에 전에 없던 연화대蓮花臺가 있었는데 여인은 부득에게 거기 앉기를 권했다.

"나는 관세음보살인데 이곳에 와서 스님 뜻이 갸륵함을 보고 대보리大菩提를 이룬 것입니다."

이 말을 마치고 여인은 홀연히 사라졌다. 날이 밝자 박박은 지난밤 일을 궁금해하며 "지난밤 부득이 반드시 계를 어겼을 터이니 내 가서 실컷 비웃어 주리라"

부득을 찾아온다. 하지만 연화대에 앉아 미륵불이 되어 광채를 발하고 있는 부득에게서 자초지종을 듣고는,

"나는 마음이 막혀서 부처님을 만나고도 예우를 하지 못했구려. 큰 덕이 있는 어진 스님이 나보다 먼저 성불했으니, 부디 지난 교분을 잊지 말고 도와주시오."

자신도 제도해줄 것을 간청한다. 박박은 부득 말에 따라 통 속에 남아 있는 금물로 목욕을 하니 소원대로 아미타불이 되어 함께 구름을 타고 가버린다.

이 이야기를 법정 스님은 이렇게 풀어내신다.

"수행자는 구도형과 봉사형 두 유형으로 크게 나눌 수 있다. 여기 달달박박은 서슬이 푸른 구도형이고 노힐부득은 온유한 봉사형이다. 봉사형 수행자가 바람직한 모습으로 보일지 모르지만, 그런 봉사가 있기까지 투철한 자기 질서 안에서 거듭 태어남이 전제되어야 한다. 탐구[智]와 사랑[悲]이 겉으로 보기에는 다른 것 같지만, 지혜가 없는 자비는 맹목이기 쉽고, 사랑이

없는 지혜 또한 메마른 관념에 빠지기 쉽다. 내게 밤늦게 찾아오는 나그네가 있다면 그가 관세음보살이 아니라 부처님이라 할지라도 그를 가차없이 쫓아버리겠다. 예절을 모르는 보살과 부처가 어디 있단 말인가. 그것은 내 질서, 투철한 내 삶 질서이기 때문이다."

실제 비오는 어느 날 대숲을 스치는 바람이 귀신소리처럼 들려 무서움에 질린 여인이 법정 스님처소를 두드렸다. 그때 스님은 그 여인에게 "관세음보살, 관세음보살하고 기도를 하시오." 하고는 냉정하게 그 자리에서 여인을 돌려 세우셨다.

아직도 법정 스님은 여인이 한밤중에 찾아온다면, 투철한 삶, 질서를 내세워 가차없이 쫓아버리려 하실까?

# 마지막 한 마디

2003년 4월 어느 날 소설가 최인호 씨가 법정 스님에게 묻는다.

"스님, 어느 책에선가 죽음이 무섭지 않다고 하셨는데 정말 무섭지 않습니까?"

"실제로 죽음이 닥치면 어떨지 모르겠지만 지금 생각으로는 그렇습니다. 우주 질서처럼, 늙거나 죽는다는 것은 아주 자연스런 일이지요. 죽음을 두려워한다면 지금까지 삶에 소홀했던 것입니다. 죽음은 누구나 겸허히 받아들여야 할 자연스러운 생명 현상입니다."라는 말씀에 이어 "내게도 꿈이 있지요. 얼마가 될지는 알 수 없지만, 나는 남은 삶을 보다 단순하고 간소하게 살고 싶군요. 그리고 추하지 않게 삶을 마감하고 싶습니다."는 말씀을 남기신다.

"한 생애를 마감하는 죽음은 엄숙하다. 서마다 홀로 맞이하는 죽음이므로 다른 이 죽음을 모방하거나 흉내 낼 수 없다. 그만의 죽음이기 때문에 그만큼 엄숙하다.

일찍부터 선가에서는 임종게 또는 유게遺偈라고도 하는 '마지막 한 마디'를 남기는 일이 무슨 죽음 의례처럼 행해지고 있다. 그것은 대개 짧은 글 속에 살아온 햇수와 생사에 거리낌이 없는 심경을 말하고 있다. 바로 죽음에 이르러 가까운 제자들에게 직접 전하는 생애 마지막 그 한 마디다. 따라서 죽기 전에 시작詩作을 하듯이 미리 써놓은 것은 유서일 수는 있어도 엄밀한 의미에서 임종게는 아니다.

다른 사람 죽음을 모방할 수 없듯이 마지막 남기는 그 한 마디도 다른 이글을 흉내 낼 수 없다. 그가 산 한 생애가 그를 지켜보고 있기 때문에 가장 그 자신다운 한 마디여야 한다."

오래전 어느 법석에서 하신 말씀이다.

법정 스님은 할 수만 있다면 이 세상을 떠날 때, 제왕 코끼리가 죽음에 임박해 깊은 정글 속에 들어가 스스로 목숨을 거두는 것처럼, 아무도 없는 산 속에 들어가 거리낌 없이 세상을 떠나고 싶다는 말씀을 자주 하셨다. 누구에게도 번거로움을 끼치고 싶지 않다는 말씀이다.

살고 떠나는 길 마지막 한 마디를 남기든 말든, 죽음이 아름다우려면 순간순간 삶이 온 힘을 기울인 뻐근한 삶이 되어야 한다. 삶과 죽음이 따로 떨어진 그 무엇이 아니다. 우리는 순간순간 죽어가면서 다시 태어난다. 지금 이 순간 뼈저리게 삶을 살아갈 때 죽음도 옹글어질 수 있다.

과연 우리는

"삶에서 간소하고 단순하게, 또 삶을 마감할 때도 마찬가지로 단순하고 간소하게 하고 싶다."는 조촐한 스님 소망을 제대로 들어드릴 수 있을까.

# 미리 쓰는 유서

우리가 살아가고 있다는 것이 죽음 쪽에서 보면 한 걸음 한 걸음 죽어오고 있다는 것임을 떠올릴 때, 사는 일이 곧 죽는 일이며, 생과 사는 결코 절연된 것이 아니다. 그러므로 유서는 남기는 글보다 지금 살고 있는 '생의 백서白書'가 되어야 한다.

설사 지금껏 귀의해 섬겨온 부처님이라 할지라도 그는 결국 타인이다. 이 세상에 올 때도 혼자서 왔고 갈 때도 혼자서 갈 수밖에 없다.

장례식이나 제사 같은 것은 아예 소용없는 일, 번거롭고 부질없는 검은 의식이 만약 내 이름으로 행해진다면 나를 위로하기는커녕 몹시 화나게 할 것이다.

— 〈무소유〉 '미리 쓰는 유서'에서

법정 스님이 평소 가장 많이 하신 말씀은 '시은施恩을 두려워하라'

였다. 시은이란 무엇인가. 시주 은혜를 말한다. 시주 은혜 입음을 두려워하라는 말씀은 절집에서는 귀가 따갑게 듣는 말씀이다. 스님은 아직 젊은 시절인 40여 년 전부터 한결같이 말씀하신다.

"내가 죽으면 거창한 다비식이나 화장 의식을 치르지 마라. 입던 승복 그대로 입혀서 즐겨 눕던 대나무 침상에 뉘여 그대로 화장하라. 사리 따위를 수습하려 들지 마라. 부처님 진신 사리는 어디 있는가? 진짜 법신 사리는 부처님 가르침 바로 그것이다. 더욱이 시줏돈 걷어서 탑 같은 것은 절대 세우지 마라."

스님은 기회 있을 때마다 제자들이나 가까운 이들에게 누누이 일러두시고 법회 때 또 당부하시고 그것으로도 모자라 당신 글 곳곳에 써놓으셨다. 이렇게 스님은 5,000만 국민들 앞에 약속을 하셨다. 스님은 미리 쓰는 유서에서 "다음 생에도 다시 한반도에 태어나고 싶다. 누가 뭐라고 한대도 모국어에 대한 애착 때문에 나는 이 나라를 버릴 수 없다. 다시 출가 수행자가 되어 금생에 못다 한 일들을 하고 싶다."고 한반도 사랑을 밝히시는 스님. 우리는 과연 조촐하고 담백한 스님 뜻을 제대로 이해하고 있을까?

제자들이나 스님 뜻을 따르는 사람들 가운데는 이제껏 보살핌을 받아온 고마움으로, 또는 스님 모습을 뵌 적이 없는 뒷사람들에게 스님 자취를 느낄 수 있게끔 스님 흔적이 가득 담긴 사리를 수습하고 탑도 세워 스님 뜻을 길이 이어가고픈 이들도 수없이 많을 것이다. 하지만 스님이 아주 오래전부터 한결같이 당부하시고 약속해 온 고결한 뜻을 저버리기보다는 결 고운 스님 뜻을 받들어 드리는 것이 스님을 따르는 도리라고 본다.

"사람에게는 저마다 고유하게 사는 방식이 있듯이 죽음도 그 사람다운 죽음을 택할 수 있도록 이웃들은 거들고 지켜보아야 한다."

법정 스님 말씀이다.

아무리 싸고 또 싸도 향이 지닌 향기를 어쩔 수 없듯이, 산에 들어 나무를 빛나게 하고 논에 들어 벼를 빛나게 하신 맑고 향기로운 스님 향기는, 굳이 알리려고 애쓰지 않아도 수없이 많은 세월을 거슬러 사람들 가슴에 잔잔하고 따뜻하게 여울질 것이다.

# 마음으로 깨쳐
# 가슴으로 느끼려면

"스승은 제자로 하여금 새로운 분신이 되도록 해야 한다. 제자를 통해서 스승은 거듭 태어날 수 있다. 제자는 스승 인격을 믿고 따르면서도 스승 모방자가 되어서는 안 된다. 스승 경지를 딛고 일어서 한걸음 앞서야 비로소 그 스승 은혜에 보답할 수 있을 것이다."

법정 스님이 품고 계신 스승과 제자관이다.

길상사 6대 주지 덕현 스님이 불일암에서 법정 스님을 모실 때 일이다. 법정 스님이 몸이 좀 편찮으셔서 저녁마다 뜸을 떠드릴 때, 덕현 스님은 법정 스님께 이것저것 여쭈었다.

"스님, 노스님 모실 때 좋으셨지요?"

여기서 노스님이란 법정 스님 은사이신 효봉 스님을 가리킨다.

"아니, 재미없었어."

"왜 재미없으셨어요?"

"스님은 선禪밖에 모르고, 내가 밖에서 소중히 여겨서 차마 버리지 못하고 가져온 문학 책 같은 걸 다 갖다 태워버리라고 하셨지. 그래서 스님을 모시는 데 도무지 신심이 나거나 기쁘지 않았거든."

"그래도 잘 모셨을 테지요."

"아, 아니야. 나는 그때 막 출가한 햇중이라 아무것도 몰라서 스님은 마땅히 꽁보리밥에다 김치 한쪽만 먹고 지내면서도 수행만 하면 되는 줄 알았지."

"그래도 노스님께서 고마워하시면서 좋은 가르침도 많이 주셨지요?"

"아니, 나중에 노스님께서 네팔에서 열리는 세계 불교도대회에 가시게 되었지. 그때 다른 큰 스님들이 네가 스님을 모시고 가서 법회를 잘 마치시게 시봉을 잘하라고 당부를 주셨어. 그래서 마땅히 내가 따라갈 줄 알았는데, 노스님이 '넌 가서 공부해.' 하시고는 당신 혼자 가셨지."

법정 스님은 '이제 살았다.' 싶어 걸망을 싸가지고 선방으로 떠나면서 기분이 홀가분하고 후련해서 논둑길을 지날 때 고래고래 고함까지 지르면서 해방감을 만끽하셨단다.


"지금은 어떠세요?"

"정말 후회스럽지. 내가 스승 곁에 더 머물러서 잘 모셨어야 했는데……. 내가 스승을 그렇게 제대로 모시질 못해서 이렇게 '제자 복이 없나 보다' 하는 생각을 하면서 평생을 살았지."

스승님을 1년 정도밖에 모시지 못한 데 대한 짙은 아쉬움이 묻어나는 법정 스님 말씀이다.

우리에게 스승은 무엇인가? 백아절현佰牙絕絃으로 유명한 백아가 처음 성련成連에게 거문고를 배울 때 이야기이다. 성련에게서 삼년을 배운 백아는 연주 대체를 터득했으나, 정신을 텅 비게 하고 감정을 옹글게 드러내는 경지에까지는 이르지 못하였다. 성련은 "내가 더 이상은 가르칠 수 없겠구나. 내 스승 방자춘方子春이 동해에 계시다." 하고는 그를 따라오게 했다. 봉래산에 이르러 백아를 남겨두고 "내가 스승을 모셔 오마." 하고는 배를 타고 떠나가 열흘이 되도록 돌아오지 않았다. 백아는 너무도 슬퍼, 목을 빼어 사방을 둘러보았지만 단지 파도소리만 들려올 뿐, 숲은 어두웠고 새소리는 구슬펐다.

그때 백아는 문득 스승 뜻을 깨달았다. 하늘을 우러러 탄식하며 말하였다. "선생님께서 내게 정을 옮겨주신 게로구나." 하고는 거문고를 당겨 노래를 불렀다. 마지막, 더 이상 나아갈 수 없는 깨침은 말로는 가르쳐 줄 수가 없다. 마음으로 깨쳐 가슴으로 느껴야 한다. 이른바 심수상응心手相應이다. 성련은 마지막 단계에서 백아가 절박한 바람을 가지고 자연 소리에 귀 기울이게 해 말로는 도저히 전해줄 수 없었던, 마음을 전일하게 하는 최후 심법을 전했다.

법정 스님은 지적하시다.

"스승과 제자 사이에는 그만한 믿음이, 전 생애를 걸 만한 신뢰감이 따라야 한다. 스승이란 제자가 지닌 좋은 덕성과 잠재력을 불러일으켜 자아를 실현할 수 있도록 끝없는 관심을 가지고 지키고 보살피고 때로는 채찍질까지도 아끼지 말아야 한다. 제자로 하여금 새로운 분신이 되도록 해야 한다."

# 있으라고 이슬비

지묵 스님이 오래전 불일암에서 법정 스님을 시봉 들 때 일이다. 공양간 마루 앞에 놓인 섬돌 대용 통나무 토막이 너무 오래되어 썩은 탓에 나무속에서 개미가 바글바글 끓었다.

그걸 보다 못한 법정 스님은 지묵 스님에게 말씀하셨다.

"묵 수좌, 저걸 새 나무토막으로 갈아 보지."

마침 불일암 정랑(화장실) 뒤에 놓인 큰 나무기둥을 발견한 지묵 스님은 그걸 잘라서 쓰기로 마음먹고는 법정 스님에게

"저 정랑 뒤에 세워 놓으신 나무를 섬돌로 좀 써도 되겠지요, 스님?"

하고 여쭈니 법정 스님은

"그것 내가 쓸 데가 있어서 말리는 나무니까 내버려 두고 다른 나무를 좀 구해 봐." 하고 말씀하셨다.

그때 마침 큰 절, 송광사에서는 법당 불사가 한창이어서 쓸 만한 나

무토막이 제법 많았다. 하지만 생각처럼 나무가 쉽사리 얻어지지 않았다. 불사를 맡아 하는 도목수와 도감 스님이 책임을 서로 떠넘겼기 때문이다. 도감 스님에게 나무 좀 가져다 쓰겠다고 말하면 도목수에게 부탁을 하라고 하고, 도목수에게 나무를 좀 달라고 하면 도감을 맡고 계시는 스님께 말씀을 드려야지 내가 무슨 권한이 있느냐고 떠넘기기를 수차례. 그렇게 두 사람 사이를 오가다가 지친 지묵 스님은 결국 법정 스님이 쓰시려고 정랑 뒤에서 말리고 있는 나무를 잘라 섬돌을 삼고 말았다. 아침 먹고 시작한 일이 점심 무렵 일을 마쳤다. 점심공양을 마치고 정랑엘 다녀오신 법정 스님이 말리던 나무 행방을 물었다.

"아니, 여기 말리던 나무 어디 갔어?" 지묵 스님은 뒤통수를 긁으며 그 나무를 쓸 수밖에 없었던 저간 사정을 말씀드렸다. 그러자 떨어지는 스님 꾸중.

"아니 묵 수좌, 내가 쓸 곳이 따로 있어서 말리는 나무라고 분명히 말했는데, 그 나무를 잘라 썼단 말이야? 어허 이거, 같이 못 살 사람이군."

꾸짖는 그 말씀을 나가라는 소리로 알아들은 지묵 스님은 불일암을 떠날 요량으로 걸망을 챙기고 두루마기를 걸쳐 입고 마지막으로 스님 방에 불이나 지펴 드리고 가겠다는 마음에 부엌 아궁이에 장작을 지피고 있었다.

그때 법정 스님이 부엌으로 들어와 지묵 스님을 두어 번 밀치고는 뒤에서 두 팔로 꽉 껴안으시며 말씀하셨단다.

"어이, 묵 수좌 밖을 내다 봐! 이슬비가 오네. 있으라고 이슬비가 오잖아? 이슬비!"

법정 스님 품에 안겨 부엌 문 밖으로 눈을 돌린 지묵 스님. 밖을 보니 참으로 이슬비가 돌담 밖 대숲을 촉촉이 적시고 있었다는데. 뒷날 지묵 스님은 그때 콧잔등이 시큰해지며 왠지 눈시울이 뜨뜻해지는 걸 견딜 수가 없었다고 했다.

고지식한 지묵 스님과 엄격한 가운데 따스한 법정 스님 인간 면모를 엿볼 수 있는 이야기이다. 겉보기에 늘 손이 베일 것 같이 날카롭게 여겨지는 법정 스님은 속이 한없이 여리시고 따뜻하고 푸근한 분이시다.

# 민화 속 호랑이 같은 스님

지묵 스님이 서장書狀을 공부하면서 불일암 시절. 법정 스님이 지묵 스님에게 장에 가서 연장을 사오라고 이르셨다. 광주에 나가서 장을 봐 온 지묵 스님은 거스름돈이라고 만 원권 석 장을 돌려 드렸다.

법정 스님은 시장에 다녀온 뒤에 몇 번이고 돈 쓰임새를 물으셨다.

"연장은 잘 샀어?"

저녁 때 묻고는 다음날 아침에 또 물으신다.

"뭘 샀어?"

"삽, 괭이, 호미, 대꼬, 오함마, 돌망치요."

똑같은 대답이 두어 차례 되었다.

점심때 또 물으신다.

"얼마치를 샀어?"

거듭 묻는 법정 스님 말투에 어느새 단호함이 서려 있다. 지묵 스님은 그제야 법정 스님이 거듭거듭 묻는 까닭을 알아차렸다. 지묵 스님은 10만 원을 가지고 가서 6만 몇천 몇백 원을 쓰고는 대수롭지 않게 여겨 우수리를 내놓지 않았다. 잔돈을 다 내놓지 않으니, 넌지시 잔돈을 내놓으라는 뜻을 비치신 것인데 그만, 지묵 스님이 바로 알아차리지 못했던 것이다. '아차!' 싶었던 지묵 스님이 잔돈을 깡그리 털어놓고, 노트에 물건 값을 낱낱이 적어 드렸더니 법정 스님은 더 이상 묻지 않으셨다.

그 뒤부터 지묵 스님은 시장 다녀와서 보고 드릴 때에는 아주 상세하게 말씀드리고 잔금도 낱낱이 계산했다. 스님이 돈 계산을 꼼꼼히 챙기시는 것은 무슨 일이든 분명하고 빈틈없이 처리하라는 교훈이셨다.

'담장을 허술하게 해 두면 도둑질을 부추긴다.'는 말씀을 늘 하시는 스님은 무슨 일이든 태도가 분명하시다. 특히 자신에게 철저하고 엄격하시다. 홀로 사시지만 예불을 거르는 경우가 없으시고, 안거 또한 철저하게 지키신다. 누가 보거나 말거나 스스로를 챙기고 경책하신다. 어떤 일이든지 에두르시는 법이 없으신 스님이 이번 일은 아래 사람을 가르치는 일이니만큼 바로 대놓고 잔돈 내놓으라고 하지 않으시고, 넌지시 몇 차례 물어 상대가 느끼게 하시는 품이 넉넉하고 자애로우시다.

길상사 공덕주 길상화 보살이 돌아가셨을 때, 화장터에서 점심시간이 다 되었는데 스님이 뵈질 않아 사람들이 찾아다녔다. 나중에 버스

안에 계신 스님을 발견했는데, 그곳에서 스님은 당신이 싸오신 떡 한 조각과 차 한 잔으로 점심을 드시고 계셨다. 다른 이들에게 번거로움을 끼치지 않으려고 스스로 준비하신 것이다.

"산을 탈 때는 젊은 우리보다 더 힘 있게 앞장서신다. 비결은 발바닥 중간쯤에 있는 용천혈湧泉穴을 자극하는 법을 터득하셨기 때문이다. 그냥 돌을 피해 걷는 게 아니라 용천혈을 자극하면서 발바닥 중간으로 밟고 가신다. 건강도 의외로 좋으시다. 이 연세에 자취 생활이라니! 혼자 지어 잡수시는 건 아무나 흉내 낼 정도가 아니다." 법정 스님에 대한 지묵 스님 평이다. 걷는 일 하나도 허투루 하지 않으시고 되도록 다른 사람에게 폐를 끼치지 않고 사시는 스님 면모가 엿보이는 말씀이다.

가르침을 주실 때나 자신에게는 철두철미하시지만 일상으로 돌아오면 따뜻하고 정이 넘치신다. 스님은 나이를 들어가면서 모든 일에 지나치게 엄격하면 메마른 고목과 같다면서 부드러워지려고 애쓰신다는 말을 가끔 하신다.

이렇게 엄격함과 부드러움을 겸비하신 스님을 뵙고 있으면, 우리 민화 〈까치와 호랑이〉에 나오는 호랑이 모습이 떠오른다.

민화 속 호랑이는 반가운 소식을 가져다주는 까치와 짝을 이뤄 등장을 한다. 여러 해석을 달 필요도 없이 까치는 하늘에 있고 호랑이는 땅에 있다. 이 한 폭 그림 안에 하늘과 땅 어울림, 천지조화가 다 들어 있다. 그 그림에 꼭 빠지지 않고 등장하는 게 하나 더 있는데 그것은 소나무다. 소나무는 늘 푸른, 목숨을 살리는 매개로 하늘과 땅을 잇는다. 반가운 소식을 전해 준다는 까치는 하늘을 상징하고, 호랑이는 자애로운 땅을 상징한다. 그래서 민화 속 호랑이는 흙처럼 친근하다. 스님은 흙처럼 구수하고 정겨운 민화 속 호랑이를 꼭 빼닮으셨다.

# 천진불 스님

　늘 근엄할 것 같은 법정 스님은 의외로 마치 어린아이처럼 순진한 구석이 많으시다. 지묵 스님이 법정 스님을 모시고 길 떠났을 때. 휴게소가 가까워지자 스님이 느닷없이 불쑥 말씀을 꺼내신다.

　"지묵 수좌, 초콜릿 먹고 싶지 않아?"

　영문 모르는 지묵 스님은

　"아뇨. 먹고 싶지 않은데요."

　하고 무뚝뚝하게 대답한다.

　그런가 하면 또 어떤 때 법정 스님은,

　"아이스크림 먹고 싶지 않아?" 하신다.

　그럴 때 지묵 스님은

　"아니오, 먹고 싶지 않아요." 했다.

　"묵 수좌 목마르지 않아? 목이 마를 때는 시원한 사이다가 제격인

데." 하시면

"네에, 스님. 먹고 싶어요. 그런데 스님, 제가 사이다를 마시고 싶은 줄 어떻게 아셨어요. 신기하시다." 이쯤 되어야 궁합이 척척 들어맞는 건데, 참 지묵 스님은 눈치가 없으셨나 보다.

스님이 뭘 잡숫고 싶으실 때 그렇게 물으신다는 걸 한참을 지나서야 겨우 안 지묵 스님. 그다음부터는 법정 스님이

"묵 수좌 뭐 먹고 싶지 않아?" 하시면 얼른

"네, 스님 먹고 싶어요. 그런데 스님은 어떻게 그렇게 제가 뭘 먹고 싶어 하는 걸 그리 잘 아세요? 너무 먹고 싶었는데." 했단다.

이럴 때 스님은 천진스런 아이와 같으시다. 당신이 그런 군것질거리를 사드시기가 민망하셔서 그러셨을 텐데, 말씀을 듣다 보면 그런 스님 모습이 눈앞에 훤히 그려진다. 민망스러움을 감추시려고 빙그레 웃는 천진불 같은 스님 모습을 떠올리려니 스님이 쓰셨던 글 가운데 한 대목이 잇대어 떠오른다.


지난 초여름, 자기 아버지를 따라 산에 온 다섯 살짜리 꼬마가 불쑥 하던 말이 이따금 생각이 난다.

"아빠, 바람이 달아!"

우물에서 제 손으로 물을 떠서 꿀컥꿀컥 마시고 나서는,

"아, 맛있다. 참 맛있다!"

하던 어른스런 그 꼬마 말이 아직도 메아리처럼 들린다.

바람이 달다고? 공기가 맑다는 말보다 얼마나 감칠맛 나는 말인가. 이래서 아이들 말은 그대로 시가 된다.

또 소독약 냄새가 섞인 도시 수돗물만 끓여서 마시다가 산골 찬물을 그대로 마시니, 암, 맛있고말고. '참 맛있다'지. 투명하고 솔직한 어린이는 이래서 '어른 아버지'가 된다.

이 이야기에 나오는 꼬마는 이제는 세상을 떠난 지 꽤나 된 정채봉 선생 딸, 리태. 아버지 뒤를 이어 작가가 된 정리태. 아마도 지금쯤 저만한 예쁜 딸이 있을지도 모를 리태 씨는 지금도 바람이 달다고 느낄까 궁금하다. 아직도 그 모습을 잃지 않았으면 좋으련만. 여태 어릴 적 첫 마음 잃지 않고 곱게 사는 사람. 마음이 트이고 열려, 들이고 내주는 데 거리낌이 없이 나누는 그런 사람이길 빌어본다.

그이가 그렇게 자기 아이와 마주 보며 "아가야, 바람이 참 달지? 아암! 바람은 달아. 달고말고." 하면서 고즈넉이 웃는 그이 모습을 그려본다.

어떤 마음이면 바람이 달까? 절집에서는 '수본진심 제일정진守本眞心 第一精眞'이라는 말이 있다. '참 마음' 순수한 첫 마음자리를 찾는 것이 가장 으뜸가는 공부라는 말이다. 그래서 스님께선 투명하고 솔직한 어린이가 어른 아버지라고 말씀을 하신다. 옛말에 '아이에게 배우라'는 말도 다 이런 바탕에서 나온 말이다.

천진불 스님은 그 천진성을 타고나셨을까?

# 하회탈 같으신 스님

법정 스님이 묵언을 마치고 겪으신 이야기. 조계산 불일암에서 삼동결제를 하고 혼자 토굴에서 계실 때 일이다. 마당 한쪽에는 '묵언중噩言中'이란 표지판이 세워져 있었다. 방문객은 누구라도 어떤 경우에도 말을 시키지 말라는 뜻이다. 토굴에 찾아온 방문객은 말없이 발길을 돌려야 했다. 어쩌다 묵언하고 계신 스님과 마주친 객들은 시퍼런 스님 서슬에 합장하고 자리를 비켜섰는데…….

이듬해 봄 묵언을 풀고 스님이 처음 만난 사람은 약초를 캐러 온 인근 마을 할아버지.

"스님, 물 한 모금 하려고 왔습니다."

스님이 혀를 겨우 움직여 말을 건넸다.

"아, 드세요."

스님은 다실로 할아버지를 불러들여 자리를 폈다.

"차 한 잔⋯⋯."

약초를 캐러 온 할아버지는 어서 일어날 생각을 하고 차를 마셨다. 두 잔, 석 잔.

"이젠 일어나겠습니다, 스님."

자리를 털고 일어나는 할아버지를 스님은 그냥 놔주지 않았다.

"잠깐!"

"⋯⋯?"

할아버지가 잠시 머뭇거렸다. 스님은 벽장에서 양말을 꺼내 할아버지에게 건네주며 말을 시켰다.

"할아버지, 젊었을 때 힘깨나 쓰셨겠어요."

"아, 네."

할아버지는 그저 건성으로 대답한다.

다시 주저앉은 할아버지가 한 10여 분쯤 지나 약초를 캐는 연장이든 자루를 챙겨 들고 주섬주섬 일어서려는데.

"아, 참. 이것 빠뜨렸네!"

스님은 마치 중요한 일을 놓친 듯 서둘렀다. 할아버지를 주저앉힐 구실을 찾았다.

"오늘은 약초보다 이걸 가져가 드세요."

스님이 벽장 안에서 꺼내놓은 것은 벌꿀에 절인 인삼이다.

"아, 이 귀한 것을⋯⋯ 스님이 드시지 않고⋯⋯."

그제야 할아버지는 이야기를 나누고 싶어 하는 스님 마음을 알아차리고는 아예 주저앉아 점심까지 얻어먹으며 말상대가 되어 드렸다.

"그때 겁이 나더구먼. 할아버지가 일어서면…… 어쩌나 하고, 허허."

사람이 그렇게 귀한 적이 없으셨단다.

이야기 한 꼭지 더, 법정 스님이 목욕하신 날. 아궁이에 장작불을 많이 모아두고 빨래를 방바닥에 널어놓고 그냥 쓰러져서 살포시 잠이 드셨다. 한밤중에 잠이 깨신 스님은 문득 밤중에 세상 사람들이 무엇을 하나 궁금해져서 라디오를 켜셨는데 바로 그때.

"안녕하십니까? '한밤의 음악 편지' 시간입니다. 오늘은 법정 스님 '무소유'를 낭독하면서 진행하겠습니다."

그 말을 들은 스님은 다락에 가서 옛 책을 꺼내다가 펼쳐서 라디오 진행에 따라 읽어 보셨다.

"참, 오랜만에 무소유를 읽었네. 하하하." 웃으셨다는데…….

스님은 조그만 일에도 천진스런 아이들처럼 감동하시고 많이 웃으신다. 넘치는 스님 유머감각은 영락없는 개그맨 같으시다. 극락전 앞뜰에 가득한 불자들을 향해 법문하실 때면 몇 분 간격으로 계속 웃음이 터진다. 불자들은 웃다 말고 두 손을 모으며 고개를 끄덕인다. 얼굴이 구겨지는 것도 아랑곳하지 않고 거리낌 없이 활짝 웃으실 때 스님 얼굴은 영락없는 하회탈이다. 당신에게 엄격하고 가르치실 때 준엄하시지만, 속내는 여리고 자상하고 구수한 스님은 마음 그대로 탈이 되신다. 하회탈.

우리가 평범한 일상에서 벗어나 잔치 마당으로 들어가려면 모든 게 거꾸로 서야 한다. 처연한 걸음은 춤이 되고, 늘 먹고 마시던 밥과 물은 떡과 술로 바뀐다. 일상에서 늘 주고받던 건조한 말은 노래와 시가 된다. 이렇게 모습이 하루아침에 바뀌는 것을 우리는 탈바꿈이라고 한다. 한바탕 놀이마당에 빠지지 않고 등장하는 것이 탈춤이다. 일본 탈들은 대개 표정이 없지만, 한국 탈들은 표정 변화가 무쌍하다.

그 가운데서도 늘 파안대소를 머금은 탈은, 엄숙한 양반이 탈바꿈한 양반탈이다. 탈을 쓰는 일은 탈바꿈하는 일이다. 하지만 스님은 탈바꿈 없이 바로 하회탈이 되는 기적을 일으키신다.

# 우리가 꿈꾸는 도량은?

요즘 스님은 부드러움이 넘치는 분이시지만, 스님을 처음 뵈었을 때만 해도 퍼렇게 날이 선 칼 같으셔서 가까이 가면 베일 것 같았다. 그리고 어쩌다 스님과 눈길이 마주치면 성성한 스님 눈길이 엄격한 판사처럼 진짜와 가짜를 가려내, "너 가짜지!" 하실 것 같아 몸을 웅크린 적이 많았다. 하지만 스님을 날카롭게 뵌 건 순전히 내 탓이었다. 옹글지 못한 삶을 살아왔기에, 그 모습을 들킬까 봐 베일 것 같은 느낌이 들었을 것이다.

그동안 스님 말씀을 종합해 보면 스님에게는 큰 변곡점이 세 번 있으셨다. 해인사에 사실 때, 한 스님이 해인사 조실로 계시는 금봉 스님 방에 들어가는데 같이 가자고 해서 따라 들어갔다. 그 스님은 금봉 스님께 화두가 잘 안 되는데 어떻게 하면 화두를 잘 들 수 있겠느냐는 물었다. 이때 금봉 스님은 "무슨 화두를 들고 있는가?" 되물었고.

같이 간 스님은 "본래 면목, 부모에게서 태어나기 이전에 본래 자기 자신은 누구였는가 하는 화두를 들고 있습니다."라고 대답했다.

그러자 조실 스님은 "본래 면목은 그만두고 지금 당장 그대 면목은 어떤 것인가?" 하고 되물었다. 그때 곁에서 듣던 스님은 '앗!' 하는 깨침에 더 물을 것 없이 방을 나오셨다고 했다.

법정 스님은 말씀하신다.

"불교는 과거나 미래에 있지 않습니다. 법은 과거나 미래에 있는 것이 아닙니다. 그때 당장, 그 자리입니다. 오늘 바로 이 자리입니다. 오늘 우리가 참선하고 기도하고, 염불하고 주력하는 것은 바로 지금 이 순간에 하는 겁니다. 사는 일도 마찬가지입니다. 내일은 없습니다. 어제도 없습니다. 늘 지금입니다. 늘 바로 이 자리입니다. 지금 이 자리를 떠나서는 아무것도 없습니다."

모든 존재는 이미 그대로 완전하며 더 이상 보태고 얻어야 할 것이 없다. 이미 완전하고 다 갖춰져 있는데 달리 어디서 무엇을 구할 것인가. 지금 그대로가 본디 면목인데, 어디서 면목을 찾을 것인가. 부처는 이미 완전한 사람, 이루어진 사람이다. 그래서 '본래 부처'라는 말씀이다.

역시 해인사 시절. 장경각에서 내려오는 아주머니 한 분이 스님에게 물었다. "저, 스님 팔만대장경은 어니 있나요?"

"아니, 지금 장경각에서 내려오시는 게 아니세요?"

그러자 그 아주머니 "아, 그 빨래판 같은 것이요?"라고 되물었다.

아무리 뛰어난 지혜와 자비 가르침이라도 알아볼 수 없는 글자로 남아 있는 한 그것은 한낱 빨래판 같은 것에 지나지 않는다는 그 깨침이 스님으로 하여금 정겹고 쉬운 우리말로 불경을 풀어쓰게 하는 방향으로 치닫게 했다. 불교 사전을 집필하게 했고, 역경원에서 불경을 번역하게 만들었다. 그리고 초기 경전인 〈숫타니파타〉와 〈진리의 말씀〉을 주옥같은 시어詩語로 풀어내셨다. 그뿐만 아니라 누구나 어렵다고 여기는 불교 진리를 한글을 아는 이라면 누구라도 듣거나 읽으면 알 수 있도록 아주 쉬운 말로 풀어 주신다.

언젠가 인도에서 아잔타 가는 길, 스님은 겨우 만원열차에 올랐지만 비집고 들어설 틈이 없어 인도와 서양 화장실 틈바구니에서 밤을 새우셨다. 사람들은 밤새 화장실을 들락거리고, 스님은 그때마다 역겨운 지린내를 맡고 똥오줌 누는 소리를 들어야 했다.

스님은 처음엔 화가 치밀어 올라 어쩔 줄 몰라 하다가 문득 '관념 차이'라는 생각을 떠올리며 그 순간부터 화도 불만도 사라지고 마음이 더없이 평온해지셨다고 한다. 스님은 그날 밤이 당시 인도 여행 중에서 가장 맑고 투명한 의식을 지닌 시간이었다고 회고하신다. 아침 6시 아잔타 석굴에서 가장 가까운 잘가온 역에 도착할 때까지 8시간 동안 스님은 지극히 평온한 선열禪悅, 선정에 들어 다른 곳에서 경험할 수 없었던 선정 삼매 기쁨을 누렸다고 하셨다.

스님은 2007년 동안거 해제 법석에서 그때 경험을 이렇게 말씀하신다.

"그때 화장실 앞 틈바구니가 제게는 고마운 도량이었어요. 그 어떤 선원이나 명당보다 고마운 도량이었습니다. 모든 것은 마음먹기에 달렸습니다. 마음먹기에 따라 지옥이 천당으로 변할 수 있고, 천당이 지옥으로 바뀔 수 있습니다."

"우리가 꿈꾸는 도량이 어디에 있는가? 지금 그대가 있는 바로 그 자리!"

# 사랑해요 동감

법정 스님이 어머니 상을 당했을 때 안거 중이었다. 스님은 안거를 마치고 나서야 가까운 스님들과 목포에서 어머니 49재를 모셨다. 재가 끝나고 모처럼 여러 친척들과 이야기를 나누게 되었다. 워낙 널리 알려진 분이시다 보니 일가친척 조카 손자들까지 스님을 단박 알아봤다. 그런데 조카들 가운데 교회에 다니는 사람이 생각 밖으로 많았다. 스님은 조카들에게 이런 당부를 하기에 이르시는데…….

"너희들 내가 보통 중도 아니고 이름 있는 중인데 삼촌 체면을 봐서라도 다시 절에 다니도록 해라!"

이렇게 조카들을 모아놓고 한참 이야기를 하신 스님.

"하하, 내가 내 입으로 이름 있는 중이라고 한참 훈계를 했다니까. 하하하."

법정 스님이 어린 시절 추억이 서린 학교와 동네가 있는 해남과 목포 여기저기를 돌아보고 오셔서 이런 말씀을 하셨다.

"꼭 죽은 혼이 되어 고향에 돌아온 기분이요."

지난 추억을 찾아 떠나는 여행은 시간 속 여행이다. 전생 길을 찾아가는 그 길은 마치 영혼이 몸 없이 이생 기억을 더듬는 것과 다를 바 없다. 출가하신 뒤 이야기조차 전생일진데, 하물며 출가 전 일이라면 스님에게는 더욱이 전생담일 뿐이다.

57세에 생을 마감한 패트릭 스웨이지가 출연한 영화 가운데 가장 으뜸으로 꼽히는 영화가 〈사랑과 영혼〉이다. 데미 무어와 함께 도자기를 빚는 장면이 너무 아름다워 많은 이들 심금을 울렸던 영화 〈사랑과 영혼〉을 법정 스님은 지묵 스님과 함께 보셨다.

"이 영화 주제가 사랑인가, 영혼인가?"

지묵 스님이 답했다.

"이 영화는 영혼이 주제입니다."

"그래? 영혼이 주제인데 사랑을 통해서 보여주는구먼."

사랑과 영혼 남자 주인공 샘 팻Sam Wheat(패트릭 스웨이지 분)은 절친한 친구 칼이 돈을 노린 음모에 말려 살해당한다. 샘은 죽기 전에 그 연인인 도예가 몰리 잰슨Molly Jensen(데미 무어 분)이 "사랑해요"라고 하는 말에 답을 언제나 "동감!"이라는 말로 대신했다.

영혼이 된 샘은 자기를 죽인 강도가 몰리마저 해칠 수 있다는 생각에 돌팔이 점성술사 오다메Oda Mae Brown(우피 골드버그 분)를 만나 몰리에게 위험을 알린다. 하지만 몰리는 오다메를 정신병자 취급을 한다. 샘은 오다메와 몰리를 카페에서 만나게 하고는 몰리에게 자신이 몰리를 '사랑한다'고 전해 달라고 한다. 그러자 몰리는 그 사람은 그런 말은 하지 않는다며 돌아선다. 샘이 다시 오다메에게 "동감이라고 말해!"라고 소리치고, 오다메가 입을 열어 "동감"이라고 말하자, 몰리는 소스라치게 놀라며 비로소 샘 영혼 존재를 믿는다.

샘은 절친한 친구 칼이 엄청난 돈을 빼돌리려고 자기를 죽이라고 시킨 짓인 걸 알게 되고 그 음모에 격분한다. 우여곡절 끝에 칼은 죽음을 당하고 그 영혼은 악마들에게 끌려간다. 원한을 풀고, 몰리 안전을 확인한 샘은 천국으로 가는 이별 길에서 몰리에게 "사랑해 늘 사랑했었고……."라고 말한다. 눈물에 젖은 얼굴로 몰리는 샘에게 말한다. "동감"이라고. 샘은 몰리에게 영원한 사랑을 약속하고 눈부시게 환한 빛을 뿌리며 저 하늘 속으로 사라진다.

왜 남자들은 사랑한다는 말을 건네길 쑥스러워하는가. 어쨌든 이 영화를 보면서 사랑은 상대 생각에 대한 '동감'이라고 배웠다.

스님은 영혼이 이승에 남긴 사랑을 잊지 못한 채 인연 있는 곳을 찾아 떠돌아다니는 것처럼, 당신이 둘러본 고향이 마치 먼 전생 속 고향에 발을 디디는 느낌과 같다고 말씀하신다. 전생이 쌓여 오늘이 되고,

한 순간 한 순간 내가 한 선택이 지금 이 순간을 이룬다. 하지만 지난 전생은 그저 지난 일일 뿐 우리는 어제를 살 수 없다. 지금 이 순간에서 절절하고 뼈근하게 새로운 인연을 쌓아가며 오늘을 살아야 한다.

처음 스님이 되셨을 때 스스로에게 A학점을 주셨지만, 수십 년이 지난 뒤에 스스로 매긴 학점은 D나 E학점이라고 하신다. 하지만 스님은 혼자 사시면서도 날마다 예불을 거른 적이 없을 뿐만 아니라, 안거를 거르신 적도 없으시다. 더구나 비구계를 받으셨던 여름 안거 해제 때에는 한해도 빠짐없이 처음 마음으로 돌아가 출가하면 가장 먼저 배우는 〈초발심자경문〉을 다시 읽고 되새김하신다.

"늘 깨어 있으라, 깨친 뒤라야 제대로 닦을 수 있다. 계속 닦고 또 닦아야 한다."고 말씀하시는 스님. 깨달음이란 깨친 뒤에 닦기 위해 내닫는 것이다. 깨치고 그 자리에 머무르는 것이 아니라 한 달음에 그 깨침 빛을 발하는 것을 말한다. 그 빛 발함이 바로 사랑이고 자비다. 이 세상 떠나는 날, 우리가 가지고 갈 것은 스스로 쌓은 업뿐이라는 말씀을 되풀이하시는 스님은 지금도 그렇게 만나는 모든 이들에게 사랑을 퍼뜨리신다.


스님께 "사랑해요." 하면
"동감!" 하시겠지.

# 친견

법정 스님 불일암 시절. 법정 스님 책을 읽고 감동을 받은 어떤 이가 불일암으로 찾아왔다. 법정 스님을 뵙고는 이렇게 말한다.

"저, 법정 스님을 뵈러 왔는데요. 스님이 꼭 법정 스님 같으십니다."

법정 스님이 시치미를 뚝 떼고 말씀한다.

"아, 그래요? 법정 스님이 날 닮았다는 소리를 더러 들어요."

그 사람은 혼잣말처럼 중얼거린다.

"법정 스님을 뵈러 왔는데……. 어디 계실까?"

그러다가 불일암을 내려가는 편백나무 숲길에서 한 스님을 만나 묻는다.

"스님, 불일암에 법정 스님이 안 계시나요?"

볼일을 보려고 산에 오르던 송광사 스님이 대답한다.

"아니, 계실 텐데요."

그 사람은 갸우뚱거리며 말을 이었다.

"키 큰 스님 한 분만 계시고 아무도 없던 데요."

"허허, 그분이 법정 스님이신데……."

"네? 그분이요? …… 허허, 쩝."

서울 봉은사 다래헌에 살고 계실 때 일이다.

한 거사가 울타리 개구멍으로 기어들어오는 것을 본 법정 스님께서 "아니, 좋은 길을 놔두고 왜 길 아닌 데로 들어옵니까!" 하고 꾸짖자, 기가 팔팔한 처사도 물러서지 않고 대들었다.

"아니 스님, 제가 이리 들어오건 말건 간에 스님이 무슨 간섭이세요?"

이렇게 옥신각신하고 있는데 마침 스님 한 분이 나타나서

"한데 거사님 무슨 일로 오셨어요?" 하고 물었다.

그러자 그 거사, 다툴 때와는 달리 진지하고 공손하게 말했다.

"아, 네. 법정 스님을 좀 뵈러 왔습니다. 훌륭한 글을 쓰시는 법정 스님을 좀 뵐 수 있을까 해서요. 〈무소유〉를 읽고 느낀 바가 많아서요."

소원대로 법정 스님 친견을 했는데 모양새가 딱하게 되었다.

이 두 이야기가 우리에게 주는 교훈은 무엇일까. 첫 번째 이야기, 법정 스님 거처에 찾아가 법정 스님을 닮은 분을 뵈었다면 마땅히 법정 스님으로 알고 인사를 올렸으면 됐을 것을, 괜히 애매하게 굴다가 딱한 꼴을 당한 셈이다. "법정 스님!" 하고 바로 일러야지, 무엇 때문에 에둘러 "법정 스님 같으십니다."고 할 것인가. 느낌이 올 때는 바로 나서야지 괜스레 빙빙 돌아가서는 안 된다. 스님은 에둘러 가는 태도를

반기시지 않는다. 무슨 일을 하든지 태도를 분명히 해야 한다.

두 번째 이야기, 법정 스님 책을 읽고 좋은 말씀에 감동이 되어 찾아가는 길이 틀렸다. 언제 스님이 빨리 가려면 개구멍받이로 들어가도 좋다는 말씀을 하셨는가. 스님 말씀은 언제나 올곧고 바르게 살아야 한다는 말씀이신데, 장부라면 마땅히 일주문으로 예의를 갖춰 당당하게 걸어 들어가야 하거늘, 어찌 개구멍으로 들어가려 했는가.

그저 훌륭한 글을 읽을 뿐 삶이 바뀌지 않는다면, 그 말씀은 공염불이다. 앎이 행동으로 옮겨질 때 비로소 훌륭한 글은 빛을 발한다. 앎이 바르면 삶이 바라지는 것. 행으로 나오지 않는 앎은 차디차게 죽은 지식일 뿐이다.

길상사 초창기에는 주차장에서 지금 지장전 쪽으로 바로 길이 나 있었다. 그러다 보니 승용차를 타고 온 신도들은 일주문을 거치지 않고 바로 지금 지장전 자리에 있는 소법당 쪽으로 무시로 드나들었다. 하지만 얼마 지나지 않아 그곳에 담이 생기고 입구를 막았다. 왜 그랬을까. 법정 스님이 절에 오는 사람들은 일주문을 거쳐 예의를 갖추고 들어와야 마땅한데 어찌 주차장에서 뒷길로 들어오느냐 하시면서 주차장에서 절로 오는 길을 막으라고 이르셨다.

'친견'이란 본디 모습, 참모습과 직접 만나는 것이다.

# 음식 진언

오래전 불일암 어느 명절날.

부엌에서 땀을 흘리며 음식 장만을 하는 지묵 스님 뒤로 법정 스님이 가만히 다가와서 물으신다.

"묵 수좌, 밥을 지으며 무슨 생각을 하지?"

지묵 스님은 갑자기 그렇게 물으시는 법정 스님 의도를 알 길이 없어 눈만 끔뻑거리고 있는데.

"……?"

"음식 할 때 음식을 맛나게 하는 진언이 있는데 그게 뭔지 아나?"

"네?"

법정 스님은 영문을 알 길 없어 어리둥절한 표정으로 서 있는 지묵 스님 어깨를 툭 치면서 말씀하신다.

"음식을 할 때 하는 진언은 옴 맛나 맛나 사바하. 세 번이야!"

"네? 하하하"

"하하하."

그리고 한참 동안 지묵 스님은 빠진 배꼽을 찾느라 부엌 바닥을 훑었다던데…….

법정 스님 개그는 불일암 '정랑'에서 절정을 이룬다. 절집에서 정랑은 화장실을 가리킨다. 정랑은 별명을 가지고 있다. 해우소解憂所가 그것이다. 경봉 스님이 농삼아 이르시던 말씀으로 '모든 근심걱정이 풀리는 곳'이란 뜻이다. 스님은 그 해우소 양 발판에 방문객들을 위해 고무신 본을 그려 놓으셨는데 그대로 맞춰 딛고 용변을 보면 옆으로 튀거나 하지 않고, 실패 없는 방분放糞이 된다는 뜻이다. 이것이 스님 정감 어린 위트다.

스님은 늘 넉넉하고 해학이 넘치신다. 하긴 얼음 선사라는 별호가 붙으실 만큼 규범이 엄격하신 스님께 이런 위트마저 없으시다면 둘레 있는 사람들 숨통이 막혔을지도 모를 일.

유머humor라는 말은 동물 체액이나 나무 수액을 뜻하는 라틴어 'humanus'에서 유래되었다. 고대인들은 체액 배합 정도가 그 사람 생각이나 성격을 결정한다고 믿었고, 이런 배합이 사람 행동이나 말투, 문장으로 촉발되는 웃음을 만든다고 믿었다. 체액이 적당한 성분과 배

합률을 유지하면서 잘 흐르면 심신에 도움이 된다는 뜻으로도 받아들일 수 있겠다. 이 어원에서 볼 수 있듯이 유머는 우리 건조한 삶에 활기와 즐거움을 불러일으키는 묘약이다.

유머humor 소재가 되는 요소는 크게 세 가지로 구분할 수 있다. 그 첫째는 '상식 반전incongruity'이다. 이는 사람들이 상식에 반하는 이야기로 놀람을 주는 것이다. 상식 밖 정보는 듣는 이가 알아듣고 이해reconcile하는 과정에서 듣는 이에게 지적 새로움newness을 준다. 둘째 '긴장 유발 뒤 해소arousal-safety'하는 것이다. 유머는 듣는 사람에게 긴장tension을 주고 고조된 긴장을 해소release시키는 즐거운 해결책을 제공한다. 마지막으로 '놀림, 비난, 깔봄disparagement'이다. 개그 프로그램에서 흔히 볼 수 있는 것처럼 다른 이에 대한 인신공격과 조롱은 보는 사람들에게 묘한 즐거움을 준다고 한다. 하지만 놀리고 비난하는 것은 자칫 좋지 않은 감정이 쌓일 수 있으므로 이런 유머는 쓰지 않았으면 좋겠다.

얼마 전 한 강연회에서 정신과 의사가 좋은 부모 되기란 주제로 강의를 했다. 강사가 강의 도중에 불쑥, 그러더란다. "제게 대학 다니는 아들이 있는데 이 녀석이 천재입니다. 정말입니다." 청중들은 좋은 부모 되는 법을 가르치는 사람 아들이니 남다른가 보다 하는 표정으로 귀를 쫑긋 세우고 들었는데……, 그 강사 얘기가 이랬단다.

"그 애 천재성은 중학교 때부터 드러났는데, 중학교 다니던 어느 날 제가 거실에서 TV를 보고 있었을 때 일입니다. 아들이 곁에서 컴퓨터를 하고 있었지요. 제가 '길동아!' 하고 아들을 불렀더니 '네, 이제 그만할게요.'하고 대답을 하지 않습니까? 저는 단지 이름만 불렀을 뿐인데 제 아이는 제가 무슨 말을 하려는 건지, 말을 하지 않아도 다 짐작하는 것 그게 천재가 아니고 뭐겠습니까. 하하하." 청중 속에서는 폭소가 터져 나왔단다. 그러면서 모두들 이어지는 강연에 즐겁게 몰두하고 공감하고 큰 교훈을 얻은 느낌이었다고 참석자들은 전한다. 그 얘기를 들으면서 새삼 느꼈다. 유머가 얼마나 즐겁고 유쾌한 것인지. 재치로 누군가를 웃게 만들고 누군가 재치를 순간 알아채고 웃는 하루하루는 얼마나 즐거울까. 썰렁할지도 모르지만, 몇 년 전에 배운 유머 하나.

가슴 무게는 몇 근일까?
바로 네 근이다.
왜냐하면 가슴이 두근 +두근이기 때문이다.

그럼 우리 인생 무게는?
만 천근이다.
우리 인생이 천근+만근이기 때문에……

그럼 마지막으로 내 마음은 몇 근일까?

"열 근이다."

왜냐하면 내 마음은 언제나 따끈따끈(닷근+닷근)하기 때문이다.

천근만근 같은 세상.

이 세상을 즐겁고 행복하게 살기 위해서 따끈따끈한 마음이 필요하다. 마음속에 뜨거운 꿈 하나 담고 얼굴은 싱글벙글, 웃음으로 가득 찬 하루가 되길 빈다.

# 틈새, 숨길을 트자

제주도에는 바람이 많다. 많기만 한 게 아니라, 아주 세다. 그저 센게 아니라 드세고 거세다. 그 바람을 막기에 제주도 담은 괜찮은가? 탄탄한가? 아니다. 제주도에 있는 담은 물론 단단한 돌을 쌓아 만든 돌담이다. 하지만 돌로 쌓기는 했지만 쌓으면서 돌과 돌 사이, 틈새를 메우지 않았다. 바람이 술술 드나들 만큼 구멍이 숭숭 뚫려 있다. 아니 구멍이 뚫려 있다는 표현을 쓰기 어려울 만큼 구멍 반 돌 반으로 아주 성글다. 그 바람에 바람이 술술 무시로 드나든다. 그 담 높이도 높지 않고 아주 나지막하다. 대체 왜 그런 담을 쌓았을까?

바람이 많은 제주 담벼락에 바람 길을 내주지 않으면 어떻게 될까? 바닷바람이 무시로 드나드는 제주에서 뭍에 있는 담처럼 바람 길을 막았다면 어찌 되었을까? 그랬다면 그 담은 담으로서 집을 보호하는 제구실을 잃고 집을 덮치고 마는 재앙이 되었을 것이다. 제주도에는 담만 들고나기 쉽게 되어 있는 게 아니다. 대문이 아예 없고 늘 열려 있는 데 사람이 없을 때는 나무 하나 걸쳐 놓은 구조다. 누구도 막아서지 않고 트인 구조다. 누구에게나 열려 있다. 제주도에 사는 사람들은 자신들뿐 아니라 바람조차도 무시로 드나들 길을 내줬다.

"건축이라는 것은 땅의 소리를 듣는 거예요. 지금은 자본 논리에 덮여 잊혔지만, 예전 우리 어른들은 우물을 덮을 때도 돌을 성글게 해서 덮고, 물길을 막지 않으려고 노력했습니다. 땅에 대한 예절을 지켰던 거지요."

서울 토박이 건축가 임형남 말이다. 이렇게 우리 조상들은 바람 길뿐 아니라, 물길도 내주었다. 모든 숨통을 틔우는 게 우리 선조들 지혜였다.


바람 길을 막으면 바람결이 곱지 않다. 본디 바람 길을 잘 써서 지은 건축물을 외려 뒷날 드나듦을 막아 흉하게 만들어 버린 일이 흔하다. 세계문화유산 석굴암은 20세기 초 일본 사람들이 무너져 내린 전실을 고치면서 바깥 돔 전체를 콘크리트로 덮어버렸다. 그 뒤엔 돌에 이슬이 맺힐 만큼 습기가 몹시 차 부식이 심해지자 콘크리트 돔 바깥에 또다른 콘크리트 벽을 둘러쳤다. 하지만 습도가 줄기는커녕 외려 더 심해졌다. 이제는 제습기를 켜놔도 나아지지 않았다. 드나듦을 생각하지 않고 우격다짐으로 바람 길을 막았기 때문이다. 옛 어른들이 집에다 빈 칸이나 틈을 둔 것은 바람이 다니는 길을 내고 바람이 머무는 곳을 만들기 위해 그랬던 셈. 바람이 다닐 수 있는 길을 만들어 놓은 옛날 집에는 눅눅해진 마음을 보송보송하게 해주는 바람이 무시로 드나든다.

옛 어른들은 자연과 더불어 살 줄 알았다. 또한 자연이 주는 혜택을 슬기롭게 잘 쓸 줄 알았다. 하지만 우리는 옛 것은 낡은 것이고 모자란 다고 여기면서 조상들이 남겨놓은 드나듦 길, '비움' '틈새' 쓰임새를 몰랐다. 그저 꽉꽉 틀어막았다. 우리 조상들이 지녔던 슬기를 내동댕 이쳤다. 자연과 더불어 나누고 드나드는 슬기를 까맣게 잊었다. 자연 이 우리에게 주는 신비를 느끼고 맛보려고 들지 않고 자연을 정복하고 속박하려고 들었다. 그래서 요즘 집들을 보면 바람이 드나드는 길을 첩 첩이 막아 세운다. 도대체 남는 공간이 없다.

방문을 보더라도 예전 한옥 방문은 문과 문틀 사이 빈틈을 애써 메 우려 하지 않고 헐겁게 했다. 그리고 빗살 난 문에 창호지를 발라 숨을 쉬게 만들었다. 안팎이 서로 소통을 했는데, 요즘 집들은 꽁꽁 틀어막 았다. 한옥 습기를 늘 일정 수준 유지하는 데는 창호지를 바른 문이 차 지하는 비중이 크다. 막았지만 막히지 않는다. 겉과 안이 소통하는 문 이 창호지를 바른 문이다. 대문은 또 어떤가? 전통가옥 대문은 위아래 로 바람 길도 넉넉했지만 나무와 나무 사이에 틈이 있어 안팎이 숨 쉬 는 구조였다. 그러던 것이 철문으로 꽁꽁 틀어막아 숨 쉴 틈도 없다. 숨 막히는 데가 아파트다. 아파트가 아닌 일반 가옥은 비록 철대문을 달 았더라도 위아래는 트여 있다. 하지만 대문을 열고 들어서고 나면 바로 현관서부터 안팎이 단절되는 막힌 구조다.

이렇게 단절된 집에 사는 사람들 마음은 어떨까? 바로 앞뒷집에 사는 사이라도 서로 얼굴을 모르는 건 고사하고 마주치더라도 아는 체하지 않는다. 멀뚱멀뚱 바라보는 게 어색해서 차라리 마주치지 않는 게 상책이다. 너는 너, 나는 나이다. 이렇게 막히면 석굴암처럼 속이 썩는다. 물만 고이면 썩는 게 아니라, 무엇이든 막히면 썩는다.

"안 맞는 옷을 억지로 입을 수 없듯이, 집도 마찬가지예요. 그 안에 사는 사람 심성에 따라, 개성에 따라 다 달리 짓고 살아야 하는데 아파트가 어디 그래요? 네모반듯한 모양이 어딜 가나 다 똑같고, 창문 꽉꽉 다 닫고 살아야 하는 구조에서는 도무지 창의성이라는 게 나올 수 없어요. 또 아파트는 구수하고 능청스러운 구석이 없잖아. 이제는 좀 사람답게 살아보는 집을 생각해볼 때가 되었어."

고건축 대가 신영훈 씨 말이다. 숨통을 꽉꽉 막은 요즘 집에서 숨 막히지 않고 살아가는 사람들이 참 용하다.

새해에는 부디 틈새를 내자. 틈을 내자. 바람결을 살리는 바람 길을 트자. 숨결이 열리게끔 숨길을 내자. 그래서 제발 숨 좀 쉬고 살자.

2장
—

나밖에 모르면

# 좋은 말씀을 찾아서

스님 필치는 물이 흐르듯이 유연하고 능숙하시다. 한 분야에 일가를 이룬 대가大家가 쓴 글씨는 유연하다. 이런 글씨를 받아보는 이는 평생 잊지 못한다. 그래서 스님 옥서玉書에 사인을 받으려고, 사람들은 '스님 한 말씀 써 주세요.' 하면서 막무가내로 조른다. 그러면 스님은 책 속 표지에다가 '한 말씀'이라고 쓰신다. 또 어떤 사람은 종이와 붓을 들고 가서는, 점 하나라도 좋으니 찍어달라고 조른다. 그러면 정말 '점 하나'만 찍고 마신다. 그런가 하면 어떤 육덕이 좋은 보살님이 법명을 지어달라고 부탁을 올리니, 즉석에서 이렇게 작명하신다.

'우량모優良母 보살!'

체격이 튼튼한 아이를 기를 튼실한 어머니로 적합하기에 '우량모'로 지으신 것이다.

한번은 어느 분에게 엽서 한 장을 보냈는데 그 엽서를 받은 보살님이 돌아가실 때 이런 유언을 남겼다.

'내 위패 옆에 큰 스님이 친필로 써서 보내주신 엽서를 놓아다오.'

스님은 이 말씀을 전해 들으시고는 다른 사람 편지를 받고 답장을 쓸 때 더욱 조심스러워졌다고 하신다.

지묵 스님이 쓰신 글에서 일부 발췌했다. 법정 스님 한 말씀은 이처럼 늘 유쾌하고 해학이 흠씬 묻어난다. 하지만, 그렇지 않은 경우도 있다.

어느 해 봄 법회를 마치고 행지실로 가시는 법정 스님을 웬 거사 한 분이 부리나케 쫓아 올라간다. 스님을 외호하는 거사들이 만류할 겨를도 없이. 스님을 따라 행지실로 들어가더니 스님이 가사 장삼을 벗어 놓기가 바쁘게, 가지고 온 책을 펼치면서 '좋은 말씀'을 한마디 거기에 적어달라고 했다.

법석에서 스님은 심혈을 기울여 좋은 말씀을 해주셨건만, 그것만으로는 이 거사님 성에 차지 않았나 보다. 스님 눈가에 허허로움이 살짝 스쳤건만, 그 거사는 아랑곳하지 않고 화두 삼아 지닐 테니 부득부득 좋은 말씀을 써달라고 한다. 스님은 떨떠름하게 입맛을 다시며 '나는 누구인가?'라고 써 주셨다.

하지만 그 거사, 아직 성에 덜 찼는지 마치 어린아이가 제 어미에게 보채듯이 다시 좋은 말씀을 써달라고 우겨댄다. 스님 마음이 몹시 언

짧으셨을 테지만, 그 책을 다시 받아 드셨다. 그 상황에서도 스님 해학은 어김없이 빛을 발한다. 책 표지 안 쪽 그득히 큼지막하게 '좋·은·말·씀'이라고 써 주셨다. 그 책을 받아든 그 거사 표정이 상상이 가는가.

우리 현주소를 돌아보게 하는 일화다. 윗글을 보면서 피식 웃음을 웃는 사람도 있을 것이다. 하지만 되돌아보자. 그 거사처럼 굴지 않았다고 해서 우리 모습이 그이와 과연 다른지.

지난 시절을 되짚어보면 불교를 배척하던 조선 시대나 일제강점기에는 부처님 말씀을 접할 기회가 아주 드물어 좋은 말씀에 굶주렸었다. 하지만 지금은 어떤가. 부처님 말씀뿐 아니라, 좋은 말씀과 정보가 넘쳐나는 시대를 살고 있다. 좋은 말씀은 대체 우리에게 무엇인가. 한 말씀 듣기만 하면, 저절로 그 좋은 말씀이 우리에게 행복한 삶을 가져다주는가?

한 말씀, 좋은 말씀이 넘치는 이 시대. 좋은 말씀을 들은 만큼, 그 좋은 말씀을 따라 우리 삶이 맑고 향기로워져야 한다. 우리는 과연 그 좋은 말씀을 따라 건강하고 참된 삶을 살고 있는가. 참된 앎이란 행이 따라야 한다. 행이 따르지 않는 앎은 진정한 앎이 아니다. 그저 스쳐가는 바람일 뿐.

지금 우리에게 필요한 것은 그 좋은 '한 말씀'이 부끄럽지 않게 저마다 제 삶을 참되게 사는 길이다.

# 지금도 마음 아픈 엿장수 이야기

"중학교 1학년 때, 같은 반 동무들과 어울려 집으로 돌아오던 길. 엿장수가 엿판을 내려놓고 땀을 들이고 있었어요. 그 엿장수는 교문 밖에서도 가끔 볼 수 있으리만큼 낯익은 사람인데 그는 팔 하나가 없고 말을 더듬는 불구자였습니다. 저는 친구 대여섯 명과 함께 그 엿장수를 둘러싸고 엿가락을 고르는 체하면서 적지 않은 엿을 슬쩍슬쩍 빼돌렸습니다. 돈은 서너 가락 치밖에 내지 않고. 그는 그런 영문을 모른 채 연방 벙글벙글 웃고 있었어요."

그 일이, 돌이킬 수 없는 그 일이 두고두고 스님을 괴롭히고 있다. 그가 만약 넉살 좋고 건강한 엿장수였다면 스님은 벌써 그런 일을 잊고 말았을 것이라고 하시면서. 그가 장애자라는 점이 아직도 지워지지 않은 채 기억 속에 생생하다고, 무슨 까닭인지 그때 저지른 그 허물이 줄곧 그림자처럼 스님을 쫓고 있다고 말씀하신다.

그러면서 "이다음 세상에서는 다시는 더 이런 후회스런 일이 되풀이되지 않기를 진심으로 빌며 참회한다. 내가 살아생전에 받았던 배신이나 모함노 그때 한 순박한 사람 선의를 저버린 과보라 생각하면 능히 견딜 만하다"고 말씀하시는 스님. 이 말씀은 오래전 법석에서도 두어 번 들은 적이 있다. 늘 마음에 걸리셨던 모양이다.

아주 솔직한 고백이고 준엄한 자기 심판이시다. 수억, 수십억, 수천억을 도둑질하고도 눈 하나 깜짝하지 않는 세상에서 엿가락 몇 개 그것도 철모를 때 놀이 삼아 했던 기억을 떠올리며 하는 참회는 우리 삶을 되돌아보게 한다.

스님 출가 직후와 맞물리는 내 어린 시절은 전쟁 직후라서 상이군인들이 많았다. 그들은 떼거리로 몰려다니면서 행패를 부리기도 하고, 구걸을 하거나 노점으로 생계를 잇는 이들이 많았다. 다니던 초등학교 근처에도 오른팔에 갈고리를 한 상이군인 아저씨가 군고구마를 팔고 있었다. 아저씨는 왼손과 오른손을 대신하는 갈고리로 군고구마를 돌려가며 타지 않게 잘 구워냈다. 그 아저씨는 다른 군고구마 장수들과는 달리 큰 고구마를 구워 팔지 않고, 요즘에 호박고구마라고 불리는 작고 갸름한 물고구마만 구워 팔았다. 그때는 참 어렵고 배고픈 시절이라, 어른들은 한두 개만 먹어도 속이 든든한 큰 밤고구마를 파는 사람에게 고구마를 샀지만, 우리들이 먹기에는 너무 큰 밤고구마보다 한 입에 쏙 들어가는 부드럽고 다디단 상이군인 아저씨가 파는 물고구마를 더 즐겨 먹었다. 덤도 잘 주실뿐더러, 돈이 없어 다른 아이들이 먹는 걸 바라만 보고 있을 때도 "너도 먹고 싶지? 옜다 하나 먹어보련?" 하면서 하나씩 거저 주는 고마움에 보답하려는 마음도 컸다.

어릴 적 초등학교 한 3,4학년 때쯤 나도 도둑질을 한 적이 있었다. 어디서 구했는지 만화책을 책가방에 넣어가지고 다니는 아이들이 많았다. 그때는 내남직없이 헐벗고 굶주릴 때라 만화책을 사서 볼 엄두를 내지 못할 때여서 '만홧가게가 아니면 볼 수 없는 만화책을 어디서 구했지?' 하면서 어린 마음에도 그들이 몹시 부러웠다. 알고 보니 그 만화들은 만홧가게에서 훔친 것들이었다. 그 말을 처음엔 별생각 없이 들었지만, 만화책을 가진 애들이 너무 부러워 나중에는 '나도 한 번 훔쳐볼까?' 하는 유혹에 마음이 흔들렸다. 그래도 용기가 나질 않아 몇 달을 그냥 흘려보냈는데. 그해 겨울, 오랜 망설임 끝에 할머니가 하시는 만홧가게에서 만화책을 훔쳐 스웨터 속에 집어넣는 데 성공했다.

두근거리는 가슴을 부여잡고 만화방에서 나오려는데 만화방 할머니가 불러 세우셨다. 태연한 척하려고 애썼지만 가슴은 벌렁거리고 얼굴이 벌겋게 달아올랐다. 그냥 도망갈까 싶었지만 발바닥이 땅에 딱 달라붙어 옴짝달싹할 수가 없었다.

나중에 알고 보니 할머니는 내가 들어올 때부터 평소와 달리 어딘지 어색하고 태도가 다르다는 걸 눈치채고 예의 주시하고 있었는데, 그것도 모르고 늘 앉던 자리를 놔두고 구석 어두운 곳에 틀어박혀 할머니를 흘끔흘끔 보면서 진땀을 흘리며 만화를 훔쳤던 것이다.

너는 그런 애가 아닌데 누가 시켰느냐며 다시는 그러지 말라고 이르시는 할머니 말씀에 화도 나고 창피해서 흐르는 눈물을 주체하지 못했다. 그 뒤로 나는 만홧가게 근처에 얼씬거리지도 않았다. 그 바람에 좋아하던 만화와 인연을 끊게 되었다. 만약 그때 할머니에게 들키지 않았더라면 어땠을까? 어쩌면 만화뿐 아니라 다른 물건도 훔치게 되었을지도 모를 일이다.


"할머니, 고맙습니다."

# 결 고운 그 마음이 걸림돌

법정 스님은 2003년 6월 추적추적 이른 장맛비가 내리는 법석에서 이런 말씀을 하셨다.

"솔직히 말해서 저는 이와 같은 대중법회를 별로 좋아하지 않습니다. 시원한 나무 그늘에 앉아 한 사람 한 사람 마주 바라보면서 묻고 답하며 사는 이야기를 나누는 모임이 그립습니다. 진정 좋은 법회라면 말하는 사람과 듣는 사람이 서로 주고받아야 합니다. 침묵 속에서 마주 바라보고, 서로 귀를 기울이고, 같이 느끼면서 존재하는 기쁨을 함께 누릴 수 있어야 합니다. 그런 자리라야 진정한 만남이나 모이는 의미가 새록새록 싹틀 것입니다. 오늘 제가 법회에 나오면서 이 법회 형식에 대해 생각하는 바가 있어 미리 말씀드렸습니다. 언젠가 시절인연이 오면 그런 모임을 갖고 싶습니다."

그리고 그해 여름 어느 날, 나는 신행단체장 가운데 한 분에게 전화를 받았다. 법정 스님 법회 사회를 봐달라는 전화였다. 그야 당연한 이야기였다. 그때 나는 법정 스님 법회뿐 아니라 일요법회 진행도 볼 때였으니까. 하지만 정해진 법회 때도 아닌데 뜬금없이 무슨 말이냐고 물었다.

그는 스님께서 불자 모임 회원 가운데 열성으로 동참하는 몇 사람과 법담을 나누는 소모임을 가지겠다고 하셨다고 전한다. '아, 바로 전 여름 법회 때 하신 말씀처럼 이제 서로 주고받는 대기설법對機說法을 시작하시려나 보다.' 싶었다.


그런데 몇 사람만 모이는 법석이라면 굳이 사회자가 필요 없을 터인데 왜 전화를 했느냐고 물었다. 그랬더니 '스님 귀한 자리를 마련해 하시는 소중한 말씀을 몇 사람만 들을 수 없어서 동참이 가능한 거사림과 보현회원을 포함해 절에 나와 나눔을 하는 자원봉사자들에게 연락을 해서 백여 명도 훨씬 넘는 사람이 모일 것'이라고 했다.

과연 고운 마음결을 지닌 그이다운 발상이었다. 스님께서 크게 마음을 내셔서 절 일을 열심히 한 사람들을 위해서 하시는 법문인데 어찌 몇몇 사람만 들을 수 있느냐. 마땅히 절을 위해 애를 쓴 모든 사람이 함께 들어야 하지 않겠느냐는 말이었다. 아차, 싶은 마음에 이건 아닌데 싶어 나는 대뜸 거친 말을 던졌다.


"아니! 회장님. 지금 제정신으로 하는 말이요? 스님 마음을 그렇게 헤아리지 못해요. 지난번 법회 때 스님께서 하신 말씀을 그새 잊었소? 회주 스님께서는 이번 법담을 시작으로 듣는 사람 깜냥에 맞춰 대기설법을 하시겠다는 건데, 그걸 헤아리지 못하고 그렇게 많은 사람에게 연락을 했단 말입니까? 이번에 그 모임이 잘 진행이 되면 이어서 다른 신행단체와도 소참 모임이 진행될 터인데……."

스님 뜻을 바로 헤아리지 못한 데 대한 아쉬움에 발끈하는 바람에 그만, 언성이 나도 모르게 올라갔다.

그는 평소에 특별한 일이 있으면 내게 먼저 연락을 해서 의견을 나누곤 했다. 하지만 스님이 신도들만을 위한 법석을 여신다는 얘기를 듣고 너무 기쁜 나머지 절에서 먼저 마주친 절 살림을 도맡아 하는 분들에게 법회 소식을 전하고 나서, 내게 전화를 한 것이다. 콩 한쪽이라도 나눠 먹는 마음으로 두루 함께하려는 결 고운 마음이 앞을 가려 그만, 속 깊은 스님 뜻을 헤아리지 못하고 만 것이다. 입맛이 썼다. 안타까운 마음에 내뱉다시피 말했다. "저는 못 갑니다. 스님 뜻을 헤아리지 못한 자리에 앉아 있기 민망해서." 성격이 모가 난 나는 결국 그 법석에 동참하지 않았다.

그런 자리라면 마땅히 충분히 공부가 되고 열정을 갖춰 일하는 몇 사람이 진심 어린 이야기를 나눠 앞으로도 이런 법담이 이어지도록 기초를 닦아야 할 터였다. 만약 스님 뜻을 잘 헤아리지 못하는 사람들이 동참을 해서 불쑥 스님께 뜬금없는 물음을 던져 모임을 어색하게 만들든지, 아니면 그저 보통 대중법회처럼 스님 말씀만 듣고 말게 뻔했다. 잘못하면 괜스레 소중한 스님 시간만 축내고 말게 될 터인데…….

하지만 어쩌랴, 이미 엎질러진 물. 결국 법담이 계속 이어지지 못하고 그것으로 그만이었다. '일기일회一期一會' 모든 것은 단 한 번뿐 두 번은 없다.

법정 스님께서 그리워하신 '한 사람 한 사람 서로 마주 바라보고, 귀를 기울이고, 같이 느끼면서 존재하는 기쁨을 함께 누리는 모임' 고갱이는 드나듦이다. 서로 걸림 없이 드나들 때 비로소 세상이 열린다. 닫힌 문과 마음을 열고 목숨을 나누며 서로 드나들 일이다.

# 철부지

모든 일은 반드시 때가 있다. 때를 놓치면 일을 그르친다. 하지만 우리는 '하면 된다.' 마음먹기 따라서 뭐든지 할 수 있다고 배운다. 아니 스스로 세뇌시킨다. 하지만 마음먹는다고 할 수 있는 일이 생각처럼 그리 많지 않다. 때를 맞추지 못하면 제아무리 굳게 마음을 먹고 행동하더라도 열매 맺지 못한다. 우리말 가운데 철부지不知라는 말이 있다. 철부지란 철, 계절을 모른다는 말이다. 우리는 어린아이를 철부지라고 부르지만 어른이 되어도 철모르는 사람이 많다. 우리는 언제나 철이 들까?

어린아이가 물었다.

"할머니, 콩은 언제 심어요?"

"으응, 올콩은 감꽃 필 때 심고, 메주콩은 감꽃 질 때 심는 거여."

우리는 모든 답이 똑 부러지길 바란다. 그래서 이런 답을 들으면 답답해진다. 도대체 어쩌라는 것이야? 몇 월 며칠이라고 못 박지 못하고 저렇게 에둘러 말하느냐고 불평을 늘어놓는다. 식목일처럼 '4월 5일은 나무 심는 날' 이렇게 명쾌하길 바란다. 하지만 날을 못 박아 말하는 답이 맞는 답일까? 아니다. 그렇게 날짜를 짚어 말하면 바른 답이 못된다.

왜냐하면 자연환경은 그때그때 달라져 비가 많은 해나 가뭄이 든 해에 따라 그 자라는 조건도 많이 달라진다. 해마다 달마다 그때그때 주어진 조건이 다르니 농부는 언제나 날씨와 절기 변화에 촉각을 곤두세우고 더듬이를 곤두세워야 한다. 씨를 뿌리는 때를 놓치면 싹이 트질 않고 그러면 먹을 것이 없어 굶어 죽는다. 그것이 몇 월 며칠 정해져 있지 않고 해마다 달라지기 때문에 그때그때 잘 봐서 씨를 뿌리고 모를 내고 가꾸어야 한다는 말이다. 자연은 농부들에게 말한다.

"제때 일할래, 게으름 피우다가 죽을래, 아니면 너무 부지런 떨다가 죽을래?"

너무 게으름을 피워도 너무 부지런을 떨어도 안 된다. 과녁 중심을 꿰뚫는 화살처럼 적확하게 그때를 맞춰야 한다. 그래야만 입에 밥이 들어간다. 그게 바로 중도다. 절박하고 냉정하게 들릴지 모르지만 이 말은 한 치 벗어남도 용납하지 않는 자연법칙이다.

옛 어머니들은 먼동이 트면 서천에 달이 지기 전에 일어나 그 달이 비친 샘물을 길어 정화수로 삼았다. 비친 달을 긷는다 하여 용란龍卵을 긷는다 했다. 이 정화수를 동쪽 담 아래 올려놓고 떠오르는 해를 향해 연거푸 큰절을 하면서 가족 안녕을 비는 것으로 아침을 시작했다. 아침을 숭상하는 문화가 나라 이름을 '조선朝鮮'이라 하게 했고 그 아침 나라 다스리는 현장을 '조정朝廷'이라 했으며 다스리는 사람을 '조신朝臣'이라 했다. 아침 문화 민족 유전자가 바로 한국인 존재 증명인 까닭은 무엇일까?

우리 선조들은 바로 아열대 지방에 맞는 볍씨를 들여다 온대기후에서 농사를 지으려니 아열대 지방처럼 빛이 충분하고 길지 않았다. 그렇기 때문에, 아침 일찍 일어나 밤늦게까지 해가 있을 때 부지런히 농사짓지 않으면 안 되었다. 그렇게 부지런을 떠는 우리 겨레는 동토 땅 연해주까지 가서 그 추운 지방에서도 벼농사를 지었다. 그 부지런함에 저절로 고개가 숙여진다. 열악한 조건 속에서 농사를 지으려다 보니 굶지 않으려면 무엇이든지 빨리빨리 조건이 주어졌을 때 해치우지 않으면 안 되었다. 게으름을 피우면 그저 한 끼나 하루를 굶게 되는 것이 아니라 굶어 죽어야 했다. 그러니 굶어 죽지 않으려면 몸이 바스러지도록 일을 해야 한다. 그래서 아침형인간이 된 나라 조선이다.


어느 농부가 남부유럽에 갔다. 때마침 가을이었는데 누렇게 물든 황금벌판에 벼가 무르익었는데 며칠이 지나도 수확을 하지 않았다. 저러다 서리라도 내리면 어쩌나 싶어 그곳 농부들에게 물었다.

"아니, 벼가 익은 지 오래됐는데 왜 수확을 하지 않습니까? 서리라도 내리면 어쩌시려고."

그랬더니 그 농부 말이

"서리라뇨? 서리가 내리려면 한 두어 달 걸립니다." 하는 것이 아닌 가. 그러니까 좀 더 놔두었다가 수확을 하려고 그런다는 말이었다. 사실 우리는 절기가 빨리 바뀌기 때문에 벼가 익기가 무섭게 수확을 한다. 하지만 서리가 늦게 내린다면 벼가 익고 난 뒤 며칠 있다가 수확하는 것이 벼가 무르익어 벌레도 덜 타고 맛도 좋다는 사실을 농부라면 누구나 모르지 않는다. 하지만 쉬이 바뀌는 절기 변화 때문에 그대로 두었다가 자칫 서리라도 맞히면 한해 농사가 도로아미타불이 되기 때문에 서둘러 수확을 하는 것이다.

식물은 기르는 데는 많은 시간과 품이 든다. 자연에는 서두름이라든가 지름길 같은 것이 없기 때문이다. 봄에 뿌린 볍씨는 가을까지 자라지 않고서는 열매를 맺지 못한다. 사람이 아무리 안달복달해도 자연 절기 흐름은 앞당길 수 없다. 하지만 우리 겨레처럼 조건에 맞지 않는 일일지라도 부지런히 애쓰면 하늘도 감복한다. 그렇다 하더라도 최소한 필요한 조건을 갖추지 않으면 그 노력도 모두 거품이 되고 만다.


우리가 흔히 하는 말 가운데 '철들면 죽는다'는 말이 있다. 무슨 말인가? 역설이지만 철들기가 그만큼 어렵다는 말이다. 깨닫는 것은 철 드는 일이다.

# 마감 시간

며칠 사이에 날씨가 많이 차졌다. 새벽녘에는 선뜩선뜩하다. 춥다. 하긴 낼 모레가 처서處暑이니 그럴 만도 하다. 처서는 하늘과 땅에 서늘한 기운이 돌아 선선한 바람이 불어 더위를 식힐 수 있는 날이란 말이다. "처서가 지나면 모기도 입이 비뚤어진다."는 속담처럼 파리모기 성화에 시달리는 일이 줄어든다. 이렇게 계절은 여름을 마무리하고 가을로 치닫고 있다. 비 그친 뒤, 맑게 갠 하늘을 보면 가슴이 탁 트이는 기분이다. 가을 하늘은 자기 참모습을 열어주기 때문이다. 올해도 자연은 어김없이 가을을 데려왔다.

자연은 마감 시간을 지키는데 커다란 능력을 가지고 있다. 하루하루 마감을 한 치 어김없이 마친다. 그렇게 하루 이틀을 마감하고 일주일, 한 달, 또 한 해를 큰 오차 없이 마무리하는 자연 앞에 머리가 숙여진다.

뭐든지 자연에 기대어 사는 사람인지라 자연에서 배울 것이 한두 가지가 아니지만, 때 되면 싹을 틔우고, 꽃 피우고, 그늘을 만들고, 곡식을 익히고 거두는 자연 솜씨에 새삼 놀란다. 하긴 사람 또한 자연이긴 하지만 돌연변이인 까닭에 자연스럽지 못한 면이 많다. 그래서 우리는 자연에게서 배워야 한다.

모든 자연 목숨붙이들은 배우지 않고도 잘 산다. 거의 모든 동식물은 태어난 채로 자연을 따르면서 무리 없이 살아간다. 하지만 사람은 태어나서 바로 사람 노릇을 못 한다. 제대로 걷기는커녕 몸도 못 가누고, 혼자서 뭘 먹지도 못한다. 목숨을 부지하지 못한다. 수발을 들어줘야만 한다. 제 몸을 써서 스스로 입에 풀칠하기까지 몇 년에서 몇십 년이 걸린다. 그렇다보니 자연히 다른 목숨붙이들이 때맞춰 마감하는 일도 사람은 그렇지 못하다.

'무어 늘 하는 일인데 새삼스레 마감을 따로 정하고 할 까닭이 있나?' 이런 생각을 하는 사람들이 꽤나 많이 있다. 그렇다. '쇠털처럼 많은 날에 무에 그리 급할 게 있나' 하며 느긋해하는 이들도 많이 있다. 나 또한 '날마다 그날이 그날인데 뭐 새삼스레 부산을 떨 일이 있나.' 여기며 살았다. 그렇게 살다 보니 무슨 일이든지 심드렁해지고 신나는 일이 없다. '오늘만 날인가 뭐, 내일 하지.' 이렇게 하루하루 미루게 되고. 일주일이 금방, 열흘도 훌쩍, 언제 갔는지 모르게 한 달, 한해가 저문다. 과연 쇠털처럼 많은 날일까?

산 아래로 흐르는 물은 천천히 흘러도 어느새 계곡을 내려가 내를 이루고 마을을 돌아 강이 되고 바다에 다다른다. 천천히 흐르는 물길도 지나놓고 보면 빠르게 느껴진다. 그래서였을까? 흐르는 물과 같다고 비유되는 세월이 활 떠난 화살에도 비유된다. 지나고 보면 언제나 빠른 것 같아 보이는 건, 뒤늦게 따르는 후회 탓일 것이다. 막연히 보내는 삶이란 그런 느낌과 만날 수밖에 없는 운명이 아닐까?

법정 스님은 "제대로 수행을 하려면 '그날이 그날'이라고 생각하면서 막연히 보내서는 안 된다."고 하신다. 날마다 수행이고 기도 날인데 무어 따로 정할 것이 있느냐고 생각하고 날을 보내면, 지루하고 심드렁해져 제대로 수행을 하기 어렵다고. 그렇기 때문에 기도나 수행은 일주일이든, 삼칠일이든, 백일이든 자기 깜냥에 따라서 짧게 또는 길게 마감을 정해서 해야 한다는 말씀이다.

시작할 때 원을 세워 마음을 다지고 공부 마치고 마음을 풀어 공부해서 얻은 슬기를 이웃과 나누는 회향回向을 하고, 또 작정해서 마음 다져 공부하고 그 공부를 이웃과 나누는 일이 수행이라는 말씀이다. 그렇게 꾸준하게 되풀이하게끔 길이 들면 그곳이 바로 부처 자리라고 하신다.

스스로 마음 다져 먹는 마감 시간, 자기 깜냥에 따라 잘 정하라. 마감이 너무 짧으면 숨이 가빠지고 마감이 너무 길면 지루해서 숨이 막힌다.

마감 시간을 정할 때 멀어 보이던 목표점이 한 걸음 한 걸음 걷다 보면 어느새 다다르게 된다. 때론 시간에 대느라 숨 가쁜 듯이 느껴지던 마감이 한 단락 한 단락 마무리되면서 나이테를 하나씩 늘려 간다. 쑥쑥 크는 대나무도 매듭을 만들며 큰다. 나이테나 대나무 매듭은 마감 자리이다. 중간 중간 마감하며 되돌아보지 않는 삶에는 나이테나 매듭을 찾기 어렵다.

스스로 정하진 않아도 마쳐야만 하는 게 참 많다. 그 가운데 가장 큰 일은 삶을 마감하는 일이다. 마감 날은 언제 올지, 어떤 모습으로 어떻게 올지 알 수 없지만 자연이 하는 일이니 어김없이 닥친다. 삶 마감을 피하는 목숨붙이는 없다. 그렇게 목숨 마침이 있기에 무슨 일이든지 마냥 느긋하게 미뤄둘 수는 없는 일이다.

날마다 좋은 날을 만들기 위해 하루, 일주일, 한 달, 이렇게 매듭지어 마감해 가는 것이다. 그 덕택에 하루를 마치고 누워 쉴 수 있고, 엿새 일 하고 하루를 넉넉한 마음으로 보낼 수 있다. 우리는 저마다, 일 특성에 따라, 하루 일을 마치고 하루 품삯을 받고, 일주일 일을 마치고 주급을 받고, 한 달 일을 마감해 월급을 받는다. 받은 품삯은 날마다 또는 한 달 단위로 가족에게 이웃에게 회향하는 기쁨을 맛보게 한다.

8월 15일 하안거를 풀었다. 이번 안거엔 이일 저일 욕심을 부려 무슨 일이든 걸쳐만 놓고 마무리를 못 했다. 군더더기가 많았다. 두서가 없었다. 안거를 풀면서 다시 마음을 다진다. 뭐든지 해보겠다는 욕심을 줄여 제대로 살겠다. 두루 나누겠다고 욕심내지 않고 한 가지라도 제대로, 필요할 때 필요한 곳에 깊이 있는 회향을 다짐한다.

마감 시간 잘 맞춰서 삶을 살찌우기를.

# 무공덕

"아무것도 가지고 있지 않다는 그 생각조차 내려놓아야 합니다. 그래야 텅 빈 속에서 무엇인가 움이 틉니다. 어디에도 매이지 말고 자유로워지라는 소리입니다. 모든 것을 내려놓으라는 말은 모든 것으로부터 자유로워지라는 가르침입니다. 가졌느니 버렸느니, 선하니 악하니, 아름다우니 추하니 하는 일체 분별들에서 벗어나라는 것입니다."

– 2008년 여름 안거 결제 법석에서 하신 법정 스님 말씀

법정 스님은 한순간, 지금 여기를 살 뿐. 비웠느니 가졌느니, 하는 생각에 얽매이지 말고 걸림 없이 드나드는 바람처럼 아무렇지도 않은 일임을 깨달으라고 친절하게 말씀하신다. 바람이 제가 움직여 구름을 몰고 가서 비를 뿌려 곡식을 익게 만들었다고 해서 생색내지 않고, 햇빛이 모든 목숨붙이 원천이라고 해서 생색내지 않고, 물이 우리 몸을

이루고 식물을 자라게 만들었다고 해서 생색내고 세금을 거두어 가지 않는 것처럼. 내가 무엇을 했다는 생각을 버리고 그저 자연스럽게 살라는 말씀이다.

달마는 남인도 향지국 셋째 왕자로, 반야다라라는 스승 밑에 출가하여 심인心印을 전해 받는다. 스승 유언에 따라 법을 펼쳐 어리석은 마음들을 깨우쳐주기 위해 바닷길로 3년이나 걸려 간신히 중국에 도착한다. 그때가 양나라 보통普通 7년 가을.

이듬해인 527년 10월 '불심천자'라고 불릴 만큼 불교를 독실하게 신봉하는 양나라 무제 초청을 받아 대담을 나누게 된다.

무제가 먼저 말문을 연다.

"나는 즉위 이래 절을 짓고 불상을 조성하고 경전을 베끼고 스님들 공양하기를 이루 헤아릴 수 없이 많이 했습니다. 얼마만 한 공덕이 있을까요?"

내 이 빛나는 업적을 부처님 나라에서 온 당신은 어떻게 생각하느냐는 물음에 대해서 달마 대사는 퉁명스럽게 잘라 말했다.

"무공덕無功德!"

"혹시 통역을 잘못한 것 아냐?" 하는 표정으로 무제는 돌아보았지만, 아무 공덕도 없다는 대답에는 틀림이 없었다.

무제는 무슨 영문인지를 몰라 되물었다.

"아니, 이렇게까지 불교를 위해 심혈을 기울였는데 어째서 공덕이 없다고 하십니까?"

달마는 태연하게 이렇게 대답한다.

"그런 공덕은 다만 윤회 속 조그만 결과에 지나지 않는 것, 언젠가 흩어지고 말 것들이오. 그런 공덕은 마치 물체를 따르는 그림자처럼 있는 듯하지만 사실은 있는 것이 아니오."

"그럼 어떤 것이 진실한 공덕입니까?"

"청정한 지혜는 미묘하고 온전해서 그 자체가 공적空寂한 것. 이와 같은 공덕은 세속 명예욕을 가지고서는 구해도 얻을 수 없소."

무슨 말인가? 공덕을 의식하고 한 행위는 나눔이 아니라 거래다. 자비로운 행동을 하는 것이 불교가 추구하는 궁극이다. 중요한 것은 어떤 말이나 행동 뒤에 있는 의도다. 다음 생에 더 좋은 환경에 환생하기 위해 나온 행동이라면 자비가 아니다. 비즈니스 거래에 불과하다. 또 공덕을 쌓았다고 여기는 순간 이미 공덕이 될 수 없다. 행위를 하는 순간에만 공덕은 거기 존재할 뿐, 달그림자 물에 드는 것처럼 지나고 나면 그저 그뿐이다.

이런저런 어떤 것도 의식하지 않고 하는 행위만이 올바른 자비다. 공덕을 쌓았다는 생각도, 버렸다는 생각도 내려놓는 것, 아니 생각조차 하지 않을 때 비로소 알싸한 뺄셈이 된다.

# 바람처럼 걸림 없이
# 드나드는 삶을 누려야


    법정 스님은 지난 가을 법회에서 소동파蘇東坡 적벽부赤壁賦에 나오는 한 구절을 읊어주시면서, 안으로 마음을 기울이면 삶을 넉넉하게 하는 게 수없이 많다는 말씀을 주셨다.


    '저 강물 위 맑은 바람과 산중에 뜨는 밝은 달아
    귀로 들으니 소리가 되고, 눈으로 보니 빛이 되는구나,
    가지려 해도 말리는 사람 없고, 쓰려고 해도 다할 날 없으니
    천지자연이 무진장이로구나.'


    '귀로 들으니 소리가 되고 눈으로 보니 빛이 되는구나.' 스님이 읊으시는 소동파 시를 눈을 지그시 감고 들으면서 떠오른 낱말은 '드나듦'이었다. 해인사 장경각은 바람이 드는 창과 나는 창의 크기와 모양

이 달라 안으로 들어온 바람이 경판 사이사이로 솟구치거나 내리치며 흐른다. 그래서 장경각 겉과 안 습도는 거의 같거나 외려 안에 바람 움직임이 더 활기차 더 보송보송 거릴 때가 많다고 한다. 그래서 몇백 년 전에 만든 고려대장경을 이제껏 깨끗이 지킬 수 있었다. 그 바탕에 드나듦이 있다.

가슴을 뚫어 하늘을 난 우리 고유 놀이가 있다. 연날리기가 그것이다. 빨갛게 꽁꽁 언 손을 호호 불어가면서 아버지가 깎아주신 얼레를 돌려가며 연싸움을 하던 게 마치 엊그제 일인 양 또렷하다. 가운데 동그란 구멍이 난 네모 연을 흔히 방패연이라고 부르기도 하는데 그건 잘못이다. 네모난 중국 연이나 일본 연에는 구멍이 없으니 방패연이라고 불러야 마땅하다. 하지만 우리나라에만 있는 가운데 둥근 창을 낸 이 연은 구멍이 뚫려 방패로써 제 노릇을 못 하는 쓸모없는 방패다. 언뜻 보기에는 가운데 구멍이 뚫려서 뜨지도 못할 것 같은 이 연은 앞뒤가 꽉 막힌 방패연 따위는 상대되지 않게 잘 난다.

방패연은 띄우면 그저 뜰 뿐이다. 더구나 꼼꼼하게 균형을 잘 맞춰 만들지 못하면 금세 곤두박질쳐 땅에 꼬라박는다. 그런데 가슴에 구멍이 나 방패 구실 못 하는 우리 연은 서툰 솜씨로 어설프게 만들어도 잘 뜬다. 하늘에 띄워 날려가면서 중심을 잡고 고쳐준다. 왼쪽으로 기울면 오른쪽 갈개발(꼬리)을, 오른쪽으로 기울면 왼쪽 갈개발을 길게 늘어뜨려 균형을 잡는다. 뿐만 아니라 연 이마에 있는 살을 조이고 풀어가며 조화를 이룬다. 이렇게 만든 우리 연은 그저 뜨기만 하는 게 아니라 날개 없이도, 훨훨 하늘을 잘 난다. 가운데 뚫린 구멍 덕분에 돛으로 움직이는 배처럼, 가슴속으로 드나드는 바람을 써서 자유로이 하늘을 날아다닌다. 비례가 좀 덜 맞아도 두둥실, 마음대로 나는 것은 가슴 한복판에 동그란 창 하나를 내놓았기 때문이다. 창은 바람 길을 연다. 바람 길이 열리면 숨이 트이고, 숨길이 트여 소통이 잘되면 하늘도 날게 된다.

연이 바람결을 써서 하늘을 나는 건, 걸림 없이 내가 네게 들고 네가 내게 드는 '드나드는' 놀이다. 가슴에 생긴 커다란 트임은 새로운 놀이를 여는 상상 나래다.


현대 사람들은 문명이라고 이름 지어진 현실에 얽매어 자연이 드나듦을 막았다. 내 안에 있는 길도 막아 자연이 드나드는 길을 막았다. 마음이든 몸이든 꽁꽁 걸어 잠그고 그 속에 묻혀 숨 막혀 했다. 답답한가? 그저 닫힌 문을 조금만 열어 놓으라. 그러면 바람이 달빛이 꽃향기가 사랑이 가슴 속에서 스멀스멀 피어오른다. 그런 다음 둘레를 한번 휘이 둘러보면 그 곁에 많은 동무들이 두 팔을 벌리고 웃고 있을 것이다.

# 유유화화 柳柳花花

"친지 죽음은 곧 우리 자신 한 부분 죽음을 뜻한다. 그리고 우리들 차례에 대한 예행연습이며, 현재 삶에 대한 반성이다. 삶은 불확실한 인생 과정이지만 죽음만은 틀림없는 인생 매듭이기 때문에 더 엄숙할 수밖에 없다. 삶에는 한두 차례 시행착오도 용납될 수 있다. 그러나 죽음은 그럴 만한 시간 여유가 없다. 그러니 잘 죽는 일은 바로 잘 사는 일에 직결되어 있다."

　　　– 법정 스님 책 〈그물에 걸리지 않는 바람처럼〉에 나오는 말씀

잘 죽기 위해 잘살려면 우리 삶은 어때야 할까?

수양버들가지 늘어진 강변에 벚꽃, 진달래 철쭉, 온갖 꽃들이 활짝 웃고 새 잎들이 세상을 향해 너른 팔을 벌리고 파릇파릇 날갯짓하는 풍경이 떠오르는 그런 봄날.

이 봄을 맞아 행복한가? 국민소득은 2만 달러에 진입한다는데, 어

느 누구 하나 삶이 쉽고 만만하다는 이가 없으니 어쩐 일일까? 부유한 사람은 부유한 대로 가난한 사람은 가난한 대로, 누구라도 불안해하지 않는 이가 별로 없고, 마음 편히 산다는 이도 찾기 어렵다. 그래서 '불확실성 시대'라고 한다. 예측 불가능하다는 말. 앞일을 알 길이 없어 불안해한다. 세상일이 예전처럼 단순하지 않고, 순식간에 커다란 변화를 이룬 탓에, 10년 전에는 상상도 못할 일이 빈번히 벌어지는 복잡한 현상 때문이다. 힘들어하며, 살아가기가 두렵다고들 한다. 살맛을 잃어가고 있다.

사람들은 누구나 행복해지길 희망하고, 안정을 바란다. 하지만 삶이 어디로 갈지 알 수 없고, 날고 있는 새는 어느 방향으로 갈지 모른다. 그래서 불안해한다. 하지만 찬찬히 살펴보라. 삶은 흐름이다. 그 흐름이 고정되면 생명력을 잃고 죽게 된다. 삶에 있어 불안정이야말로 고갱이다. 고통스러운가? 고통을 느끼는 건 살아 있다는 증거다. 고통을 느끼지 못할 때 이미 이 목숨은 이 세상에 없다. 안정은 죽음을 뜻한다. 살아 있는 모든 존재는 죽음을 두려워한다. 그런데 아이러니하게도 우리는 안정된 삶을 고대한다.

계절에 비유해서 말해보면, 사람들은 누구나 만물이 소생하는 봄을 좋아한다. 그리고 추운 겨울을 싫어한다. 앙상하게 굳어진 동토에서 본체만이 덩그맣게 서 있다. 추위에 시달리는 탓이다. 하지만 잘 생각해

보라. 봄은 시시각각 변화하는 불규칙 전형이다. 비가 오는가 하면 바람이 불고, 또 우박이 내리기도 하며, 황사도 몰려온다. 그러나 한편으론 새 목숨이 세상과 마주하기도 하고, 묵은 나무에서 새 움이 튼다. 신선하고 새롭지만 불안정하다. 반면에 겨울은 모든 것이 정형화되어 안정에 가깝다. 그런데 왜 그토록 안정을 바라는 우리는 겨울보다는 봄을 더 좋아하는 걸까?

김삿갓이 산천을 주유하며 떠돌던 어느 날 날이 저물었는데, 하루 온종일 굶어 배가 등짝에 달라붙을 지경이었다. 그러나 인가는 찾을 수 없어 산중을 헤맸다. 밤이 깊어 삼경이 지난 시각에 멀리 불빛이 아스라이 보여 반가운 마음에 단숨에 달려가 문을 두드리려니 울음소리가 흘러나온다.

주인을 찾으니 모친상을 당한 상주가 나왔다. 배가 고파 먹을 것을 청하는 김삿갓에게 "저는 본디 신분이 천하여 글을 몰라서 부고 한 장 쓸 줄 모릅니다. 그래서 모친이 돌아가신 것을 알리지 못해 안타깝습니다. 시장하실 테니 없는 찬이나마 식사 대접은 하겠으니, 제 어머님 부고를 부탁드려도 되겠습니까?" 하고 말하는 것이었다.

"그거야 어려운 일이 아니니, 내가 써 주리다." 하고는 차려 준 밥을 허겁지겁 들은 김삿갓. 그러나 막상 여러 장 부고를 쓰려니 답답해졌다. 그래서 꾀를 낸 것이 어차피 글을 모르기는 상을 당한 집이나 부고를 받는 집이나 매한가지일 터라는 생각에 부고를 써 주었는데, 내용이 이랬다.

'연월일시年月日時에 류류화화柳柳花花라.' 풀이를 한다면 모년 모월 모일 모시에 버들버들 꼿꼿이라.

버들버들 하던 몸이 꼿꼿해졌으니 죽었다는 풍자다. 버들버들 움직임은 불안정하고 꼿꼿하게 뻗은 것은 안정되어 있다.

우리는 행복과 쾌락을 바라면서 고통과 불행은 싫어한다. 그러나 행복과 불행, 고통과 쾌락, 삶과 죽음은 모두 동전 양면과 같아서 쾌락 뒤에 고통이 따르고 행복 뒤에는 불행이 따른다. 하지만 우리 마음은 한쪽만을 원하며 상대 쪽을 싫어한다. 삶은 좋아하고 죽음은 싫어하며, 만남은 좋아하고 헤어지는 건 싫어하며, 젊음은 좋아하고 늙음은 싫어한다.

그러나 삶과 죽음, 현실과 환상, 좋은 것과 나쁜 것, 옳고 그름과 같이 모든 현상에는 상대 맞수가 공존하여 전체를 이룬다. 어느 한쪽만을 택할 수 없는 노릇. 이것이 삶이 지닌 이중성이다. 고통도 받아들이고, 싫은 것도 받아들여야 한다. 살아가는 세상에 마냥 안정되거나 확실한 것은 어디에도 없다. 왜냐하면 삶 자체가 불확실하기 때문이다.


불안정한 삶이 가장 역동성을 띤 삶이다. 불확실하다는 것은 내게 주어진 기회가 그만큼 많다는 것을 뜻한다. 결국 우리에게 주어진 역동은 불안정하다는 말이다. 그 불안정성이야말로 살아 있다는 반증. 불안정성은 연기법이 살아 있는 이는 반드시 죽고, 내가 세상에 오고가고 관계없이, 본디 법인 것처럼, 누구에게도 예외가 없는 본디 법칙이다. 그러니 우리는 롤러코스터를 타고 역동을 만끽하듯 그 불안정 자체가 완전함이라는 것을 알고 이 본디 소식에 맞는 삶을 살아야 한다.

'유유柳柳' 하려는가? 아니면 '화화花花' 하려는가?

# 소유와 쓰임

"사랑이라는 건 내 마음이 따뜻해지고 풋풋해지고 더 자비스러워지고 저 아이가 좋아할 게 무엇인가 생각하는 것이죠. 사람이든 물건이든 바라보는 것만으로도 충분한데 소유하려고 하기 때문에 고통이 따르는 겁니다."

– 어느 법석에서 하신 법정 스님 말씀

집시들은 본디 인도 원주민들이다. 아리아 사람들 침입으로 인도 사회에서 최하층 계급 수드라로 주저앉으면서 그 괴롭힘을 피해 페르시아, 발칸반도, 동남부 유럽에서 서유럽으로 옮겨갔다. 집시들 방랑 역사는 기독교 성서에도 나온다. 예수를 십자가에 못 박을 때 썼던 네 번째 쇠못을 집시 대장장이가 만들었다는 전설이 있다. 그렇게 쫓겨 다니면서 잡초처럼 살아나가기 위해서 그들은 누구도 흉내 낼 수 없는 집시문화를 만들어냈다.

한때 집시를 이 지구상에서 없애버리려고 했던 나치는 사십만 명 가까운 집시들을 한꺼번에 죽음으로 몰아넣었다. 유태인들 학살에는 그토록 떠들썩하면서 집시 학살에는 한마디 말도 없었다고 탄식을 한 사람은, 유일한 집시 출신 작가 맥시모프다. 그렇지만 집시들은 끈질기게 살아남아 자신들에게 좀 더 너그러운 땅을 찾아 끊임없이 옮겨 다녔다. 집시들이 가장 많이 흘러들어 간 곳이 스페인이었다.

집시들은 살아남으려고 플라멩코를 선보였고, 목숨을 건 묘기, 투우를 발전시켜 나갔다. 집시들에게 가장 너그럽게 해준 대가로 스페인은 이제 플라멩코, 투우를 스페인만이 가진 독특한 문화로 드러내게 됐다.

나라를 잃고 떠돌아다니기는 유태인들도 마찬가지였다. 하지만 유태인들은 잃어버린 땅을 찾으려는 끊임없는 몸부림 끝에 수 천 년이 흐른 뒤, 팔레스타인 땅을 빼앗아 이스라엘을 일으켜 세웠다. 하지만 집시들은 잃어버린 땅을 되찾겠다는 생각이 없었다. 어쩌면 땅을 잃었다는 일조차 떠올리지 않는지도 모르겠다.


집시 말을 연구한 학자들 말에 따르면 그들에게는 소유, 의무라는 낱말이 아예 없다고 한다. 그만큼 집시들은 내 것이라는 개념이나, 소유물을 지키기 위한 의무로부터 자유로울 테다. 차지하지 않아서 외려 더 자유로워진 집시들. 덜 가진 자유로움과 홀가분함을 집시문화에서 건져 올려본다.

우주 역사는 약 135억 년이 된다. 이제까지 우주 역사를 1년이라고 가정하고 빅뱅으로 우주가 처음 문을 연 때를 정월 초하루 0시라고 봤을 때, 5월 1일에 은하가 만들어졌고, 9월 1일에 지구가 태어났다. 지구에 처음으로 목숨붙이가 나타난 때가 10월 1일이며 엄청나게 많은 종류 목숨붙이들이 폭발하며 진화한 캄브리아기는 12월 24일. 공룡이 뛰어다니던 때가 12월 25일이고, 사람이 지구에 첫발을 내디딘 때는 12월 31일 오후 8시쯤 일이다. 사람이 힘을 쌓은 기틀이 된, 씨 뿌리고 곡식을 거둬들인 농업혁명은 20초 전 일이고. 부처님이 '이 세상 모든 존재는 존귀하다'고 외칠 때가 5초 전, 예수님이 '네 이웃을 네 몸처럼 사랑하라'고 했을 때가 4초 전, 르네상스는 1초 전에 일어났다.

불과 20초 전부터 소유라는 개념을 싹 틔워 내 것 네 것을 가리게 되었는데 그 차지하려는 마음이 이 지구를 뒤덮고 있다.

집시 말에 소유, 의무라는 낱말이 없다는 것은 여러 가지 생각거리를 던져준다. 뭔가를 가지는 것은 즐거움이지만 그것을 가지게 되면 그것을 지켜내야만 하는 책임과 의무가 따른다. 그것은 마치 몸을 가진 존재에게 드리운 그림자나 삶을 따르는 죽음처럼, 또렷하고 틀림없다.

"무소유란 말은 아무것도 가지지 말라는 말이 아니고, 꼭 필요한 것만 가지고 기꺼이 나눠 쓰라는 것입니다. 소유하려 들면 텅 빈 마음으로 바라볼 수 있는 여유가 사라집니다. 소유로부터 자유로워져야 해요. 사랑도 대인 관계도 마찬가지 아닐까요?" 법정 스님 하면 떠오르는 이

미지는 '무소유'이다.

　우리에게 소유란 과연 무엇일까? 소유를 이야기하기 전에, 진정 우리가 바라는 것이 뭔지를 명확하게 알아야 한다. 우리가 필요로 하는 것은 그것이 생명체든 사물이든 간에 그 대상이 아니라 거기서 나오는 쓰임새다. 보기를 들면 의자를 가지려고 하는 까닭은 앉기 위함이고, 책을 가지려고 하는 까닭은 그 책에 담긴 이야기, 사상을 내가 익히기 위함이다. 그와 같이 우리에게 진정 필요한 것은 그 사물이나 대상이 아니라, 사물이나 대상이 지닌 가치, 쓰임새다.

　정작 우리가 필요로 하는 건 '소유'가 아니라 '쓰기'라는 점을 이해한다면, 소유에 대한 우리 생각이 크게 바뀔 수 있다. 이미 쓰고 있는데도, 쓰는 데 만족하지 않고 내 것으로 만들려고 한다. 하나면 충분한데도 하나에 만족하지 못하고 여럿을 가지려고 든다. 목적을 쓰임새에 둬야 한다는 것을 잊어버리고 끊임없이 가지려고 들어, 마치 소유가 목적인양 전도몽상을 한다.

# 숫자는 단 세 개뿐

에스키모들이 쓰는 숫자는 단 세 가지다. '하나, 둘, 그리고 많다.' 그뿐이다. 그들은 모피를 팔 때 두 장을 1달러를 받고 판다. 모피가 아무리 많이 있어도 꼭 두 장만 팔 뿐, 그 이상은 팔지 않는다. 더 사겠다고 하면 나중에 또 보자고 한단다. 단순하고 간단하다. 뭐 생각하고 연구하고 배울 게 없다. 그들은 대대로 그렇게 살아왔다. 그래도 불편함이 없이 행복하게 잘산다.

예전에 아이들은 장에 다녀오는 할아버지에게 엿 사먹고자 '돈 3전만.' 하고 손을 내밀었다가는 돈을 얻기는커녕 호통만 맞았다. '돈 한 푼' 하면 타산 되지 않은 돈이지만 '3전 5전' 하면 타산 된 돈이요, 철도 들지 않은 놈이 일찍부터 따지고 계산하는 타산에 젖는 것을 옛 어른들은 경계했음을 미루어 알 수 있는 대목이다. 어린이 마음은 물꼬 트기를 기다리는 모래밭이요, 한번 물꼬를 터놓으면 품성은 평생 그 틀을 타고 흐른다고 말한 것은 순자荀子다. 남들과 더불어 사는 데는 품성이 으뜸이다.

한 선사가 논 치던 이야기를 생각해보면 어리석음과 지혜로움이 결코 다르지 않음을 알 수 있다. 혜월慧月 스님은 절 곁에 논을 쳤다. 쓸모없이 버려진 땅을 보고 논을 만들었으면 싶었다. 때마침 흉년이 들어 살기가 어렵게 된 동네 사람들을 불러다 일을 시켰다. 한 달 두 달이 걸려도 논은 쉽사리 이루어지지 않는다.

보는 사람마다 그 품삯으로 더 많은 논을 살 수 있을 것이라고 말렸지만 끝내 굽히지 않는다. 마침내 스님을 미친 노장이라고 비웃지만, 스님은 못 들은 체 날이 새면 일터에 나가 일꾼들과 어울려 일을 한다. 이렇게 해서 몇백 평 논을 일구었다. 그런데 거기에 든 품삯은 이루어진 논 시세보다 몇 곱절이 더 많이 들어갔다. 하지만 혜월 스님은 없던 논이 새로 생긴 것이라고 기뻐했다.

스님은 세속 사람 눈으로 볼 때 분명히 산술을 모르는 어리석은 사람이었다. 그런데 그 어리석음이 흉년에 많은 사람들 굶주림을 면하게 했다. 그런 사연이 깃들인 논이므로 절에서는 그 논을 단순한 땅마지기로서가 아니라 오늘날까지도 사풍寺風 상징처럼 소중하게 여기고 있다. 대우大愚는 대지大智에 통한다는 말이 빈말이 아니다.

병자호란을 수습한 최명길崔鳴吉은 셈하는 단위를 몰라 백을 천으로 헤아렸지만 역사에서 경제 재상으로 손꼽히고 있다. 옛 어머니들 그릇한 죽 헤아릴 줄 몰라야 복을 받는다고 한 것은 무지해야 다스리기 쉽다는 남성 중심 지배논리가 아니다. 타산과 인덕이 반비례한다는 것은 동서고금이 다르지 않고 바로 인덕과 품성을 기르기 위해 따지지 않는 비타산에 가치를 둔 것이다.

석덤 가름이라는 말이 있다. 여유가 있는 집 마님은 끼니마다 뒤주에서 쌀을 낼 때 식구 먹을 양식만 내는 것이 아니라 세 몫을 더 내 밥을 짓게 했다. 셋을 더한다 하여 석덤이라 하는 이 남은 밥은 그 마을에 못 먹고 사는 사람 예상 몫이요, 뒤란 울타리 개구멍을 통해 정이 갈라져 나갔다. 그래서 개구멍을 남도에서는 정구멍이라고도 한다.

이렇게 한솥밥을 나누는 걸 정情가름이라고 한다. 이 정가름은 그를 변제할 의무는 없으나 큰일이 있거나 품이 필요할 때 타산 없이 품을 나눈다. 그래서 큰일 끝에 곡식을 퍼주면 정가름 사이인데…… 하고 사양을 한다. 정가름이란 정을 나누는 풍습으로 우리나라만 가진 독특하게 발달한 정서 문화재요 민족 특허품이다. 일제 때 농촌 생활실태를 조사해 놓은 것을 보면 제 식구 먹고 살 수 있는 가구는 겨우 30%요, 70%는 노력 이외에 먹고 살 아무런 대책이 없는데도 조금도 불안하거나 각박하지 않고 그토록 유쾌하게 살아낼 수 있었던 것은 바로 이면에 만연된 정가름 때문이었다.

한해를 마무리하고 새해를 맞이하면서 우리 삶을 진솔하게 한번 돌아봐야 하지 않을까 싶다. 살아가는 데 꼭 필요한 것은 배고프면 먹어야 하고, 먹었으니 싸야 하고, 졸리면 자고 입으면 그뿐이다. 그리고 옛 어른들 슬기를 본받아 밥을 지을 때 석덤처럼 정구멍을 통해 정가름 하면서 어려운 이웃들과 함께 나누며, 사람답게 사는 삶이 슬기로운 삶일 것이다.

복잡하게 머리를 굴리며 억지 춘향 격으로 살기보다 간소하고 정갈하게 단순한 삶에 가치를 부여하는 삶이 제대로 사는 삶이다. 새해에는 옛 어머니들이 그릇 한 죽 헤아릴 줄 몰라서 복을 받았듯이, 에스키모처럼 숫자도 세 가지만 쓰는 단순한 삶을 살아 복도 받아 보자.

# 시간은 목숨이다

'1분 뉴스로 시작해 100분 토론까지 이르렀으니 100배 성장했다'
던 방송인 손석희. 그는 얼마 전 8년이란 짧지 않은 세월 동안 진행했
던 '100분 토론'을 떠났다. 그가 '100분 토론'을 진행하면서 가장 많이
한 말은 "시간이 많지 않습니다."였다. 경고를 받고도 자기 말을 멈추
지 않는 패널에게는 가차없이 "시간 다 쓰셨습니다." 하고는 마치 저
승사자처럼 패널들에게 전화기나 마이크를 넘겨받았다.

목숨을 가진 존재는 누구나 주어진 시간을 다 하면 삶에서 강제 퇴
장을 당한다. 내일 일을 누가 아는가. 단 한 번뿐인 시간, 지금 이 순간
을 맹렬히 살아야 한다.

법정 스님은 다른 이들과 시간 약속을 어기는 일은 상대 목숨을 뺏
는 짓이라면서. 상대방과 약속을 30분 어기면 소중한 상대 목숨을 30

분 빼앗는 것이라고 말씀하신다.

위털루 전투. 평소 '불가능이란 없다'고 외치던 나폴레옹은 자신에 견줄 만큼 명장이라고 여겨지지 않는 웰링턴과 전투는 "식은 죽 먹기보다 더 쉬운 일이니 내일이면 벨기에 수도 브뤼셀에 입성할 수 있다."며 자신감을 나타냈다. 자기 천재성을 굳게 믿은 나폴레옹은 아침에 일어나 항복 문서만 받으면 된다는 생각으로 일찍 잠자리에 들었다. 하지만 전투가 벌어지는 날 아침, 나폴레옹은 출정 시간보다 4시간이나 지나서 잠자리에서 일어났다.

드디어 결전. 전투 초기 영국군은 밀리고 있었다. 하지만 12시가 되면서 위털루에 느닷없이 비가 쏟아졌다. 나폴레옹이 자랑하는 대포는 억수같이 쏟아지는 폭우 속에서 무용지물이 되었다. 포병장교 출신인 나폴레옹군에게 대포는 승리, 커다란 전략 무기였다. 그런데 이 대포들 포신砲身에 빗물이 들어가 점화가 안 됐을뿐더러 비 때문에 시야도 가려 포를 쏘기조차 힘들었다. 급기야 전세는 반전되고, 결국 자만심과 늦잠 때문에 중심을 잃은 나폴레옹군은 세계사에 기록될 만한 대패를 했다.

나폴레옹이 예정대로 아침 7시에 출정을 해서 전투를 시작했더라면, 역사는 달라졌을까? 역사가들은 나폴레옹이 늦잠을 잔 시간을 '운명의 4시간'이라고 말하고 있다. 물론 역사에는 가정이 없다. 하지만 그 4시간이 결국 나폴레옹 사전에 '불가능'이란 선물을 안겨주었다.

그래서였을까? 나폴레옹은 죽기 얼마 전,

"오늘 내 불행은, 언젠가 내가 잘못 보낸 시간의 보복이다." 라는 말을 남겼다.

흔히 우리는 시간이 많다고, '쇠털처럼 많은 날'이란 말을 하면서 할 일을 뒤로 미룬다. 이는 시간에 대한 모독이다. 시간을 모독하면 영화 주인공 빠삐용 꿈에 등장하는 재판관 말처럼 인생, 시간을 낭비한 죄를 벗기 어려울 것이다. 그렇게 되면 나폴레옹처럼 시간의 보복을 당하고 말 것이다.

우리는 언제나 오늘, 지금을 살 뿐, 우리에게 내일은 없다.

더 이상은 없는
단 한 번뿐인 목숨
단 한 번뿐인 만남
단 한 번뿐인 시간
단 한 번뿐인 기회
단 한 번뿐인 사랑
단 한 번뿐인 삶

단 한 번 주어진 소중한 이 시간. 시간은 목숨이다.

# 영혼에는 세월이 없다

이 세상에는 세 부류 사람이 있다. '살아 있는 사람', '살아서도 죽은 사람', '죽어서도 살아 있는 사람'이 있다. 그 가운데 죽어서도 살아 있는 이들은 세상 빛이 되어 수백, 수천 년이 지나도 여전히 이 세상을 밝히고 있다. 살아서도 죽은 사람이란 몸은 버젓이 살아 숨 쉬고 있지만, 흔히 생각 없이 닥치는 대로 사는 사람, 아무 생각이 없기에 도전하지 못하고 또 도전하는 데서 오는 두려움을 넘어설 수 없다는 생각에서 주저앉아 있는 사람을 말한다.

어떻게 살 것인가? 내가 한 선택이 바로 내 자신. 죽어서도 산 사람은 되지 못할지라도, 적어도 살아 있는 동안만큼은 살아서 펄펄 끓는 사람이고 싶다. 어떻게 해야 할까? 익숙한 삶에 안주하려는 마음을 털어버리고, 새롭게 도전해야 한다. 그러나 도전에는 불안이 따르게 마련. '잘될 수 있을까? 잘못되면 어떻게 하지? 가만히 있으면 중간이나

갈 텐데 괜히 나서서 망신이나 떠는 건 아닐까? 하는 생각에 두렵기만 하다.

두려움을 떨쳐내려면 어떻게 해야 할까? 두려움을 떨쳐내려면 두려움과 맞서야 한다. 두려움과 마주 설 때 본디 자기 자신, 자기 실존으로 도약할 수 있다. 두려움이야말로 실존으로 나아가는 디딤돌이다. 이것이 불안을 철학하고 정의하는 고갱이다. 두려움 없이는 사람이 될 수 없다. 불안 없이는 실존으로 나아갈 수 없다. 불안하지 않으면 도약도 없다. 결국 불안은 걸림돌이 아니라 나를 앞으로 나아가게 할 도약 틀이다.

우리는 늙었다는 말과 낡았다는 말을 같다고 여긴다. 하지만 늙음과 낡음은 다르다. 낡은 지팡이에선 싹이 돋지 않는다. 하지만 천년을 넘게 산 고목에는 해마다 싹이 트고 꽃을 피우고 열매를 맺는다. 왜 그럴까? '늙는다'는 말은 '자란다'는 말과 같다. 다만 천천히 자랄 뿐이다. 늙음은 천천히 자람이다.

곱씹어 보자. 밥을 허겁지겁 빨리 먹으면 밥맛을 모른다. 하지만 천천히 꼭꼭 씹어 먹어보라. 밥맛이 입 안을 감돌아 목으로 넘어간다. 밥이 지닌 제맛을 비로소 알게 된다.

밥을 씹는 것으로는 바로 느낌이 오지 않으면, 귤 하나를 베껴들고 한 조각 한 조각씩 천천히 낱 알갱이 알갱이가 하나하나 씹혀 '톡! 톡!'

터지는 걸 느끼면서 맛을 음미해 보라. 입 안 전체에 귤 맛이 감돌아들고, 머리끝이며 배 속까지 퍼지는 게 느껴진다. 천천히 자란다는 건 이렇게 세상사는 맛을 제대로 느끼며 사는 것이다.

공동묘지나 화장터에 방부房付를 들여야 할 사람이 나이 여든에 스님이 되겠다고 절에 들어온다. 곁에서 모두 비웃는다.

'당신은 너무 늦었소. 괜히 청정한 승단에 들어가 시주 밥이나 축내려 합니까?'

이 말에 팔십 노인은 크게 분발해서 강한 서원을 세운다.

'내가 만약 경이로운 삼장三藏에 통달하지 못하고 세속 욕망을 끊지 못하거나 신통력을 얻지 못한다면, 단 한 순간일지라도 절대로 옆구리를 땅에 대고 눕지 않으리라.'

그 팔십 노인은 밤낮을 가리지 않고 용맹정진한 끝에 3년 뒤 마침내 크게 깨닫는다. 이분이 33조사 가운데 열 번째 조사다. 세상에서는 그를 존경해서 옆구리를 땅에 대지 않는, 협존자脇尊者라고 일컬었다. 늦었다고 생각할 때가 가장 좋은 시기라는 말이 실감 나는 말이 아닐 수 없다.

법정 스님은 말씀하신다.

"내가 이제 70, 80이어서 죽을 때가 다 되었는데 무얼 시작하겠는가? 하고 낙담하는 사람이 있는데, 영혼에는 나이가 없습니다. 지금 익히는 업이 내

생에까지 이어집니다. 내생에 가서 새로 익히려면 어렵습니다. 또 내생에 진리를 만날지 못 만날지 알 수 없습니다. 무엇이든 좋은 일이라면 육신 나이에 붙잡히지 말고 지금부터 새롭게 시작해야 합니다. 그렇게 하면 저절로 꽃피고 열매 맺게 됩니다."

내일 일도 알 수 없는데 어찌 내생을 기약할 것인가. 모든 삶은 단 한 번뿐, 내일은 없다. 지금 당장! 천천히 아주 천천히 삶을 음미하면서 싹을 틔우고 꽃을 피우고 열매를 맺자.

# 어제는 전생, 오늘은 새 날

한 제자가 스승에게 묻는다.

"전 생애를 두고 제가 행할 수 있는 가르침을 한마디 내려 주십시오."

스승은 이렇게 말한다.

"그것은 바로 용서니라."

용서란 남 허물을 감싸주는 일이다. 또 너그러움이고 관용이다. 용서는 사람이 가진 여러 미덕 가운데 가장 으뜸가는 미덕이다. 용서. 참 어렵고도 어려운 말이다. 하지만 모든 원한은 원한으로는 절대로 풀 수 없다고 부처님은 말씀하셨다. 과연 어디까지 용서할 것인가. 어떻게 용서해야 할까. 사람은 누구나 크고 작은 허물이 있다. 그 허물을 낱낱이 지적하면서 꾸짖으면 상대 허물은 결코 고쳐지지 않는다. 허물을 감싸주고 덮어주는 용서는 사람을 정화시키고 맺힌 것을 풀어준다. 용서는 사랑과 이해 통로를 연다.

지금부터 20여 년 전쯤 미국 워싱턴 근처 어느 마을에서 살인사건이 일어났다. 갱단에 입단하려는 어린 소년이 죄 없는 한 소녀을 총으로 쏴 죽인 사건이다. 총기를 갖는 게 자유로운 미국에서 이따금 일어나는 일이다. 살인을 한 소년 나이는 겨우 열네 살. 이 소년은 현장에서 체포되어 재판을 받게 되었다. 소년은 유죄 판결을 받았다. 판결이 끝난 뒤 소년이 법정 밖으로 끌려나오자 살해당한 소년 어머니가 소년범을 원한에 찬 눈초리로 쏘아보면서 외쳤다.

"너! 언젠가 내 손으로 널 꼭 죽이고 말 테야! 죽여 버리겠어!"

이 소년범은 소년원으로 보내졌다. 6개월 뒤 죽임을 당한 소년 어머니가 아들을 죽인 살인자를 만나려고 소년원을 방문했다. 잠깐 이야기를 나누고 소년 어머니는 돌아갈 때 소년범에게 용돈을 약간 주고 갔다. 한두 해가 지나면서 소년 어머니는 소년원 방문이 점점 잦아졌다. 어머니는 소년범에게 먹을 것과 필요한 물건들을 넣어 주었다. 그러면서 두 사람은 점차 가까워졌다.


3년쯤 지난 뒤 착실하게 교도생활을 한 끝에 소년범은 사면을 받아 예정보다 일찍 소년원에서 나오게 되었다. 아들을 잃은 어머니가 소년에게 물었다.

"이제 어디로 갈 거니?"

소년이 말했다.

"저도 잘 모르겠어요. 전 엄마도 없고, 일자리도 없으니까요. 갈 곳도 없고……."

그러자 아들 잃은 어머니가 말했다.

"그래? 그러면 마련이 설 때까지 나와 함께 지내면 어때? 마침 남는 방도 하나 있는데."

출소한 소년은 그이 집에 살게 되었고, 그이는 소년 일자리도 구해주었다. 그렇게 한 10개월쯤 흘렀을까. 어머니가 소년에게 말한다.

"너, 내가 법정에서 널 죽여 버리겠다고 했던 말 기억나니?"

소년이 고개를 떨어뜨리며 말했다.

"네, 어떻게 잊을 수 있겠어요. 결코 잊을 수 없어요."

어머니가 말을 이었다.

"그래. 그때 했던 그 말이 내 진심이었어. 난 우리 아이를 죽인 너를 절대 용서할 수 없었지. 꼭 죽이고 싶었다. 그래서 너를 면회하고 네게 필요한 물건이나 먹을거리를 넣어주었지. 널 죽일 기회를 잡으려고……."

소년은 고개를 떨어뜨리고 뚝뚝 눈물을 흘렸다.

"그렇게 내 아들을 죽인 네가 이 세상에서 없어져야 한다고 생각을 했었지. 그런데 지금 돌이켜보니, 예전에 내 아들을 죽였던 네 모습은 사라지고 없구나. 넌 이제 새로운 아이다. 지금 내게는 아들이 없고, 네게는 엄마가 없을뿐더러 살 곳도 마땅치 않으니 나와 같이 살지 않으런? 네가 여기서 내 아들이 되어 우리가 서로 의지하면서 살면 어떨까? 네가 허락한다면 난 너를 입양하련다."

소년은 기꺼이 그이 아들이 되기를 바랐다. 실제 있었던 이 이야기는 용서가 주는 경이로움을 잘 새겨 느낄 수 있는 이야기다. '내 아들을 죽인 아이는 이미 사라지고 말았다.'는 어머니 말이 바로 부처님 말씀이다.

아메리카 인디언들 속담에 "다른 사람 모카신을 신고 십리를 걸어가 보기 전에는 그 사람에 대해 말하지 말라."는 말이 있다. 역지사지. 용서는 내 처지가 아니라 네 처지에서 생각하는 것이다. 그 사람 처지에 서지 않고서는 그 사람을 바르게 이해하기 어렵다. 용서를 거쳐서 상대 상처가 치유될 뿐 아니라 굳게 닫힌 내 마음 문도 활짝 열리게 된다. 일단 마음 문이 열리고 나면 그 문으로 무엇이든지 다 드나들 수 있다. '드나듦' 바람에게 남과 북 구별이 없듯이 내가 네게 들고 네가 내게 드는 드나듦이 용서 바탕이다. 우리는 용서를 통해서 사람다워지고, 그 그릇이 커진다.


아들 살해범을 수양아들로 거둔 어머니 육성을 통해 용서가 지닌 고갱이를 살핀다.

"그렇게 내 아들을 죽인 네가 이 세상에서 없어져야 한다고 생각을 했었지. 그런데 지금 돌이켜보니, 예전에 내 아들을 죽였던 네 모습은 사라지고 없구나. 넌 이제 새로운 아이다."

어제 나를 때린 동무가 내 앞에 앉아 있다. 이 동무는 어제 그 동무가 아니다. 어제 날 때린 그 동무는 지금 여기 없다. 오늘 새로운 사람이다.

어제 일은 전생 일, 오늘은 새 날. 그래서 날마다 좋은 날이다.

# 예배와 염불은

장마가 든다더니 밖에 비가 주룩주룩 하루 종일 구성지게 내린다. 하안거夏安居 기간답다. 안거란, 부처님 당시 여름철 우기雨期에 수행자들이 돌아다니며 수행을 하다가 폭풍우를 만나 피해를 입기도 하고, 또 본의 아니게 나무와 풀 그리고 벌레들을 밟아 죽이는 일이 잦았다. 그런 일을 막으려고 긴 장마 기간 동안 수행자들이 바깥나들이를 하지 않고 실내에서 수행에만 몰두하게 한 데서 비롯되었다. 이 안거 기간 동안 스님들은 경내 선방에 머물면서 참선 수행을 한다. 한편 재가 불자들은 안거 기간 동안 봉행하는 기도에 동참하는 것이 우리나라 절 살림이다. 기도에 앞서 해야 하는 일은 예배를 올려 자기 잘못을 참회하는 일이다.

그런데 요즘 사람들은 예배는 교회나 성당 집회에 참석하는 말로 아는 경우가 많다. 그래서 절집에선 예배드린다는 말은 다른 종교에 양보하고, 예불禮佛 올린다는 말을 쓴다. 하지만 예배는 본디 절집에서 유래한 말로 부처님께 절을 올린다는 말이다. 절은 오체투지라고 해서 이마를 땅에 대고 팔꿈치와 무릎을 땅바닥에 대어 자기를 낮추는 겸허하고도 경건한 의식이다. 티베트 사람들은 온몸을 땅에 다 던져서 나를 낮추는 온몸투지를 한다.

사찰을 일컫는 '절'은 절을 많이 하는 곳이라서 절이라고 했다는 설도 있다. 하지만 '절' 말 뿌리를 거슬러 올라가면 본디 '텰'이었다. 신라에 처음 불법을 전한 아도 스님이 숨어 지낸 곳이 '텰례(毛禮)'였다. 이 텰례 준말이 '텰'='절'이 되었다는 것이 정설로 알려져 있다.

내가 다니는 절에는 한 달에 한 번 아미타부처님께 삼천 번 절을 올려 예배드리는 철야 정진 프로그램이 있다. 열혈 불자님들이 땀을 뻘뻘 흘리며 열심히 참회 정진하는 모습이 아름답다. 한데 얼마 전 몇몇 도반에게서 자신은 그 철야 정진에 한 차례로 빠지지 않고 나갔다면서 자랑스러워하는 말을 들었다. 그 순간 퍼뜩 '아차!' 하는 생각이 들었다.

우리는 절을 하며 허리 숙여 이마를 땅에 대면서 겸손해진다. 부처님께 예배를 드릴 때 가장 먼저 해야 할 일은 이제껏 살아온 삶을 돌아보면서 잘못 산 부분을 뉘우치고 더는 허물을 짓지 않겠다고 다짐하는 참회다. 참회는 불성을 깨우는데 가장 기초가 되는 순수한 행위이다. 철저하게 비워 자기를 없애는 행위다. 그래서 절은 간절한 마음이 우러나오도록 한 동작 한 동작에 정성 어린 마음을 담아 공손하게 올려야 한다. 아울러 한 배 한 배 절을 올릴 때마다 널리 모든 목숨붙이들을 내 몸처럼 아끼고 공경하겠다는 의시 위에 순수하게 자신을 낮추는 열린 마음을 담아야 한다. 그렇지 못하고 숫자만 열심히 채우려 든다면 참 예배 뜻이 담길 틈이 없다. 삼천 배 정진에 '몇 차례 동참을 했네' 하는 생각 따위에 빠진다면 그야말로 전도몽상傳道夢想이다.

우리에게 예배를 드리는 일 못지않게 중요한 일이 하나 더 있다. 부처님처럼 살겠다는 다짐을 담은 염불念佛이 그것이다. 염念자를 풀어놓으면 지금 금今자와 마음 심心자로 나뉜다. '바로 지금' 마음을 낸다는 말이다. 염불은 바로 지금, 이 자리에서 모든 중생을 아끼고 공경하는 부처로 살겠다고 염원念願하는 일이다. 관세음보살이나 지장보살을 비롯한 많은 보살님 명호를 염송念誦할 때도 마찬가지. 관세음보살을 염송할 때는 관세음보살 공덕을 떠올리면서 나도 그와 같이 고통을 겪는 많은 중생들을 '바로 지금' 건지겠다는 서원을 담고, 지장보살을 염송할 때는 지장보살처럼 지옥 중생까지 모두 건진 다음에야 성불하겠다는 서원誓願을 다지는 일이다. 염불 삼매三昧란 바로 이런 서원 바탕 위에서 하는 보살행과 부처행을 뜻한다. 염불이 그저 입으로만 되뇌는 송불誦佛이 되지 않도록 조심하고 또 조심할 일이다.

지난봄 정기법회에서 법정 스님께서는 "절이 생기기 전에 먼저 수행이 있었습니다. 절이 생기고 나서 수행이 따라온 것이 아닙니다. 내

가 왜 절에 가는가. 왜 교회에 가는가? 그때그때 스스로에게 물어서 어떤 의지를 가지고 가야 합니다. 그래야 자기 삶이 바뀝니다."라는 말씀을 하셨다.

우리는 흔히 교회나 법회를 장소로 여기는데 그것은 잘못이다. 교회敎會란 무엇인가. 교회는 가르침, 진리를 나누는 모임이다. 법회法會도 마찬가지. 예수님이나 부처님이 처음 사람들을 교화할 땐 교회나 절이 없었다. 교회나 절이 생기기에 앞서, 이렇게 사는 게 바른 삶이라는 예수님 말씀, 부처님 말씀이 펼쳐지는 야단법석野壇法席이 있었을 뿐이다. 진리말씀과 바르게 사는 행行만 있었다. 그게 종교다. 종교인은 진리에 맞는 삶을 사는 사람을 말한다. 부디 발보리심發菩提心해서 행보리심行菩提心할 일이다.

3장
—

나는 것만 남는다

# 길상사, 시작부터 알싸한 뺄셈

길상사는 본디 우리나라 요정 가운데 가장 규모가 컸던 대원각이었다. 1987년 당시 미국에 머물고 있던 대원각 주인 김영한 할머니는 법정法頂 스님이 LA에 오셨다는 소식을 듣고 평소 가깝게 지내던 김대도 행보살을 통해 LA 고려사에서 스님을 처음 뵙게 되었다.

김영한 할머니는 당시 〈샘터〉에 매달 실리던 법정 스님 글을 읽기 위해 정기구독자가 되었노라고 스님을 처음 만난 자리에서 밝혔다. 이 자리에서 대원각을 절로 만들었으면 좋겠다는 이야기가 오가고, 대원각 건물과 터를 스님께 시주할 테니 절로 만들어달라고 부탁했다. 하지만 '무소유'를 화두 삼아 살아오신 법정 스님은 번거로운 일에 얽혀 들기 싫어하는 천성을 내세워 앉은 자리에서 정중히 사양했다. 이로부터 장장 10년에 걸친 실랑이가 계속되는데…….

"제발 받아주십시오, 스님."

"나는 받을 수가 없습니다."

그러던 중에 법정 스님은 세상에 도움이 될 일을 이것저것 찾으시다가 밥값은 하고 가야겠다며 '맑고 향기롭게' 살기 운동을 펼치셨다. '맑고 향기롭게'를 사랑하는 회원들이 갈수록 늘어나고, 결 고운 동참이 줄을 잇고 있는데 종로 사무실은 그들을 수용하기에는 너무나 옹색했다.

'맑고 향기롭게'를 위해서라도 근본 도량이 필요하니 할머니 소원을 받아주십시오 하는 간청이 거듭되었다. 성화같은 여러분 간청에 밀려 법정 스님은 하는 수 없이 "이것도 시절인연이니 할 수 없구면." 하시며 결국 대원각을 절로 만들자는 제안을 받아들이기로 마음 굳히셨다.

드디어 상도동에 있는 약수암에서 양도양수서를 작성하는 날, 김영한 할머니 법정 관리인과 법정 스님 그리고 맑고 향기롭게 여러분이 모였다. 사찰운영을 의논하는 자리에서, 김영한 할머니 쪽 재산관리인은 절을 운영하려면 재단법인을 만들어 이사와 감사를 두어야 한다고 주장했다. 법정 스님은 절 살림은 그 절에 사는 스님과 신도들에 의해서 운영되는 것이 절 살림이라시면서 그 자리를 박차고 일어서시고 말았다.

그 뒤 몇 차례 실랑이가 오간 끝에 1996년 5월 20일, 대원각 전 재산은 대한불교 조계종 송광사 분원으로 등록했다. 이제 대원각 모든 재산은 대한불교 조계종 송광사 공유재산이 되었고, 법정 스님은 여전히 '무소유'로 계시게 되었다.

길상사는 시작부터 뺄셈이었다. 그 뺄셈을 바탕으로 하여 법정 스님을 존경하고 따르는 재가불자들 지극한 정성과 신심이 모아졌다. 그렇게 '맑고 향기롭게 근본 도량 길상사'가 태어났다.

그 뒤로도 스님은 법회 때마다 절은 어느 개인 것이 아니다. 절이 사유재산이 아니었기 때문에, 오랜 세월이 흘러도 변함없이 불자들 공동재산으로 남을 수 있었다고 틈날 때마다 강조하신다.

한 송이 연꽃 밑에 '맑고 향기롭게' 여섯 글자는 연꽃이 진흙탕 속에서 피어나지만 맑고 향기롭듯이, 우리도 연꽃처럼 맑고 깨끗하고 향기롭게 살자는 뜻이다.

1997년 12월14일 길상사 창건법회에는 종교 벽을 넘어 한국 가톨릭 큰 어른 김수환 추기경이 참석, 축하해 주었다. 법정 스님이 늘 가슴에 품고 계셨던 "세속 이해관계를 넘어 종교 간 벽을 허물고 여러 종교끼리 청정한 신념에서 공통 이념을 실천하는 덕으로 결집되어야 한다."는 뜻이 꽃피우는 발화점이었다. 이날 법정 스님은 인사말을 통해 이렇게 다짐하셨다.

"저는 이 길상사가 가난한 절이 되었으면 좋겠다고 생각합니다. …… 절은 더 말할 것도 없이 안으로 수행하고 밖으로 교화하는 청정한 도량입니다. 어떤 종교 단체를 막론하고 시대와 후세에 모범이 된 신앙인들은 하나같이 가난과 어려움 속에서 신앙의 꽃을 피우고 열매를 맺었습니다. 주어진 가난은 우리가 이겨내야 할 과제지만 선택된 맑은 가난, 곧 청빈은 아름다움입니다. 풍요 속에서는 사람이 병들기 쉽지만 맑은 가난은 우리에게 마음에 평화를 이루게 하고 올바른 정신을 지니게 합니다. 오늘과 같은 경제난국은 물질 풍요에만 눈멀었던 우리에게 우리 분수를 헤아리게 하고 맑은 가난이 지닌 뜻을 되돌아보게 하는 계기이기도 합니다.

이 길상사는 가난한 절이면서도 맑고 향기로운 도량이 되었으면 합니다. 불자들만이 아니라 누구나 부담 없이 드나들면서 마음 평안과 지혜를 나눌 수 있었으면 합니다."


이날 법정 스님은 대원각을 시주해 길상사가 되게 한 김영한 할머니에게 '길상화吉祥華'라는 법명法名을 지어주시고 108 염주를 한 벌 손수 할머니 목에 걸어주었다.

한평생 일군 모든 재산을 아낌없이 부처님께 시주하고 목에 걸은 108 염주. 공덕주 김영한 할머니는 그 염주를 만지고 또 만지며 "내가 평생 일군 터에 부처님을 모셔 한없이 기쁘다." 하고 소녀처럼 좋아했다.


할머니는 그날 수천 대중 앞에서 말했다.

"저는 죄 많은 여자입니다. 불교는 잘 모르지만……, 저기 보이는 저 팔각정은 여인들이 옷을 갈아입던 곳이었습니다. 제 소원은 저곳에서 맑고 장엄한 범종 소리가 울려 퍼지는 것입니다."

할머니 소원대로 그 자리에 범종이 모셔지고, 범종각을 옮기기 전까지 그곳에서 삼계 중생을 두루 깨우치는 종소리가 널리 퍼져 나갔다.

할머니는 2년 뒤 어느 늦은 가을 날 길상사 경내를 거닐면서 "나 죽으면 화장해서 눈이 많이 내리는 날 길상사에 뿌려 달라."는 말을 남기고, 83세 나이로 이 세상을 떠났다.

길상사에는 오늘도 사람들 발길이 끊임없이 이어지고 있다. 누가 오라고 부르지도 않고, 누가 가라고 떠밀지도 않건만, 한 사람 두 사람 자분자분 길상사를 찾는다. 그렇게 맑고 향기로운 경내를 거닐다가 저마다 나름 행복, 아주 조그맣고 질박한 행복을 한아름 안고 돌아간다.

법정 스님. 늘 당신에게 들어오는 재물이나 돈이 모이면 당신 말씀처럼 괴팍한 성격 그대로 그때그때 필요한 곳, 필요한 사람에게 선뜻 내놓으신다. "우주 선물에는 임자가 따로 없다. 우리는 그저 그것들이 제 갈 길 찾아가도록 안내하는 관리인일 뿐"이시라며, 왼손이 하는 일을 오른손도 모르게 무주상보시無住相布施를 해오셨다. 그래서 정작 당신 병환이 깊어졌을 땐 절에서 돈을 빌려다가 치료를 하셨다. 그리고 서둘러 돈을 갚으셨다. 늘 말씀하시던 대로 시주 은혜를 두려워하신 까닭이다. 스님을 떠올리면 셸 실버스타인이 지은 그림책 〈아낌없이 주는 나무〉가 떠오른다.

다 내어주시고, 그루터기만 남은 법정 스님은 올 들어 건강이 부쩍 좋지 않으셔서 지난 부처님 오신 날 이후로 대중 법문을 못하신다. 아 낌없이 주는 나무처럼 그렇게 늘 빼기를 해온 스님. 부디 건강만큼은 덧셈하시기를 빈다.

# 극락전이 본전인 까닭은?

길상사는 다른 절처럼 단청이 되어 있지 않아 참배객들에게 소박하고 정겨움을 느끼게 하는 가람이다. 그래서 종교에 관계없이 그 누구라도 길상사에 들어서면 거부감 없이 마음이 편안하다고 말한다. 그래서일까. 유독 길상사에는 수녀님들이 눈에 많이 띈다. 물론 목사나 신부님은 겉모습으로는 구분이 되지 않지만, 수녀복은 어디서도 눈에 띄게 일반 차림과 다르기 때문일 것이다.

기록을 보면 수녀복은 본디 일반 사람들과 차이를 두기 위해 특별히 만든 옷이 아니라, 그 당시 유럽 여성들이 입던 일상복이었다고 한다. 오랜 세월이 흐르면서 일반 사람들이 입는 옷차림은 그 시대 흐름에 따라 수없이 바뀌었지만, 수녀복은 바뀌지 않고 전통 복장 그대로 이어온 까닭에 이제는 독특한 고유복장이 되었다.

그와 같이 절집 모습도 옛 건물 모습 그대로일 뿐이다. 하지만 일반 건물이 세월 흐름에 따라 바뀌다 보니 지금에 와서는 절 건물이 독특한 전통 양식으로 일반 건물과 차이를 보이게 된 것이다.

길상사에 참배하는 참배객 가운데 절집에 대해 관심이 많은 분들은 대개 "길상사에는 왜 대웅전이 없지요?" 또는 "왜 본전本殿이 아미타 부처님을 모신 극락전이냐?" 하고 묻는다. 대개 절들 중심에는 석가모니 부처님을 모시는 대웅전이 서는 가람 배치로 볼 때, 극락전을 중심에 두고 아미타 부처님을 모신 길상사 같은 가람은 흔하지 않다.

그 까닭을 살펴보면, 1997년 12월 14일 길상사가 창건되기 전에 이곳은 본디 요정인 대원각이었다가 그 뒤 한동안은 고기 집이었다. 그런 탓에 뭇 남성 노리개가 되었던 여인들 한이 서리고, 수많은 산목숨이 억울하게 죽어나간 곳이다. 그래서 가여운 여인들 한을 풀어주고, 사람들 먹을거리로 사라져간 뭇 중생, 뭇 목숨붙이들 극락왕생을 기원하는 뜻에서 극락전을 주전主殿으로 세웠다. 극락전에 모셔진 부처님은 아미타 부처님이다. 아미타 부처님은 한량없는 수명, 한량없는 광명이다.

아미타 부처님은 옛날 옛적 세자재왕世自在王이란 부처님이 이 세상에 계실 때 법장이라는 비구였다. 법장비구는 늘 부처님 법을 칭송하고 보살행을 닦아 온갖 중생을 제도하려는 원을 세웠다.

어느 날 법장비구가 세자재왕 부처님을 찾아뵙고 부처님을 찬탄한 뒤 여쭈었다.

"세존이시여. 이 세상에 고통 없는 세계가 있습니까? 저는 위 없는 깨달음을 얻어 그 세계에 태어나기를 원합니다."

그때 부처님은 삼백 십억이나 되는 무수한 부처님 세계를 보며 법장비구에게 깨끗한 행을 일으키게 하면서 말씀하셨다.

"법장아. 그대 자신이 그런 세계를 하나 지으면 어떠한가. 세계는 오직 마음으로 낳는 것이니 그대 바란다면 마땅히 그렇게 될 것이다."

법장비구는 수많은 세계를 낱낱이 살펴보고 그 세계 가운데 좋은 점만을 골라 더러움이 없고 고통이 없는 극락세계를 세우려고 48가지 원을 세웠다. 법장비구가 추구하는 극락세계는 삼악도 불행이 없고 그곳에 나는 이는 누구나 육신통을 갖추고 수명이 한량없고, 누구나 부처를 이루고, 집착과 애착과 걸림이 없고 슬기로워 해탈 삼매에 들지 않는 이가 없는 완벽한 세상으로 요즘 표현을 빌리면 유토피아, 이상향이다.

"세존이시여. 만약 제 불국토가 이처럼 되지 않는다면 저는 어떤 일이 있어도 성불하지 않겠습니다." 이렇게 원력을 세운 법장비구는 여러 생을 거치며 수행하고 정진하여 덕을 베풀고 인욕을 닦아 마침내 극락세계를 이루어 아미타불이 되었다.

극락전에 모셔진 아미타부처님 좌우 보처로 흔히 좌측에 관세음보살을 모시고 우측에 대세지보살을 모시는 게 관례이다. 그런데 길상사 극락전에는 특이하게 협시보살로 좌보처 관세음보살, 우보처 지장보살을 모셨다. 지장보살은 수많은 보살 가운데 유일하게 삭발한 스님이다.

경전에서는 석가모니 부처님이 열반에 든 뒤부터 미래 부처인 미륵보살이 성도하기 전까지를 부처님이 없는 무불無佛시대라고 한다. 이때 중생들을 이끌기를 부탁받은 보살이 지장보살이다. 지장보살은 모든 중생 괴로움을 다 덜어주고 지옥이 텅 빌 때까지 성불하지 않겠다는 서원을 세운 보살이다. 여기서 우리가 놓치지 말아야 할 점은 그는 보살이 되고 나서 원을 세운 것이 아니라, 서원 힘으로 보살이 되었고 모든 중생이 부처가 되기 전에는 절대 성불하지 않겠다는 다짐이다. 지장보살이 우보처로 자리한 까닭은 지옥 중생들을 모두 구제하겠다는 뜻과 사람들 먹을거리가 되어 억울한 생목숨을 거둬들여야 했던, 수많은 뭇 중생들 고통을 달래고, 극락왕생을 발원은 물론, 그들이 마침내 부처를 이루기를 염원하는 큰 뜻에서였다.

불단 탱화는 불모佛母 김의식이 그렸다. 탱화 안에서도 아미타불이 주존主尊이며, 왼쪽으로는 대세지보살, 보현보살, 지장보살 그리고 사천왕 가운데 지국, 증장천왕이 그려져 있고 오른쪽으로는 관세음보살, 문수보살, 미륵보살 그리고 사천왕인 다문, 광목천왕이 그려져 있다.

부처님 오른쪽 위는 가섭존자, 왼쪽 위는 아난존자이다.

이 극락전은 본디 대원각 시절부터 있던 건물이어서 사찰 양식 건물이 아니고 일반 건물이다. 그런 까닭에 모든 절이 출입문이 가운데 어간이 있고 좌우로 문이 나 있어 모두 홀수인데 반해 길상사 극락전 문은 짝수이다. 천장 높이가 다른 절에 견주어 낮은 편이다. 이렇게 천정도 나지막하니 단청이 되지 않고 기둥 또한 부석사 무량수전 배흘림 기둥마냥 둥글고 무게감을 주는 기둥이 아니라 일반 여염집과 다름없는 네모나고 가는 기둥이어서, 주는 느낌이 간결하고 소박해 일반 사람들이 다가가기가 정겹고 살가운 도량이다.

# 맑고 향기롭게

1993년 가을 어느 날, 화전민이 살다 떠난 산속 오두막에 혼자 사시던 법정 스님이 불쑥 서울 사간동 법련사法蓮寺 나들이를 하셨다. 법정 스님을 존경하고 따르던 여러 사람이 법련사로 스님을 찾아뵌 자리에서 스님은 "중이 밥값은 하고 가야겠기에 이 일 한 가지는 꼭 하고 싶다."며 맑고 향기롭게 살아가기 운동을 펼치겠다고 말씀하셨다.

'맑고 향기롭게'는 스님이 늘 품고 계시던 화두였다. 종교를 떠나서 모인 다양한 사람들이 모였다. 방송인 이계진 씨, 동화작가 정채봉 씨, 작가 윤청광 씨, 출판인 김형균 씨, 공직자 이성용 씨, 부산 기업인 박수관 씨, 광주 조선대 고현 교수, 방송작가 김자경 씨, 청학 스님, 그 밖에 몇몇 이가 스님이 내려주신 '맑고 향기롭게'라는 화두로 실천 지침을 마련했다.

"흔히들 마음을 맑히라고, 비우라고 말을 한다. 그러나 이것이 바로 마음을 밝히는 법이라고 얘기하는 이는 없다.

또 실제 생활이 마음을 비우고 사는 이처럼 여겨지는 사람 만나기도 쉽지 않다. 마음이란 결코 말로써, 관념으로써 맑혀지는 것이 아니다. 실제 선행 善行을 했을 때 마음은 맑아진다.

선행이란 다름 아닌 나누는 행위를 이른다. 내가 많이 가진 것을 그저 퍼주는 게 아니라 내가 잠시 맡아 있던 것들을 그에게 되돌려주는 행위일 뿐이다.

마음을 맑히기 위해서는 또 작은 것, 적은 것에 만족할 줄 알아야 한다. 살아가는 데 꼭 필요 불가결한 것만 지닐 줄 아는 것이 바로 작은 것에 만족하는 마음이다. 하찮은 것 하나라도 소중히 여기고, 그것을 소유할 수 있음에 감사하노라면 절로 맑은 기쁨이 샘솟는다. 그것이 행복이다.

인간이 적은 것에, 작은 것에 만족할 줄 알았다면 오늘날과 같은 자연 오염, 환경 파괴는 일어나지 않았을 것이다. 맑은 공기, 시원한 바람, 천연 생수처럼 자연이 인간에게 무한정 베푸는 것에 비하면 인간은 자신들 편리함, 편안함만 추구해 왔다. 그 결과 오늘날 지구는 중병을 앓고 있다.

인간들 이기심, 만족할 줄 모르는 마음이 이제는 자신들 생명마저 위협할 지경이 되었다. 이제 우리들, 인간들은 지혜로운 선택을 해야만 한다. 물질

노예가 아닌 나눌 줄 알고, 자제할 줄 알며, 만족할 줄 알고, 서로 손잡을 줄 아는 심성을 회복해 가야만 한다. 이것이 참다운 삶을 사는 길이며, 삶을 풍요롭게 가꿔가는 방법이다.

깨달음에 이르려면 두 가지 일을 스스로 실행해야 한다. 하나는 자신을 속속들이 지켜보는 것이다. 스스로 자신을 관리, 감시하여 행여라도 욕심냄이 없고 삿된 길로 빠지지 않도록 경계해야 한다. 또 하나는 사랑을 실천하는 것이다. 콩 반쪽이라도 나눠 갖는 실천이 생활 속에, 자연스럽게 배어 있어야 한다.

이 두 길을 함께 하고자 여러분께 '맑고 향기롭게 살아가기 운동'을 제안하는 바이다."

'맑고 향기롭게 살아가기 운동'은 1994년 3월26일 서울 양재동 구룡사에서 첫 출발 실천 큰 모임을 갖고 '맑고 향기롭게' 연꽃 스티커를 나눠 주기 시작했다.

모임을 이끄는 회주會主는 법정 스님. '맑고 향기롭게' 상징이 연꽃이어서 불교운동으로 오해하는 분도 더러 있었지만 순수한 시민운동으로 이어가자는 스님 뜻에 따라 불교신자뿐만 아니라 천주교, 개신교, 원불교를 비롯해 종교를 초월해 기꺼이 이 운동에 동참했다.

맑고 향기롭게는 다른 단체처럼 정해진 회비가 없다. 회비를 내지 않더라도 몸으로 나눔을 하면 똑같이 맑고 향기로운 운동에 동참하는 것이란 뜻에서다.

이 운동은 소년소녀 가장 장학금 지급, 양로원 돕기, 환경보호, 걸식아동 돕기, 노숙자 급식, 생태기행, 꽃밭 만들기 같은 마음과 세상과 자연을 맑고 향기롭게 가꾸는 일을 소문내지 않고 실천해 왔다.

종로 운니동 자그마한 오피스텔 방 한 칸을 빌려 쓰고 있던 '맑고 향기롭게'는 회원들이 모일 만한 곳이 마땅치 않아 늘 어려움을 겪었지만, '맑고 향기롭게'를 사랑하는 회원들이 늘어나고 곱다라니 살가운 정情가름이 줄을 잇고 있었다.

옛날 경허 스님은 이런 말을 남겼다.

"여러분은 모두가 수도자입니다. 여러분 삶은 남을 위해 존재하는 것이니 여러분 개개인 집착이나 장애를 두려워할 필요가 없습니다. 큰 나무나 큰 그릇이 되기를 바라는 것은 장애입니다. 그것은 참된 수행자가 되는 일을 방해할 뿐입니다. 큰 나무가 되기를 바라기보다는, 절을 짓기 위해 큰 나무를 쓸 줄 알고, 아름다운 장식물을 만들려고 작은 나무를 쓸 줄 아는 숙련된 목수가 되십시오. 큰 나무는 큰 쓰임이 있고 작은 나무는 작은 쓰임이 있습니다."

맑고 향기로운 삶이란 자기 마음자리를 제대로 찾고 세상과 자연을 향해 두 팔을 벌리고 다가가는 삶이다. 맑고 향기로운 삶이란 세상과 자연을 맑고 향기롭게 가꾸기 위해 마음이나 몸을 제대로 써서, 너를 살리고 빛내는 목수로 사는 일이다.

'맑고 향기롭게'가 길상사로 이사 온 뒤 얼마 되지 않아서 성북구청에서 성북구에서 어려운 이웃을 돕게끔 정부 지원금을 준다는 연락이 왔다. 김자경 실장은 법정 스님께 그 돈을 받을지 여부를 여쭸다.

"내 생각은 이래요. 우리 맑고 향기롭게는 회원들 마음을 맑히고, 회원들 몸을 움직여서 나누고, 또 우리 주머니 형편에 따라 능력껏 세상과 자연을 맑고 향기롭게 하면 됩니다. 정부에서 나오는 돈이라면 우리가 아니라도 얼마든지 다른 기관에서 받아 어려운 이웃을 위해 쓸 수 있을 것입니다."

'자업자득自業自得, 내가 짓고 내가 받는다.' 스스로 능력에 맞춰 업을 일구어 갈 것이지 다른 힘을 빌려서 운동을 할 것은 없다는 준엄한 말씀이다.


스님은 흔히들 마음을 비우라고들 하지만 마음은 쓰는 것이라고 단호히 말씀하신다. 마음씀. 고갱이는 나눔이다. 우주 선물을 고르게 나누는 일이 마음을 제대로 쓰는 일이다. 맑음은 저마다 청정을, 향기로움은 그 청정이 사회에 울려 퍼지는 메아리이다.

# 손으로 말한다

"나는 가끔 내 손을 들여다보면서 고마워할 때가 있다. 나무와 찬물을 다루다 보니 손결이 거칠어졌지만 이 손이 아니면 내가 어떻게 살아갈 수 있을 것인가. 물을 길어 오고, 땔감을 마련하고, 먹을거리를 챙겨주는 것도 이 손이다. 그리고 내 삶 자취와 생각을 이렇게 문자를 빌려 표현해 주는 것 또한 이 손이다."

– 법정 스님 〈새들이 떠나간 숲은 적막하다〉 '겨우살이' 중에서

혼자 사시는 스님은 모든 걸 다 손수 하신다. 불 때고, 밥을 하고, 빨래를 비롯한 사람이 살아가는 모든 일을 누구에게도 의지하지 않고 다 당신 손으로 직접 하신다.

사람을 만났을 때 상대 어떤 모습에 눈길이 끌리는가? 어떤 소설가는 그 사람 손에 자꾸 눈길이 멈춘다고 한다. 살아가는 데 필요한 많은

일을 처리하느라 늘 고단한 두 손이 그 사람을 얘기해주는 제일 중요한 부분이라고 말한다. 예부터 젊은 여자 가늘고 고운 손을 섬섬옥수라고 해서 미인 조건에 넣곤 했지만, 요즘 사람들은 좀 다른 까닭에서 예쁜 손을 평가한다. 성형수술로 얼굴은 많이 고치지만, 손을 고치는 경우는 드물기 때문에 손이 예쁜 사람이 진짜 미인이라는 얘기도 나온다. 우린 평소에 악수를 통해서 상대 느낌을 전달받는다. 또 사랑하는 사람끼리 손을 맞잡고 가는 것도 손을 잘 보호해 주고픈 열망이 담겨있다. 오늘 우리 손은 어떤 손과 만나게 될까?

"사람 손은 모든 면에서 운명이었다." 엘리아스 카네티가 남긴 말이다.

도구를 쓰는 손은 노동 기관일 뿐만 아니라 노동을 가져온 산물이기도 하다. 사람은 도구를 쓰면서 점점 손을 발달시켜왔다. 사람 손은 노동을 통해서 끊임없이 새로운 기능을 적용시키면서 고도 복잡성을 갖기에 이르렀다. 그리고 그 손놀림들이 사람 뇌 지능과 뇌를 키웠다. 아울러 사람은 그 뇌가 커지는 속에서 노동협력을 통해 서로 의사소통할 필요를 느끼게 되고 그것이 말, 언어 발생을 가져왔다는 것이 유물론 관점에서 본 프리드리히 엥겔스 인간학이다. 그는 말한다.

"사람이 나무에서 내려와 땅 위에 서서 살게 되면서부터 손을 해방시켜 도구를 쓸 수 있게 했다."

결국 사람이 손을 쓰게 된 것이 문화와 문명 발달을 가져왔다는 얘기다.

지난번 종로 통의동에 있는 대림미술관에서 수많은 '손'을 볼 기회를 가졌다. '손으로 말하다Speaking with Hands'란 주제 아래 미국 컬렉터 헨리 불이 소장한 작품들을 펼쳐놓았기 때문이다. 팝아트 거장 앤디 워홀 파리한 손으로부터 조각가 헨리 무어 거친 손, 시인이자 극작가였던 장 콕토 섬세한 손, 골무를 끼어 농염한 느낌을 주는 화가 조지아 오키프 손, 그리고 세계 헤비급 챔피언이었던 권투선수 조 루이스 주먹에 이르기까지 한 시대를 풍미했던 사람들 손이 사진 안에 담겨 있었다.

가장 인상 깊은 것은 굵고 거친 주름을 지닌 손이었다. 마더 테레사 손이다. 그 손이 말한다.

"선한 일을 하면 이기심에서 하는 거라고 비난받을 것이다. 그래도 선한 일을 하라. 정직하고 솔직하면 상처받을 것이다. 그래도 정직하고 솔직해라. 여러 해 동안 만든 것이 하룻밤에 무너질지도 모른다. 그래도 만들라. 도움이 필요해 도와주면 되레 공격할지도 모른다. 그래도 도와줘라. 좋은 것을 주면 발길로 차일 것이다. 그래도 가장 좋은 것을 주라."

사람은 동물 가운데 유일하게 부드러운 손을 가진 존재다. 손에는 온몸 신경이 모여 있다. 따라서 가장 예민하고 소중한 곳이다. 그 예민한 손을 내밀어 하는 악수는 당신과 좋은 관계를 나누고 싶다는 표시이고, 손뼉을 치는 것은 칭찬과 격려인 동시에 온몸으로 환호하는 것이다. 새끼손가락을 걸면 약속이고, 반지는 몸을 묶어서 당신을 사랑

한다는 맹세이다. 두 손 모아 기도하는 일은 온몸으로 염원하는 것이다. 절할 때 두 손을 모으는 것도 마찬가지다.

우리는 손으로 무얼 할 수 있을까? 소중한 이를 위해 기도하고, 넘어진 이를 일으켜주고, 목숨 그 소중함을 일깨우며, 꿈을 이루고, 소리 없이 사회를 움직이고, 사랑한다는 말을 대신하고, 단단한 의지를 드러내며, 한마음으로 뭉치고, 삶을 짊어지고, 세상을 바꾸어간다.

우리 지금, 손부끄럽지 않게 살고 있는가.

# 토끼풀을 뽑아든 아이

법정 스님이 친지 병문안을 하고 돌아오는 길. 주택가 한쪽에 잔디밭이 있었는데 대여섯 살 된 사내아이가 토끼풀을 뽑아 한 손에 가지런히 들고 있었다. 스님은 그 아이 모습이 하도 귀여워 다가서서 물었다.

"누구에게 주려고 그러니?"

"여자 친구한테 주려고요."

곱디고운 아이 마음결이 울림이 되어 스님을 흔들어 놓았다.

"그래? 그럼 나도 이 꽃을 꺾어다 여자 친구한테 줘야지."

스님은 아이 곁에 쭈그리고 앉아 토끼풀을 뽑았다. 한 주먹 뽑아들고 일어서려는데 아이는 스님이 뜯은 토끼풀에는 꽃이 없다며, 제가 뽑은 꽃에서 세 송이를 건네주었다. 제가 뽑은 꽃을 나누어준 갸륵한 소년 마음씨가 스님에게 잔잔한 감동을 주셨나 보다.

진정한 나눔이 무엇이라는 걸 그 아이를 통해 배우셨다며 환하게 웃으신다. 스님은 이런 아이들이 세상 물결에 휩쓸리지 않고 곱게 자란다면 이 땅 미래도 밝겠다고 하시면서, 그 결 고운 사랑이야기를 우리에게도 나눠 주셨다.

막내 아이가 세 살 때. 제 몫으로 받은 사탕 일곱 개를 제 언니와 오빠와 나눌 때, 곁에서 지켜본 적이 있었다. 대체 어떻게 나눌까? 제 것이니 마땅히 제가 더 많이 가지려니 싶었는데 아이는 셈이 달랐다. 오빠에게 세 개를 주고 언니와 저는 두 개씩 나누어 가지는 게 아닌가. 그 고움에 그만, 아이를 와락 껴안아 주었다. 아이들 마음에 천진불이 들어 앉아 있다.

소년이 내민 토끼풀꽃 세 송이는 단순히 꽃 몇 송이가 아니었다. 소년이 건넨 세 송이 꽃 속에 천지가 담겼다. 온 세상을 담은 세 송이 꽃 그 이름은 '사랑'이다. 결 고운 사랑 한 토막이 봄결을 타고 너울너울 법당 안을 날아다녔다.

집으로 돌아오는 길 아내와 나는 대체 스님은 소년에게 받은 고운 선물을 누구에게 주셨을까? 궁금했다. 괜히 한번 해보신 말씀일까? 여태껏 여쭙지 못했다. 아니 여쭙지 않았다. 상상하는 것이 훨씬 더 즐겁고 행복한 일이기 때문에.

그래도 그 천지가 담긴 결 고운 토끼풀꽃을 받아든 사랑은 누굴 까는 아직도 궁금하다. 당신도 떠올려보시라. 스님이 꽃을 내밀며 쑥스러워했을 모습을……. 꽃을 받아든 이가 누구든 간에 그가 느꼈을 행복 파장이 잔잔하게 가슴 한켠을 훈훈하게 한다.

# 하숙집 할머니

어느 해 여름. 조계산 불일암에 아주 귀한 손님이 찾아들었다. 찾아온 할머니는 법정 스님이 오래전 대학 시절 하숙하던 집 주인 아주머니다. 30년 세월 무게에 농사꾼처럼 까맣게 그슬리고 이마에 주름골이 깊게 패 이제는 할머니가 된 아주머니.

법정 스님이 놀랍고 반가운 마음에 할머니 두 손을 꼭 쥐었다.

"아니, 아주머니가 예까지 어떻게……."

"테레비에서 보니깐, 아 글쎄 학생이더구면요. 어찌나 반가운지……."

할머니는 텔레비전에 나온 스님을 보고 반가운 마음에 한달음에 길을 나섰다고 했다.

"학생이 이렇게 유명해질 줄은 꿈에도 몰랐구면요."

깊숙한 조계산 자락까지 찾아온 할머니가 반갑고 고마워 법정 스님

은 벽장을 열어 이것저것을 꺼내 할머니 손에 쥐어 드리고 차를 달여
드렸다.

법정 스님이 활짝 웃었다.

"하하하."

까마득한 세월 속에 낯설지 않은 얼굴을 마주 대하니 만감이 오고
간다.

"할머니, 어떻게 지내세요?"

"뭐, 별일 없이 그렁저렁 지내는구먼요. 내 죽기 전에 한번 학생 얼
굴 뵈려고 마음먹고 왔지요."

할머니 기억엔 아직도 스님은 학생일 뿐이다. 스님도 할머니가 타
고 온 추억 열차를 타고 오래전 전생으로 돌아가 하숙방에 앉았다. 아
스라한 기억 창고 밑자락에 가라앉아 있던 전생 기억들이 스멀스멀 되
살아나 아지랑이처럼 피어오른다.

30년 세월을 훌쩍 뛰어넘어 이젠 할머니가 되어 단걸음에 스님을 찾
아온 하숙집 아주머니 심경은 어떤 것이었을까? 길지 않은 시간이었
을 테지만 아직 청년이었던 법정 스님에게 정성스레 밥을 해주고 잠자
리를 챙겨 주었을 할머니는 어머니 같은 마음으로 스님을 찾아왔을 것
이다.


'내 죽기 전에 학생 얼굴 한번 보려고 마음먹고 왔다.'는 할머니 말
씀으로 보아 곁에 가면 찬바람이 돌 것 같고, 얼음처럼 차가워 얼음 선

사라 불리는 법정 스님도 전생에는 살갑고 도타운 학생이었나 보다.

　TV에 출연하신 스님을 뵙고 반가운 나머지 큰마음 먹고 스님이 자주 쓰시는 표현처럼 '원판대조' 하러 먼 길을 찾아오신 할머니. 짧은 시간이지만 아스라이 멀어졌던 30년 전 이런저런 전생 이야기를 살갑게 나누고 홀가분한 마음으로 산을 내려가셨을 것이다. 스님 또한 구수한 할머니 정情가름으로 한동안 마음이 훈훈하셨을 것이고.

# 도탑고 넉넉한 품

　법정 스님 워낙 자신에게 엄격하신 분이시라, 다른 사람에게도 그와 같으신 줄 아는 사람들이 많다. 세상이 잘못 돌아가는 부분에 대해서는 날카롭게 각을 세우셔서 서슬이 시퍼렇고 얼음처럼 차가워 얼음 선사란 별호가 있으시다. 하지만 모자라는 우리를 이끄실 때는 찬찬하고 세심한 어머니보다 더 자상하게 아주 세세한 부분까지 신경을 써서 알려주신다. 도타운 정이 넘치고 천진스런 아이 같은 면이 많으신 스님은 해외여행 길 공항이나 비행기 안에서 해외로 입양되어가는 어린 아이들을 볼 때마다 곧잘 눈물바람을 하시는 여리디여린 분이시다.

　파리 길상사가 생기기 전 파리 길상사를 세우기 위해 청학 스님과 함께 파리에 가신 법정 스님은 유럽 여행에 나선 방송인 이계진 씨 부부를 우연히 만나셨다. 요즘처럼 해외여행이 일상이 되지 못했던 그 시절. 유럽 한복판인 파리에서 아는 사람을 만났다고 생각을 해보라. 얼마나 반갑고 신기하겠는가. 법정 스님도 그와 다르지 않으셔서 이계진 씨 부부를 이만저만 반가워하시지 않으셨단다.

스님은 변덕스런 파리 날씨를 걱정하시면서 여기저기를 뒤져, 감기가 들면 우려먹으라며 봉지차도 몇 개 쥐여주시며 마치 자상한 아버지처럼 챙겨 주셨단다.

그리고 마로니에 아름다운 황금 단풍잎이 그렇게 좋으셨는지 청학 스님과 함께 파리 길거리에서 주우신 마로니에 열매에 대해 이야기하시는 게 꼭 새벽 숲 속에서 알밤을 주워 온 아이들처럼 즐거워하시고 신기한 듯 이야기하셨다는 스님은 반갑고 기쁜 마음에 파리 시내 이곳저곳 아기자기한 길목과 가볼 만한 곳을 손수 안내를 해 주시고, 추억으로 남을 만한 곳에서는 사진을 찍어주시는 자상함을 보이셨다. 마치 신기한 것을 먼저 본 어린아이처럼 앞서가시며 자랑하듯 이계진 씨 부부 손을 이끌고 다니시며 이것저것 설명을 해주셨단다.

부부는 이렇게 자상하고 천진스런 무료 관광가이드(?) 스님과 함께 시간 가는 줄 몰랐는데, 오후 시간 땀도 많이 나고 슬슬 다리도 아파져 와 어디라도 앉고 싶은 마음이 간절해질 때쯤.

스님이 불쑥 "목이 마르지 않아요?" 하시며 길가에 있는 노천 카페로 쑥 들어가 맥주를 주문하신다.

"목마를 땐 맥주가 좋다며? 한잔 쭉 들이켜요." 하시고는 부부에게 거품을 내어 맥주를 따라주셨다.

맥주 생각이 간절했을 그 마음을 어찌 아셨을까? 술을 드시지 않는 스승 앞에서 맥주를 시켜 마실 엄두를 내지 못하리라는 것을 헤아린 마음씨. 마음은 닦는 것이 아니라 쓰는 것이라고 하신 어른다운 도타운 마음 결이다. 거품보다 살가운 정이 듬뿍 담긴 법정 스님표 맥주 맛이 어떠했을까? 해학과 낭만 어린 넉넉한 스님 품에 안겼을 이계진 선생 부부가 못내 부럽다.

그 울림이 이제까지도 이어져 이계진 선생은 집을 드나들 때마다 현관에 모셔놓은 스승 사진에 "스승님, 잘 다녀오겠습니다", "잘 다녀왔습니다" 하고 절을 올린다.

# 맑은 복

요즘 가을 날씨답지 않게 덥다. 고기압이 움직이지 않고 머물러 있어 온도가 올라간 탓이라고 한다. 물이나 마찬가지로 공기도 흐르지 않으면 온도가 오르고 탁해지는 걸 느낀다. 무엇이든 흐르게 되어 있는 것은 흘러야 하는데 고여 있으면 탈이 나나 보다.

푸르른 날  지난 19일 법정 스님은 가을법회에서 빨래를 널면서 곧잘 송창식 노래로도 잘 알려진 서정주 시인이 쓴 시 '푸르른 날'을 읊조리게 된다며, 시를 읊으시는 것으로 법석 문을 여셨다.

눈이 부시게 푸르른 날은
그리운 사람을 그리워하자

저기저기 저, 가을 꽃 자리

초록이 지쳐 단풍 드는데
눈이 내리면 어이 하리야
봄이 또 오면 어이 하리야

내가 죽고서 네가 산다면!
네가 죽고서 내가 산다면?

눈이 부시게 푸르른 날은
그리운 사람을 그리워하자

법정 스님은 시는 마음 결정체라고 말씀하신다. 두런두런 시를 외우면 마음이 더 즐거워지고 사는 일이 새삼 고맙고, 시를 읊고 있으면 마음이 그윽해진다고.

스님은 나지막이 시를 외우고 있으면 우리말이 지닌 아름다운 속내가 투명하게 드러난다고 하신다. 요즘처럼 어지러운 세상을 살아가는 힘을 기르려면 시를 읊으며 삶을 새롭게 가꾸어가야 한다면서, 시를 읽으면 피가 맑아진다고 말씀하신다.

"홀로 머물 땐 낡은 거문고를 어루만지고 옛 책을 읽으면서 그 사이에 누웠다가 올려다보면 그만, 마음이 내키면 나가서 산기슭을 걸어 다니면 그만, 흥이 도도해지면 휘파람 불고 노래를 부르면 그만, 배가 고프면 내 밥을 먹으면 그만, 목이 마르면 내 우물물을 마시면 그만, 추위와 더위에 따라 내 옷을 입으면 그만, 해가 지면 내 집에서 쉬면 그만이다."

조선 선비 장훈은 이렇게 '그만而已'이라는 표현을 즐겨 쓰더니 "내천명을 따르면 그만이다." 하면서 자신이 사는 집 이름을 '이이엄而已广'이라고 지었다면서, 법정 스님은 이 자리에 있는 여러분도 각자 자기 자신이 어떤 맑은 복을 누리고 있는지 한번 돌이켜 보라며, 당신이 누리는 네 가지 맑은 복을 펼쳐 놓으신다.

스승과 말벗이 될 수 있는 책 몇 권,
출출할 때 마시는 차, 차는 삶을 맑혀 주는 여백.
굳어지는 삶에 탄력을 주는 음악,

일손을 기다리는 채소밭이 고맙게 느껴진다는 스님 말씀처럼 방 안에 스승 같은 책과 두런두런 이야기 동무도 삼아보고, 차 한 잔을 마시며 창문을 살짝 열어 들어오는 바람이 거는 말에 귀 기울이는 넉넉한 마음을 가져야 하겠다. 내게 맑은 복은 몇 가지나 될까. 이 저녁, 가만히 누워 소동파 적벽가를 한 수 읊어도 보고, 밝은 달에 얼굴을 비춰보며 내게 주어진 맑은 복을 손꼽아 헤아려봐야지.

따뜻한 마음이 새 세상을 연다.

# 사랑 온도 지금 몇 도인가?

유적을 발굴하러 가는 탐험대가 짐을 운반하고 길 안내를 받기 위해 인디오 원주민들을 고용했다. 부지런히 서두른 탓에 처음 나흘간은 일정에 맞춰 무난하게 나아갔다. 그런데 닷새째 되는 날, 인디오들이 갑자기 앞으로 나아가기를 거부했다. 느닷없이 짐꾼들이 움직이지 않자, 탐험가들은 크게 화를 내면서 재촉했지만 짐꾼들은 자리에 주저앉아 꼼떡도 하지 않는다. 당황한 탐험가들은 총으로 위협을 하면서 윽박지르기도 하고, 달래도 보았지만 인디오들은 꿈쩍도 하지 않았다. 그렇게 이틀이 지나자 인디오들은 다시 목적지를 향해 걷기 시작했다. 탐험가는 그들에게 잘 가다가 주저앉아서 버틴 까닭을 물었다. 그러자 한 인디오가 대답했다.

"너무 빨리 걸었다. 그래서 우리는 영혼이 우리를 따라올 때까지 기다려야 했다."

쉼 없이 달려오느라 정신없었던 한해를 마무리하는 맺음달 12월. 내 영혼은 어디쯤 오고 있을까?

"사실 저는 아직까지도 행복이란 게 뭔지 알지 못합니다. 하지만 적어도 한 가지 말씀드릴 수 있는 건 행복을 떠올리는 자체로도 매우 즐겁다는 것입니다."

문화인류학자이자 환경운동가인 쓰지 신이치 말이다. 그는 미얀마에서 아주 가난한 지역 사람들과 함께 일을 했었다. 현금 수입이 전혀 없는 그곳 사람들에게 어떤 때 행복을 느끼느냐고 그가 물었다. 40명이나 되는 어르신들이 모두 "나는 늘 행복하다."고 대답했다. 더 행복했던 때가 언제였냐고 물으니 "난처한 사람을 도와줄 때와 절에 공양을 올릴 수 있을 때"라는 답이 돌아왔다고 했다.

부탄은 국민총생산GNP 대신 국민행복지수GNH. Gross National Happiness로 나라 발전도를 측정하겠다고 선언한 나라다. 부탄에 가면 여기저기 기도를 담은 깃발이 세워져 있는 걸 볼 수 있다. 그곳 사람들은 깃발이 한 번 나부낄 때마다 소원이 이루어진다고 여긴단다. 쓰지 신이치는 그곳 사람들은 가진 것이 없어도 전 세계 사람들을 위해 깃발을 세우고 기도하고 있다고 했다. 그는 말한다.

"한 번 상상을 해보라. 빼곡히 세워져 있는 기도를 쓴 깃발이 바람에 흔들릴 때마다 그 소망들이 우주를 향해 날아가는 모습을."

한해를 보내는 것을 일본 사람들은 '망년忘年' 또는 '년망年忘'이라고 한다. 하지만 우리 조상들은 한해 동안 쌓은 노력이 단절되지 않고 다음 해로 이어지기를 바라는 마음에서 잠을 자지 않고 경건하게 한해를 보내고 새해를 맞았다. 그래서 나이를 지킨다는 뜻을 담아 수세守歲라 했다. 망년은 단절이고, 수세는 이어짐이다.

그 연결수단으로 섣달 그믐날 밤, 우물가·방·마루·대청·부엌·외양간·곳간·측간·장독대 어느 한구석 어두운 곳 없이 집안을 대낮처럼 환하게 밝혔다. 조왕신 王神은 집 부엌에 머물며 길흉을 관장하는 신으로 한해 동안 집안사람 말과 행동을 지켜보며 잘잘못을 적어두었다가, 섣달 스무 나흗날 하늘로 올라가 옥황상제에게 보고한 뒤 평가서를 들고 그믐날 내려온다.

한해 동안 살아온 종합평가가 조왕신을 통해 오롯이 보고되어, 잘살고 못산 경중에 따라 이듬해 복을 점지 받는 시스템 아래서, 우리 조상은 복을 가지고 내려오는 조왕신을 경건하게 맞이하려는 마음에 불을 밝힌 것이다. 그 시스템 아래서 우리조상이 어떤 삶을 살았을지는 따져 묻지 않아도 눈에 선한 일. 우리 겨레가 해가 바뀌어도 애써 이으려고 했던 것은 무엇이었을까.

서당에서 훈장이 문제를 낸다. "두 동무가 노는 데 동네 어른이 떡 세 개를 주고 갔어. 어떻게 나눠 먹어야 할까?" 아이들은 하나씩 떡을 나누어 갖고 나머지 하나는 둘이서 똑같이 갈라 먹는다고 답한다. 그러면 훈장은 셈으로는 맞지만 옳은 답이 아니라고 했다. 나머지 하나는 돌부처에게 바친다고 해야 맞는다고 했다.

어린이 마음은 물꼬 트기를 기다리는 모래밭이요, 한번 물꼬를 터놓으면 품성은 평생 그 틀을 타고 흐른다고 말한 것은 순자荀子다. 옛 어르신들은 남과 함께 나누는 정情가름을 그렇게 가르쳤다. 행복은 그렇게 네가 있기에 내가 있다는 것을 느끼는 관계 안에서 꽃을 피운다.

1901년 인도 갠지스강에 큰물이 났을 때 우리 산사山寺마다 갠지스강을 뜻하는 '항하정표恒河情表'라는 표찰을 붙여놓고 의연 금품을 모아 보냈다. 또 1906년 샌프란시스코 대지진 때도 의연금을 거두었는데 그날그날 접수된 금액을 시곗바늘로 누적시키는 '인정시계人情時計'를 신문 광고란에 게재, 인정지수를 널리 알렸다. 1906년이면 바로 한해 전 을사늑약이 체결되어 나라 운명이 바람 앞에 등불일 때였다. 그 어수선한 속에서도 먼 나라 사람들 아픔에 따뜻한 손을 내밀 수 있었던 건 어릴 적부터 몸에 밴 정情가름 때문이었다. 지금도 해를 마감할 때마다 인정시계 아닌 인정 온도계가 서울시청 앞에 설치되어 사랑 온도를 계측한다.

한해를 마감하는 끝자락, 우리 사랑 온도는 지금 몇도 인가?

# 워낭소리를 내자

우리는 무엇으로 사는가? 인정을 먹고 산다. 단 한 사람이라도 나를 알아주고 보듬어주는 이가 곁에 있다면 그것만으로도 세상에 존재할 까닭이 충분하다. 키케로는 평생에 벗이 하나면 족하다고 했다. 그 한 벗은 '마음 놓고 믿는 벗'이다.

우리를 잔잔하고 숨 떨리는 감동으로 밀어 넣은 소리가 있었다. '워낭소리' 워낭은 소 귀에서 턱밑으로 늘여 단 방울을 말한다. 워낭을 단 소는 움직일 때마다 아주 투박하고 느린 방울소리를 내는데 그 소리를 워낭소리라 부른다. 빠름을 미덕으로 삼고 속도로 승부를 삼아 돌아가는 이 도시 소음 속에서는 결코 들을 수 없는 느린 소리가 바로 워낭소리다.

〈워낭소리〉는 이충렬 감독이 찍은 독립영화로 올해 초 개봉해 독립영화 사상 처음으로 300만 관객이 찾은 영화다.

산간 오지 경북 봉화 청량산 자락에서 살고 있는 팔순 할아버지와 자그마치 마흔 살 먹은 소가 나눈 우정을 담은 감동실화. 보통 소는 평균 15년을 산다. 그런데 이 소 나이는 마흔이 넘었다. 사람 나이로 따지면 백세가 넘은 그런 소다.

최원균 할아버지는 여덟 살 때 다리 힘줄을 다쳐 평생 한쪽 다리를 전다. 이 장애를 가진 할아버지하고 이 늙은 소가 콤비를 이룬다. 그래서 이 영화 〈워낭소리〉 영어 제목이 〈올드 파트너Old Partner〉이다.

할아버지는 늙은 소가 끌어주는 작은 수레를 타고, 밭에 나가 엉금엉금 기어서 일을 한다. 그 소 덕분에 농사를 지으면서 자그마치 아홉 남매를 키워냈다. 어떻게 보면 우직한 늙은 소 한 마리가 한 집안을 먹여 살린 셈이다.

할아버지는 농약을 치지 않고 농사를 지었다. 그렇다고 유기농에 대한 대단한 신념을 할아버지가 갖고 있어서 농약을 치지 않은 게 아니었다.

"농약을 치면 소에게 꼴을 먹일 수 없다."

그 까닭 하나만으로 농약을 쓰지 않았다. 농약을 치지 않고 농사짓는 일은 쉽지 않은 일이다. 그만큼 몇 갑절 힘이 들고 수확량도 현저하게 줄기 때문이다. 하지만 할아버지는 아주 고집스레 농약 없이 농사를 지었다. 할아버지는 소에게 손쉬운 사료 대신 손수 꼴을 베어 먹이고, 쇠죽을 끓여서 먹였다. 그것이 그 늙은 소를 향한 할아버지 마음이었다.

할아버지는 몸이 불편해도 기계 대신 손으로 모를 심고, 추수할 때도 낫으로 벼를 베었다. 세상 변화에 참 뒤처지는 모습이다. 요즘 사람들은 다 빠름을 섬긴다. 그래서 느림은 빠름보다 열등하다고 생각하기도 한다. 하지만 할아버지는 점점 빨라지는 세상 속도하고 타협하지 않았다. 할아버지는 시나브로 느릿느릿 기계를 쓰지 않고 농사를 지었지만 9남매를 잘 키워 냈고, 지금도 먹고살 만하다. 그는 소걸음처럼 느리게 사는 삶을 아주 옹골차게 지켰다.

늙은 소와 할아버지는 어딘가 닮았다. 느린 걸음걸이로 힘겨워 보이지만 끝까지 포기하지 않는 그 고집조차도. 영화를 보면 소 엉덩이 부분에 쇠똥과 진흙이 범벅돼서 아주 덕지덕지 더께가 져 있다. 야윌 대로 야윈 데다 진흙과 똥으로 잔뜩 더께 진 소 엉덩이나, 가뜩이나 야위고 병든 다리 위에 구부정한 몸뚱이를 얹어 지게 짐을 지는 할아버지 모양새나 별반 차이가 없다. '정말 둘이 하나구나!' 싶은 느낌이다.

소가 일 년도 채 못 산다는 말을 들은 할머니가 "제발 그 소 좀 내다 팔아요!" 성화를 댄다. 할머니 성화에 시달리다 못해 살날이 얼마 남지 않은 그 늙은 소를 내다 팔려고 우시장으로 향하던 날 새벽. 할아버지는 마지막이라고 쇠죽 여물 한 통을, 그 늙은 소에게 한 바가지를 더 내놓았다. 하지만 이 늙은 소는 막상 그 바가지에 입은 대지 않고 그 큰 눈을 껌벅껌벅 하면서 울기 시작한다.

할아버지는 우는 소를 데리고 우시장으로 간다. 우시장에서 할아버지는 남들은 거저 줘도 안 가져가겠다고 하는 그 소를 오백만 원에서

단돈 일 원이라도 깎으면 절대로 안 팔겠다고 고집을 피운다. 우시장에 나와 있는 사람들이 다 비웃는다.

"아니, 가져가는 순간 송장 치를 소를 오백만 원을 달라니 저 할아버지 미친 거 아냐?"

팔려는 마음이 눈곱만치도 없는 할아버지 고집 때문일까? 소가 팔리지 않는다. 결국 할아버지는 팔려고 했던 소를 다시 데리고 집으로 돌아온다. 집으로 돌아온 늙은 소는 죽기 전날까지 할아버지와 함께 나뭇짐을 하러 산으로 들로 다닌다. 그 야위고 늙은 소가 할아버지 내외가 따뜻하게 겨울을 나라고, 나무 한 짐을 해다가 부려놓고, 마지막 숨을 크게 몰아쉬고는 죽는다. 할아버지는 그 소를 사람처럼 장사지내 주고 땅에 묻었다. 이내 자기 가슴에도 묻었다.

법정 스님이 언젠가 이런 말씀을 하셨다.

"만년필로 글을 쓰면 생각 속도에 맞춰 글을 쓸 수 있지만, 볼펜으로 글을 쓰면 늘 볼펜 속도가 생각을 앞서 가므로 거짓된 글을 쓰게 돼요."

스님 속에서 우러나는 깊은 생각과 마음 속도를 겨우 따라와 주는 오래된 만년필을 통해 나오는 소리는 벗을 부르는 간절한 워낭소리가 아닐까.

이제 우리는 마음속으로부터 간절하게 워낭소리를 내야 한다.

# 나눈 것만 남는다

법정 스님은 베푼다는 말을 쓰는 것을 경계하신다. "우리가 지니고 사는 이 모든 것은 우주에서 주어진 선물일 뿐 어느 특정인 것이 아닌데 누가 누구에게 베푼단 말인가." 하고 일갈하신다. 내게 주어진 우주 선물을 그저 관리하고 나눌 뿐이라는 말씀이다.

우리가 사랑하는 아내나 남편 그리고 자식도, 끌어안고 애지중지하던 재물도, 죽는 길에 아무 도움도 되지 못한다. 오직 자신을 따라나서는 것은 자신이 행한 행위, 업業일 뿐이라고 강조하신다. 좋은 일이든 나쁜 일이든 나눈 그 행위만이 떨어지지 않고 죽음 길까지 꼭 달라붙어 따라다닌다는 말씀이다.

네 사람 아내를 둔 돈 많은 상인이 있었다. 그 상인은 네 번째 아내를 가장 사랑했으며, 그이에게 좋은 옷을 입히고, 맛있는 음식을 먹였다. 그 사람은 그이를 끔찍이 아꼈고, 가장 좋은 것만을 사주었다.

세 번째 아내도 끔찍이 사랑했다. 그이를 매우 자랑스럽게 여겨 늘 친구들에게 뽐내고 다녔다. 그러나 그 상인은 늘 그이가 다른 남자와 달아날지 모른다고 불안해했다.

두 번째 아내 역시 극진히 아꼈다. 그이는 매우 사려 깊은 사람으로서 참을성이 있었으며, 사실 그이는 상인이 비밀을 털어놓는 사람이었다. 문제가 생길 때면 언제나 두 번째 아내와 상의를 했고, 그이는 늘 그를 도와서 어려운 시기를 잘 넘기도록 했다.

첫 번째 아내는 매우 성실한 동반자였으며, 가사를 돌보는 것은 물론 그가 부와 사업을 유지하는 데 크게 기여했다. 하지만 그는 첫 번째 아내를 사랑하지는 않았으며, 비록 그이가 그를 끔찍이 사랑했지만 그는 그것을 알아차리지 못했다.


어느 날 상인은 병이 들었다. 오래지 않아 자신이 곧 죽을 것을 알았다. 그는 자기 화려한 삶을 돌아보며 혼잣말을 했다. "내겐 아내가 네 사람이나 있지만, 내가 죽으면 나는 혼자가 되겠지. 아, 얼마나 외로울까?"

그래서 상인은 네 번째 아내에게 물었다. "난 당신을 가장 사랑했소. 당신에게 가장 좋은 옷을 입히고 당신을 끔찍이 아꼈소. 난 이제 죽을 텐데 당신이 나를 따라오지 않겠소?" 그러자 "절대 안 돼요!" 네 번째 아내는 뒤도 돌아보지 않고 걸어나갔다. 그 말이 비수가 되어 상인 가습을 찔렀다.

서글퍼진 상인은 세 번째 아내에게 물었다. "내 평생 당신을 아주 사랑했소. 난 이제 곧 죽을 텐데 당신, 나와 함께 가지 않겠소?" 네 번째 아내와 마찬가지로 세 번째 아내가 외쳤다. "아니 따라갈 수 없어요! 여기서 사는 게 얼마나 좋은데요. 당신이 죽으면 난 재혼할 거예요!" 그 상인 가슴은 무너져 내렸고, 울적해졌다.

하는 수 없이 상인은 두 번째 아내에게 물었다. "나는 늘 당신에게 도움을 청했고, 당신은 늘 날 도와줬소. 당신 도움이 또 필요하구려. 내가 죽으면 당신, 나와 함께 가주지 않겠소?" 두 번째 아내가 대답했다. "미안해요. 이번에는 당신을 도와줄 수가 없네요. 기껏해야 당신을 묻어줄 수 있을 뿐이랍니다." 청천벽력 같은 말에 상인은 기가 막혔다.

그때 한 목소리가 들렸다. "내가 따라가지요. 당신이 어디에 가든, 난 당신을 따라가겠어요." 그 상인이 쳐다보니 거기에는 자기 첫 번째 아내가 있었다. 그이는 너무 말라서 거의 영양실조에 걸린 사람 같았다. 그 상인은 비탄에 잠겨 말했다. "진작 당신을 좀 더 보살폈어야 했는데……."

우리는 누구나 아내 네 사람을 가졌다. 네 번째 아내는 몸이다. 그것이 멋지게 보이도록 아무리 많은 시간과 노력을 쏟아 부어도 내가 죽으면 내 곁을 떠난다. 세 번째 아내는 지위나 부富다. 내가 죽으면 모두 다른 사람에게로 간다. 두 번째 아내는 가족과 친구들. 내가 살아 있는 동안 그들이 아무리 가까웠더라도, 그들이 내 곁에 가장 가까이 다가올 수 있는 곳은 무덤까지다. 첫 번째 아내는 내가 지은 업이다. 우리는 물질, 재산, 감각 쾌락을 추구하느라 종종 이 업을 잊어먹는다. 하지만 업은 우리가 어디를 가든 유일하게 우리를 따라온다.

법정 스님은 '맑고 향기롭게'를 시작하면서 이렇게 다짐했다.

"깨달음에 이르려면 두 가지 일을 스스로 실행해야 합니다. 하나는 자신을 속속들이 지켜보는 일입니다. 또 하나는 사랑을 실천하는 것입니다."


조선일보 논설위원이었던 이규태 선생이 오래전 100세 노인들을 인터뷰 하러 다닐 때 일화다. 구례에 사는 한 100세 노인이 방 벽에 써놓은 '일구잔一口殘'이란 글이 잊히지 않는다고 했다. 일구잔은 '밥 한 입을 남긴다'는 말이다. 밥을 먹을 때 배가 8부만 차면 이 경구를 올려보고, 아무리 먹고 싶어도 밥 한 입 남기기를 평생 지켜온 것이 오래 산 비결이라 했다. 그렇게 남긴 밥일랑 으레 들르는 탁발하는 스님에게 보시하고 그 스님은 여러 사람을 위해 행복을 빌어주니, 한 입 밥으로 온 세상이 다 평안해진다는 이야기이다.


예로부터 우리나라 사람들은 저 혼자 잘났다고 따로 노는 것은 공생공존을 해친다고 해, 남 나름, 나눔 지향 삶을 살아왔다. 조물주가 사람을 만들 때 마음을 열 칸으로 갈라 넣어주면서 이렇게 말했다. 이 열

칸 마음 가운데 세 칸만 네가 갖고 나머지 일곱 칸은 남을 위해 비워두라고. 빗장도 걸지 않고 비워둔 마음에 편하게 드나드는 사람들과 더불어 살고 싶어 하는 것이 한국인이다. 우리 겨레는 이렇게 정을 가르며 서로를 넘나들고 드나들었다.

사람이란 자신이 한 행동 총합이다. 다시 말하면 자기가 선택해 행한 모든 행위만이 온전히 자기 자신이라는 말이다.

'나눈 것만 남는다.' 준엄한 말씀이다.

# 세상에서 가장 큰 절 '친절'

"세상에서 가장 위대한 종교가 뭔지 아십니까? 불교도 기독교도 또는 유대
교나 회교도 아닙니다. 이 세상에서 가장 위대한 종교는 친절입니다……."

 – 법정 스님이 어느 법석에서 하신 말씀

석가모니 부처님은 길에서 태어나 평생을 길에서 살다가 길에서 돌
아가셨다. 생명평화 순례를 하기 위해 전국을 5년 동안 누빈 도법 스님
은 이만 오천 리나 걷고, 칠만 명이 넘는 사람을 만났다고 했다. 깨달
음을 얻은 뒤 40년이 넘는 오랜 세월을 길에서 보낸 부처님은 얼마나
많은 거리를 걷고 얼마나 많은 이들을 만났을까. 그는 끊임없이 자신
을 필요로 하는 사람들 곁으로 갔다. 병자나 천민, 왕을 비롯해서 누구
누구 가릴 것 없이 자신과 문제를 함께 해결하기를 바란다면, 어느 곳
도 마다하지 않고 손수 찾아다녔다. 그에겐 너무나 소중한 한 사람 한

사람 손님을 위한 부처님 욕심은 끝 간 데 없었다. 제자들이 법을 전하러 떠날 때도 꼭 혼자서 가라고 했다. 왜 그랬을까? '세상 모든 나를 향한 배려'를 위한 끝 간 데 없는 서원 때문이었다.

세상에 조금씩 쌓여가는 문제를 그냥 내버려두기만 하면 겉으로는 참 조용하다. 아주 조용히 문제가 쌓여갈 뿐이니까. 하지만 그것을 드러내 해결하려고 들면 조금은 소란스럽고 피곤해진다. 온 집안 대청소만 해도 식구들 모두 이런저런 불편을 견뎌야 하는 걸 보면 알 수가 있다. 하지만 그런 불편이나 소동이야말로 문제 해결을 위한 열쇠라고 생각하면 충분히 견딜만하다. 잘산다는 것은 맑고 건강한 삶을 위해 지금 불편을 무릅쓰고 청소를 하고, 내 불편을 잠시 견디어 다 함께 편안하고 즐거울 수 있는 길을 여는 것이다.

"사랑하면 알게 되고 알게 되면 보이나니 그때 보이는 것은 전과 같지 않으리라." 정조 때 문장가 유한준 말이다. 옛날에는 '사랑하다'라는 말뜻이 '스랑ᄒ다 생각하다'로 사랑하다, 그립다는 뜻을 함께 품고 있었다. 생각을 많이 하는 것이 사랑이 된다는 이야기로, 결국 사랑하려면 생각을 많이 해야 한다는 말이다. 상대 처지가 되어 깊이깊이 되새겨 그리움이 쌓이지 않으면 친절하기 어렵다는 말이다.

나를 위한 일이든 남을 위한 일이든 개인과 전체를 따질 것 없이 우리가 하는 모든 행동 바탕에는 그 대상에 대한 사랑이 짙게 드리워 있다. 그 사랑 토대 위에 배려하는 마음씨가 뿌리를 내려 '돕다'가 가지를 치고 잎을 맺어 꽃을 피우고 열매를 맺는다. 친절과 따뜻한 보살핌이 믿고 살 수 있는 세상을 만들어 간다.

이 절 저 절 가운데 가장 큰 절은 역시 친절이다.

# 쓰던 말을 버리고

불교는 자비로운 종교, 기독교는 사랑스런 종교라고 말한다. 자비와 사랑은 다르지 않다. 자비 '자慈'는 우리말로 '사랑'으로 새긴다. 그런데 이 말을 그저 추상명사 사랑으로만 이해하면 어떻게 하는 것이 사랑인지 종적이 막연해진다. 불교에서 말하는 자慈는 팔리어 '우정 Mitts'에서 온 말이다.

우정은 무엇인가? 평등이자 연대, 함께함이다. 어우렁더우렁 행복한 관계에서 나오는 순정한 마음이다. '비悲'는 무엇인가? 나 아닌 목숨붙이 불행을 진심으로 아파하는 것이다. 예수는 원수를 사랑하라고 말했지만, 사랑해야 할 원수마저도 없는 것이 사랑이고 자비다. 이 자비심 바탕 위에서 부처님은 자신이 이제껏 써온 익숙한 말을 버리고 서민들이 흔하게 쓰는 말로 말씀하기 시작했다.

부처님이 자신이 쓰던 상류사회 말을 버리고 듣는 사람 말로 설법

한 뜻에는 대체 무엇이 있을까? '중도'다. 부처님은 중도를 여러 가지로 설명하고 있는데, 그 가운데 우리가 놓치고 있는 부분이 있다. 그것은 "내 가르침 내 진리는 누구라도 여기 이 자리에서 이해할 수 있고, 실현되며 증명할 수 있다."는 말씀이다. 이 자리에서 이해할 수 없는 것은 그것이 아무리 심오한 진리라 하더라도 필요 없다는 말씀이다. 이해할 수 없고, 실현될 수 없고, 증명할 수 없는 것은 내 가르침이 아니다, 그것은 불교가 아니라는 말씀이다.

중도라는 말 속에는 여러 가지 의미가 있지만, 그 말은 지금 여기 현장·주체·역동성을 갖고 있는 개념이다.

지금 여기 내 삶 주체는 누구인가. 나 자신이다. 그러면 내게 가장 중요한 가치는 뭘까? 목숨이다. 지금 여기 내 목숨이 살아 있지 않다면, 그 어떤 것도 내게 의미가 없다. 내 목숨이 살아 있을 때만 이 세상은 내게 존재 의미가 있다. 지금 여기 내 목숨이 살아 있을 때만 우리는 정치도, 종교 활동도, 사랑도 할 수 있고, 꿈도 가질 수 있고, 또는 자유·정의·평화도 모색할 수 있다. 그러니까 이 세상에서 가장 절실하게 중요한 가치는 내 목숨이다. 어떤 것도 내 목숨보다 더 앞서는 가치는 없다. 이것은 누구도 부정할 수 없다. 진보와 보수, 기독교·불교, 자본가·노동자, 남녀노소, 누구도 예외일 수 없다. 그래서 어떤 사람이든지 누구라도 뒤돌아서서 사전을 찾아보거나 물을 것 없이 지금 여기서 누구나 알아들을 수 있는 쉬운 말, 서민들 말로 법을 설한 것이다. 나보다 네게 맞춘 맞춤서비스이다.

법정 스님은 운허 스님과 함께 불교 사전을 편찬하시고, 동국역경원을 개설해 서울 봉은사에 주석하시면서 대장경 번역을 하고, 초기 경전인 〈숫타니파타〉, 〈진리의 말씀〉을 고운 우리말로 누구나 정겹게 시를 대하듯이 읊고 외울 수 있도록 번역을 하셨다. 그와 함께 대중 매체에 기고를 통해 부처님 말씀을 누구나 접하고 따를 수 있도록 많은 애를 쓰셨다. 이 모두가 해인사 시절 어느 여인이 장경각에서 내려오면서 법정 스님에게 대장경판이 어디 있느냐고 물은 데서 비롯된다. 스님이 장경각에서 내려오면서 보지 못했느냐고 되묻자. '아, 그 빨래판 같은 거요?' 했다. 그때 스님은 빨래판에 새겨진 진리를 누구나 마주해서 깨달음에 이르게 하려는 대자비심을 일으키셨다.

스님 법문을 들어 본 사람이나 스님 책을 읽은 이들은 다 알다시피 스님은 귀가 있는 사람이라면 누구라도 알아듣기 쉬운 말로 법문을 하신다. 그런 스님 뜻을 받들어 길상사 법회에 동참을 해 본 이들이면 아는 일이지만, 길상사에서는 예불을 할 때, 우리말로 된 천수경으로 예불을 올리고 대개 예불의식을 우리말로 집전한다. 젊은 법정 스님 깨달음이 수많은 이들에게 어렵다고 여겨지던 불교가 쉽사리 생활 속 깊이 들어와 자리 잡게 했다.

석가모니 부처님과 법정 스님이 당신들이 익숙하게 몸에 배어 있는 쓰던 말을 버리고 누구라도 알아들을 수 있는 말로 말씀을 전했다. '뺄셈' 그것은 어느 것보다 아름다운 빼기였다. 모든 이들이 내 방식을 고수하고 내 말을 들으라고 외쳐댈 때, 석가모니 부처님을 비롯한 법정 스님, 그리고 수많은 붓다들이 지금도 세상 곳곳에서 네 방식, 네 말로 중생 귀를 열게 하고 눈을 뜨게 하고 있다.

# 착하게 살라

법정 스님 법문 때 사회를 보는 소중한 인연을 맺은 관계로 스님 법문을 누구보다도 많이 들었다. 많은 법문 내용 가운데 스님 말씀 정수를 한마디로 요약하라면 '착하게 살라'이다.

전라도 구례에 류씨들 고택인 운조루雲鳥樓가 있다. 이 고택은 6·25라는 참혹한 전란에도 불타지 않고 살아남았다. 그 까닭은 무엇일까?

우리 역사에서 가장 처참하고 참혹했던 전쟁을 꼽는다면 임진왜란과 6·25를 꼽을 수 있다. 임진왜란은 7년 동안 전 국토가 유린되었다. 하지만 우리 역사에서 짧은 기간에 3백만 명 넘는 사람 목숨을 앗아간 전쟁은 6·25밖에 없다. 6·25는 동족끼리 벌인 전쟁이고, 못 가진 자 한이 폭발한 전쟁이었다. 그러다보니 전쟁 핵심 타깃은 '양반 부자'였다.

이남에서 6·25를 전후하여 피해가 특히 심했던 지역은 지리산 문화권이다. 지리산은 한국 빨치산 메카이다. 이 일대 부자와 양반들은 목숨과 재산을 지키기가 많이 힘들었다.

다른 부잣집들은 집이 불타고 그 집안사람들이 총을 맞거나 대창에 찔려 죽었다. 하지만 운조루는 이 지리산 문화권을 대표하는 양반 부잣집이었는데도 죽은 사람도 없고, 대저택이 불타지도 않았다. 또 좌익들에게 특별히 고초를 겪은 일도 없었다. 운조루가 살아남을 수 있었던 까닭은 무엇일까. '타인능해他人能解'라는 팻말이 붙은 쌀뒤주와 노비들을 해방시켜 주었기 때문이다.

아흔아홉 칸 집이라 불렸던 운조루 안채와 사랑채 중간 지점헛간 같은 공간에 쌀 두 가마 반이 들어가는 쌀뒤주가 놓여 있었다. 그 뒤주 아래 가로세로 10센티미터 정도 조그만 구멍이 나 있고, 구멍을 열고 닫는 마개가 있다. 이 마개에 '타인능해'라는 글이 쓰여 있다. '어느 누구라도 마음대로 열 수 있다'는 뜻으로 아무나 쌀을 가져갈 수 있다는 말이다.

집주인은 보통 열흘에 한 번씩 쌀뒤주를 채워놓았다고 여겨진다. 한 달이면 평균 일곱 가마 반이나 되는 쌀이 둘레 어려운 사람과 길손들에게 제공되었다. 한해면 어림잡아 백 가마에 가까운 양이다.

이 쌀뒤주로 인해 운조루 이름은 지리산 일대에 퍼져 나갔다. 지리산 일대가 5백 리. 한국 실크로드라고 할 만한 길이 바로 지리산을 둘러싸는 길이다. 영호남이 교류했던 길이기도 하다. 이 길을 따라 운조루 덕망이 퍼지면서 사람들 입에 오르내렸다.

6·25 이전에 발생한 여순반란 사건 때 반란군 주모자인 김지회가 군경 추적을 피해 지리산으로 들어갔다. 그때 운조루 뒷길로 올라갔는데, 김지회 일당도 둘레 다른 지주 집안사람들은 죽였다. 하지만 운조루를 불태우지 않고 그냥 지나갔다.

운조루가 불타지 않았던 또 한 원인은 노비 해방이다. 운조루 둘레에 스물다섯 가구 노비들이 살았다. 한 가구에 네·다섯 식구라고 치면 백여 명이 넘는 사람이 운조루에 딸려 있었다. 1910년 한일합방이 되면서 노비제도는 없앴지만 현실은 그렇지 않았다. 노비들은 여전히 주인집에 복속되어 있었다. 그런데 운조루에서는 1944년 노비들을 해방시켜 주었다.

6·25가 발생하자 이 노비 집안 일부 젊은 사람들도 좌익에 가담했고, 지주와 부자들을 징벌하는 데 앞장을 서기도 했다. 하지만 행여나 운조루에 해를 입히려는 기미가 보이면, 풀려난 노비 집안 후손들이 적극 나서서 운조루를 감쌌다.

"그 집엔 절대로 손대지 마라."

옛날 당나라 장안에서 약국을 하는 송청宋淸이라는 사람이 살았다. 송청은 좋은 약재에 높은 값을 쳐줬다. 그래서 그가 운영하는 약국 문전은 늘 전국 각지에서 약초를 팔려고 몰려드는 사람들로 붐볐다. 또 송청이 약을 잘 짓는다는 소문이 나 늘 많은 환자가 모여들었다. 그런데 송청은 신분 귀하거나 천하거나 또 부자거나 가난한 사람이거나 가리지 않고 누구에게나 똑같이 정성스레 치료했다. 생전 처음 보거나 신원을 알지 못해도 차용증서를 받고 약을 주었다. 약값을 못 낸 사람들에게 받은 차용증서가 산더미처럼 쌓이기도 했다. 연말이 되어도 약값을 갚지 못하면 갚을 능력이 없다고 여겨 차용증서를 불사르곤 했다.

예나 지금이나 병이란 사람 목숨을 다투는 일이기에, 약방이 문을 닫으면 아픈 사람은 공포와 불안에 떤다. 이를 미끼로 약국들은 옛날 장안에서도 세금을 많이 물리거나 벼슬아치들이 부당한 요구를 하면 문을 닫아 저항하곤 했던 것 같다. 하지만 송청은 사람 목숨을 쥐락펴락하는 약으로써 내 잇속만 차릴 수 없다고 하며 약방문을 닫은 일이 없었다.

그래서 어떤 이들은 그를 두고 어리석고 미련한 사람이라고 말을 하고, 다른 한쪽에서는 훌륭한 사람이라고 말했다. 이런 구구한 말들에 대해 송청은 이렇게 말을 잇는다.

"저는 그저 약을 팔아 처자식 먹여 살리는 평범한 사람이에요. 다만 다른 이들과 다르다면, 이익을 남보다 늦게 챙기는 것일 뿐. 제가 약방을 시작하여 40년 동안 태운 차용증이 수백 통에 이릅니다. 당장 약값을 못 낸 사람들 가운데 뒷날 벼슬자리에 오른 사람이 적지 않았고, 또 모든 약방이 문을 닫았을 때 내 약으로 목숨을 건진 사람 가운데 높은 자리에 있는 사람이 적지 않았습니다. 그분들이 뒷날 후한 선물로 은혜를 갚기를 멈추지 않습니다. 물론 빚지고 죽은 사람도 수백 명에 이르지만, 결국 손익 따져보면 많이 남는 장사였습니다. 또 은혜 갚음이 제 당대에 끝나지 않고, 자식들에게까지 물려지는 것이어서 복밭福田으로 남는 것이지요."

화엄경에 "초발심시 변성정각初發心時 便成正覺"이란 말이 있다. 초발심이 곧 바른 깨달음이라는 말이다. 처음 깨친 그 마음이 전부라는 말이다. 처음 마음이란 때 묻지 않은 순수한 마음, 사람다운 마음을 말한다. 착하게 사는 일은 처음 마음으로 돌아가는 일이다.

# 새 식구 들이는 입양의 날

　오월 첫날은 온 힘을 기울여 살림살이를 떠받치는 기둥을 돌아보는 '노동절'이고, 오일은 세상 앞길을 열어갈 희망 싹들이 거리낌 없이 맘껏 기지개 켜게끔 멍석을 깔아주는 날이다. 나실 제 괴로움 다 잊으시고 기르실 때 밤낮으로 애쓰시는 부모님께 하루라도 고마운 속을 드러내 보이는 갸륵한 어버이 날 팔일에 이어지는 새 기념일이 있다. 십일일, 입양의 날이 그것이다.

　식구를 잃은 아이들에게 새 식구를 맞아 잃어버린 웃음과 사랑을 되돌려주는 사랑이 듬뿍 담긴 날로 2006년부터 기념을 하기 시작해 올해로 네 번째를 맞는다. 그래서 이젠 오월을 말할 때 입양의 날을 빼놓고는 말할 수 없게 되었다. 물론 오월은 계절의 여왕이나 가정의달이라는 별칭이 어색하지 않을 만큼 많은 가정 구성원을 위한 날들이 있다. 십오일 스승의 날, 십팔일 성년의 날, 이십일일 부부의 날까지 자그마치 일곱 개나 되는 기념일이 즐비하다.

"입양이라고 부모 마음이 다를 수 있나요" 가슴으로 낳은 아이 다섯 명과 몸으로 낳은 아이를 셋을 합쳐서 여덟 명 자녀를 키우며 몸이 열이라도 모자랄 만큼 바쁜 하루를 보내는 이정화 님은 "입양은 특별한 일도, 거창한 일도 아니에요. 사랑과 정성으로 아이 인생을 책임지겠다는 마음으로 조금만 용기를 내면 누구든지 할 수 있는 일이죠." 하며 겸손해한다. 이 기사를 보면서 온몸이 훈훈해지는 느낌이 들었다.

우리는 흔히 가까운 동무들에게 "언제 밥이나 한 번 먹지."라고 말한다. 왜 밥을 먹자고 할까? 먹을 것을 함께 나누면서 새록새록 정을 쌓아가자는 얘기다. 밥을 먹는 동안은 경계심이 없어지고 격이 없어진다. 서양 사람들이 "손에 무기가 없어요." 하며 악수를 청하는 것처럼, 우리는 밥을 같이 먹자는 말 속에 서로를 받아들인다는 은유를 담았다.

'한솥밥을 먹는 사이'란 말도 있다. 이 말 속엔 벽을 허물어 간격을 없앤 아무렇지도 않음이 있다. 격도, 따짐도, 부담도 없이 서로 무시로 드나드는 사이. 그렇게 스스럼이 없는 사이, 가릴 것 없이 거리낌 없이 내보이는 사이를 식구라고 부른다. 다 드러내는 사이, 식구. 경계를 허물어 아무렇지도 않게 스스럼없는 사이인 식구로 낯선 아이를 받아들이는 입양은 결코 쉽지 않은 일이다. 기꺼운 마음으로 손을 내밀어 삶을 함께 짊어지고, 사랑을 나누려는 큰 마음씨 없이는 할 수 없는 일이다.

열린 마음을 내어 새로 식구 연을 맺는 입양. 입양은 모래알 속 세상을 읽어, 참고 견뎌야 하는 사바세계에 극락을 세우는 마법이다. 세상에 이밖에 또 무엇을 기적이라고 말할 수 있을까?

법정 스님께서는 "맑음은 저마다 청정을, 향기로움은 그 청정이 사회에 여울지는 메아리를 뜻한다."고 말씀하신다. 가슴으로 아이를 낳는 맑고 고운 풍습이 하루속히 이 땅 끝까지 메아리치기를 기대해 본다. 그래서 이 땅에서 태어난 아이들이 다시는 비행기를 타고 수만 리 낯선 땅으로 식구를 찾아 떠나는 일을 없길 빈다. 그리고 마침내 '입양의 날', 이 날이 달력에서 사라지는 날이 하루속히 오기를 간절히 바란다.

# 한 생각 일으키면

한 사람 사상에서 가장 중심에 있는 것은 가슴이다. 중심에 있다는 뜻은 사상을 결정하는 부분이라는 뜻이다. 그 사람 생각을 결정하는 것이 머리가 아니라 가슴이라는 말이다. 그래서 잘못이 있을 때, 가슴에 두 손을 얹고 조용히 반성하라는 말을 해왔다. 가슴을 강조하는 것은 가슴이 바로 관계關係 장場이기 때문이다. 모든 것을 아우르는 커다란 장이 다름 아닌 바로 가슴이다. 이성보다는 감성을, 논리보다는 관계를 우위에 두고자 한다면 우리는 이 '가슴' 이야기에 귀 기울이지 않을 수 없다. 머리부터 가슴까지 거리는 대체 얼마나 될까. 사람마다 다르겠지만 평생이 걸리기도 하고 평생토록 머리에서 가슴에 이르지 못하고 죽음을 맞는 이도 드물지 않다.

밥을 남겨 어려운 이웃이나 뜨내기장사치나 탁발승에게 보시하는 '석덤'이라는 관행이 있었다. 좀 사는 집들에서는 끼니에 밥 지을 쌀을 낼 때 식구 먹을 분량만을 뒤주에서 퍼내는 것을 부덕不德으로 쳤다. 식구 먹기 알맞은 량에 세 사람 먹을 쌀을 덤으로 얹어낸다 하여 '석덤'이다. 석덤으로 남은 밥은 이웃에 어렵게 사는 사람이나 갑자기 손님이 들거나 하면 밥을 얻으러 온다. 덤밥을 얻어먹은 사람은 그 집에 큰일이 있거나 농사를 지을 때 사람 품이 필요하면 품앗이로 덤값을 치른다. 또 주막이나 식당이 없는 시골에서 소금장수·젓갈장수나 과객들에게 차려내는 것도 이 덤밥이다. 어렵고 없는 사람과 공생 공존하는 아름다운 미풍이 아닐 수 없다.

우리는 앞으로 잘살게 되면 그때 가서 남과 나누겠다고 입버릇처럼 말한다. 그와 함께 '쇠털처럼 많은 날'이란 말을 쓰면서 무슨 일이든 쉽사리 내일로 미룬다. 과연 쇠털처럼 많은 날이 우리에게 보장되어 있는가. 우리에게 내일이 있는가. 그건 아무도 모른다. 어느 광고에 나오는 신당동 떡볶이 할머니 말처럼 시어머니도 며느리도 모르는 일.

"나누는 일을 내일로 미루지 마십시오. 내일은 기약할 수 없습니다. 내가 그곳에 있지 않을 수도 있고, 내 마음이 변할 수도 있습니다. 그렇기 때문에 무슨 일이든 지금 이 순간에 해야 합니다. 미루면 후회만 남습니다." 하는 법정 스님 말씀처럼.

우리에게는 지금만이 살아 숨 쉬는 시간이다. 내일은 없다. 세상 나누는 일이 모두 돈만 들어가는 것은 아니다. 우리에겐 아무것 없더라도 나눌 수 있는 무기가 있다.

바로 부처님이 말씀하신 '무재칠시無材七施'이다.

첫째, 안시眼施. 눈으로 나눔. 눈은 마음을 담는 창이란 말이 있듯이, 눈으로 하는 말이 한 마디 말보다 더 울림이 크다. 상대에 대한 호의를 담아 따뜻하고 그윽한 눈빛을 나눌 일이다. 늘 좋은 눈으로 남을 대하면 천안天眼과 불안佛眼이 열린다. 눈길에 따라 사람 마음이 부드럽고 온화해진다.

둘째, 화안시和顏施. 얼굴로 나눔. 얼굴에 가득 넉넉하고 따사로운 웃음을 담아 부드럽고 살갑게 대하는 일이다. 아침에 부드러운 얼굴로 시작하는 사람은 하루가 꽃피어나고, 하루를 부드러운 얼굴로 사는 사람은 인생이 꽃핀다.

셋째, 언사시言辭施. 말로 나눔. 덕담. 언제나 좋은 말과 부드러운 말씨로 사람을 대하는 일이다. 사랑 담은 말, 칭찬하는 말, 위로하는 말, 양보하는 말이 그것이다.

넷째, 신시身施. 몸으로 나눔. 내 몸을 놀려 적극 나서서 남을 돕는 일. 상대에게 필요한 일을 해주거나, 상대를 따뜻하고 부드럽게 감싸주는 일.

다섯째, 심시心施. 마음으로 나눔. 다른 이를 대할 때 자비심을 갖는 일. 마음을 늘 평화롭게 하여 일희일비하지 않고 넉넉한 마음으로 이웃을 대하는 일이다.

여섯째, 상좌시床座施. 자리를 나눔. 언제나 자기 자리를 양보하는 일. 경쟁자 자리를 빼앗지 않고 외려 더 넓게 보고 그에게 앉을 자리를 마련해주는 일이다.

일곱 번째, 방사시房舍施. 방과 집을 나눔. 자기 집을 남에게 하룻밤 숙소로 내어주는 일이다. 또는 다른 이에게 쉴 만한 공간을 내주는 일이다. 상대가 힘들고 괴로울 때 편안하게 쉴 수 있도록 해줄수록 내 존재 영역이 더 넓어진다.

이런 나눔은 재산이 많고 적은 데 상관없이 일상에서 늘 할 수 있는 나눔이다. 따뜻한 말, 고운 눈길, 좋은 시간, 기꺼운 마음을 전하는 일이다. 곁님들에게 끊임없이 관심을 기울이는 일이다.

모든 일은 마음이 근본이다.
마음에서 나와 마음으로 이루어진다.
맑고 순수한 마음을 가지고 말하거나 행동하면
즐거움이 그를 따른다.
그림자가 그 주인을 따르듯이

법구경 앞장에 나오는 말씀처럼, 마음씀이 세상을 밝힌다.

# 무엇을 읽을 것인가

앎이 바르면 행이 바르게 나온다. 하지만 스스로 안다고 외치면서도 바른 행이 나오지 않는 까닭은 참되게 알지 못하기 때문이다. 몸으로 부딪쳐 겪은 앎, 몸으로 터득해 안 앎만이 참된 앎이다. 앎이 바르면 저절로 바른 삶이 우러나온다. 책을 읽을 때 조심해야 할 일은 책에서 얻은 짧은 지식만으로 삶이 바뀌지 않는다는 것이다. 책에서 건져올려 머리로 헤아리고 외운 것만으론 바른 앎이라고 할 수 없기 때문이다. 책에서 배운 내용을 실제 몸을 놀려 몸에 익혔을 때 비로소, 내가 두루 행할 수 있는 내 앎이 되기 때문이다.

일찍이 공자는 '아침에 도를 깨치면 저녁에 죽어도 좋다'고 했다. 왜 도를 깨치고 바로 죽어도 좋다고 하지 않았을까. 첫째, 깨친 도를 직접 몸에 익혀야 그때 비로소 제대로 알게 되기 때문이다. '노래할 줄 안다' '밭을 갈 줄 안다' '자전거 탈 줄 안다'는 말은 무슨 말인가. 자전거 타는 법을 달달 외워도 자전거를 직접 타보지 않으면 탈 줄 모른다. 이리 쓰러지고 저리 넘어지면서 자전거와 놀아봐야 비로소 자전거와 몸이 하나가 되어 자유롭게 노닐 수 있다. 머리로만 헤아려 아는 건 온전한 앎이 아니다. 몸을 놀려 몸에 젖어들게끔 될 때 비로소 할 줄 알게 된다.

둘째, 깨침이 그저 내 깨침에서 멈춘다면 그것은 제대로 된 깨침이라고 할 수 없기 때문이다. 그 깨침을 이웃과 함께 나누어야만 진정한 깨달음이 되기 때문이다. 나누지 않으면 그 깨침은 일회성으로 끝나고 말아 깨달음으로 이어지지 않는다. 다른 사람과 깨침을 나눌 때 비로소 그 깨침이 빛을 발한다. 그래서 공자는 아침에 도를 깨치면 저녁에 죽어도 좋다고 했다.

법정 스님 말씀을 떠올려 보자.

"고귀한 성인 말씀이라 할지라도 그것이 책 속에 갇혀 있으면, 그것은 한낱 그 사람이 남긴 찌꺼기에 지나지 않다는 말은 살아 있는 지혜로운 가르침이다. 무슨 일을 하든지 그 일이 보편 진리 세계에까지 이르지 못하면 열매를 맺기 어렵다."

왕이 책을 읽을 때, 곁에서 끼어들어 그 글이 죽은 이 글이라면 이미 찌꺼기일 텐데, 죽은 글을 무엇 때문에 읽느냐고 시비를 건 수레바퀴를 깎는 목수 얘기다. 그는 네깟 놈이 무엇을 아느냐고 화를 내며 그 까닭을 제대로 답하지 못한다면 죽이겠다고 말하는 서슬이 시퍼런 왕 앞에서 당당하게 대꾸한다.

"수레바퀴를 깎을 때 너무 깎으면 헐거워서 쉽게 빠져 버립니다. 또 덜 깎으면 조여서 들어가지 않습니다. 그러므로 더 깎지도 덜 깎지도 않게 아주 정밀하게 손을 놀려야 합니다. 그래야 바퀴가 제대로 맞아 제가 바라는 대로 일이 끝납니다. 그러나 그 기술은 손으로 익혀 마음으로 짐작할 뿐 말로는 다 설명할 수가 없습니다. 옛날 성인들도 자신들이 깨달은 그 사실을 아무에게도 고스란히 전하지 못한 채 죽어갔을 것입니다."

이 목수는 자기 일을 통해서 진리 세계에 이르렀기 때문에 그런 깨달음이 나왔다.

우리가 제대로 진리를 이어가기 위해 책을 읽을 때, 먼저 책을 잘 살펴 마치 좋은 동무를 가려 만나듯이 해야 한다. 그리고 그 안에 담긴 문자를 따라가지 말고, 동무를 만나는 마음으로 그 속에 펄펄 살아서 움직이는 실체와 만나야 한다. 그들이 흘린 땀 냄새를 맡아야 한다. 그 스승들과 함께 어우러져 땀을 흘리고 흙을 뒤집으며 씨를 뿌리고 거두어들여야 한다. 그들과 함께 놀아야 한다.

아울러 무슨 일을 하든 그 일이 진리로 꽃을 피우고 열매를 맺으려면 자신이 하는 일, 몸소 겪는 일이 지닌 가치를 반드시 이웃과 함께 나누어야만 한다.

# 조각과 나온 분

공양을 마친 뒤 차 한 잔을 마시며 한가로움을 즐기는 시간. 법정 스님이 불일암 다실 창밖 조계산 자락을 바라보다가, 과반을 가리키며 앉아 있는 사람들에게 물으신다.

"여기 조각과 나온 분 안 계신가?"

무슨 말씀인지 감이 오지 않아 서로 얼굴을 쳐다보며 눈을 동그랗게 뜨는데, 스님이 보충 설명을 하신다.

"조각과 출신 있으면 과일 좀 깎아요."

"하하하."

이때 해학이 넘치는 스님 앞으로 썩 나서는 보살님 한 분.

"제가요, 시님. 비록 조각과는 나오지 않았지만……, 과일은 좀 깎지요."

스님이 말씀을 곁들이신다.

"그래, 조각과 안 나왔어도 과일은 깎는군요."

과일을 들던 객 스님 한 분이 나선다.

" 스님께서는 국문과를 나오셔서 글을 쓰시나요?"

"아뇨. 국문과는 나오지 않았어도 글은 써요."

"하하하."

"크크크."

다른 이에게 건강한 웃음을 주는 유머 능력은 배워서 따라가기가 퍽 쉽지 않은 일이다. 그런데 법정 스님은 우리가 쉽사리 따라가기 어려울 만큼 유머감각이 빼어나시다.

아기들은 하루에 300~400번이나 웃는단다. 그러다가 어른이 되고 나면 평균 고작 대 여섯 번 웃는다는데 왜 그럴까? 웃을 일이 없어서 그렇다는데. 옛날 집에는 대청마루에 '소문만복래笑門萬福來 웃으면 만 가지 복이 들어온다.'고 붙어 있었다. 어느 분은 웃음이 보약이란 말을 한다. 웃으면 아플 일이 사라진다고. 어느 행사에서 레크리에이션을 하는 분이 "웃으면 웃을 일이 생긴답니다."면서 웃으라고 하더니 따라 웃으니까, "거보세요. 제 말이 딱 맞지요?" 한다. 퍽 싱겁긴 했지만 재밌었다. 웃으면 웃을 일이 생기니까 많이 웃어야겠다.

우리는 '개나 소가 웃을 일'이란 말을 가끔 쓴다. 웃지 못하는 개가 웃을 정도로 말도 안 된다는 말이다. 하지만 개도 웃는단다. 〈개도 웃을까?〉를 쓴 자연사학자 제이크 페이지는 개 웃음에 대해 '사람 뇌나 개 뇌나 기본 구조는 동일하고 뇌에서 중요한 작용을 하는 신경전달 물질도 거의 비슷하다.'고 말한다. 페이지는 '사람이나 개나 즐거워할 때 뇌 같은 부위가 활성화된다. 개가 리드미컬하게, 짧고 빠르게 숨을 할딱거린다면 그때 바로 개가 웃는 것'이라고 말한다.

개가 웃는 소리를 녹음해 들려주면 싸우던 개들이 싸움을 멈춘다는 실험 결과도 있다. 미국 시에라 네바다 대학 동물심리학자 패트리샤 시모네는 개 웃음소리를 녹음해 들려주니까 개들이 장난감에 달려들고 서로 장난을 치며 '장난모드'로 들어갔다고 한다. 또 유기견 수용소에서 만난 낯선 개들끼리 으르렁거리다가도 개 웃음소리를 들어주면 싸움을 멈춘다고 밝혔다. 더군다나 잘 놀고 잘 웃는 개가 짝짓기도 잘하고 사냥도 잘한단다.

개에게 웃음소리를 들려주면 덩달아 즐거워하며 하던 싸움도 멈추고, 잘 놀고 잘 웃는 개가 짝짓기도 잘하고 사냥도 잘한다는 말은 참 새롭게 다가온다. 우리도 마찬가지로 남이 웃는 모습만 봐도 덩달아 내 입꼬리가 올라가고 행복해한다. 내가 직접 웃으면 어떨까? 행복감이 배가 된다. 요즘 젊은이들 사이에서는 잘 놀고 잘 웃는 사람, 유머러스해서 남을 잘 웃기는 사람 인기가 하늘을 찌른단다.

몇 년 전, 이사하려고 복덕방에 들러서 이 집 저 집을 훑어봤다. 드디어 마음에 드는 집이 나타나 복덕방 아저씨에게 물었다.

"이 집은 다 좋은데 전철역에서 20분이나 걸리다니 너무 멀어요."

그러자 그 아저씨 하는 말씀.

"혼자 걸으면 그렇지만……, 아내와 함께 걸으면 10분밖에 안 걸린답니다."

멋진 말씀이지 않는가? 세상은 늘 어둠과 밝음이 함께 있다. 긍정하는 삶이란 앞에 맞닥뜨린 현상을 밝게 보는 것이다. 밝은 눈으로 좋은 면을 보는 삶이 슬기롭다. 기회는 늘 밝음과 함께 한다. 유머는 세상을 긍정하게 만드는 윤활유이다. 유머는 어떤 능력보다도 사람들을 가깝게 만든다. 오늘 조금 썰렁하더라도 유머 하나 어떨까?

# 부조, 그 사랑 나누어 드림

"할머니가 돌아가신 것 같아요……." 전화를 타고 들려오는 아들아
이 목소리는 떨렸다. 천식을 앓고 계셨지만, 꾸준히 약을 잘 드셔서 별
탈 없이 사신다고 여겼는데…… 그만, 어머니 임종을 모시지 못했다.
아버지가 돌아가시고 이십 년. "연세가 드셨으니 맘에 드는 자식 집으
로 가시죠." 하고 모시려 할 때마다 "내 몸 움직이기 힘들면 어련히 알
아서 큰아들 집으로 갈 테니 염려 마라."며 손사래를 치셨던 어머니.
여든여섯 해 삶을 마감하고 모든 인연을 거두어 맏손자 품에 안겨 눈
을 감으셨다.

번거로움을 싫어하는 당신 성품에 따라, 가까운 동무 몇 분에게만
부고를 알렸는데……. 많은 분들이 꽃을 보내주시고, 빈소를 찾아 주
시고, 장지까지 오셔서 몸과 마음을 나눠 주신 덕분에 장례를 여법하
게 치렀다. 다니는 절에 주석하시는 강석 스님께서 손수 가져오신 향

과 초를 밝혀 시다림을 해주시고, 이튿날도 어려운 걸음을 해, 발인은 물론 화장장을 거쳐 장지까지 오서서 어머니 가시는 길을 밝혀주셨다. 또한 재를 올릴 때마다 여러 스님과 불자들이 함께 동참해 마음을 나눠 주신다. 둘레 분들께 참으로 분에 넘치는 은혜를 입고 있다. 고맙고도 고마운 일이다. 어떻게 갚아야 할지…….

제겐 당신이 있습니다. / 모자람을 채워 주는 분. / 당신 사랑이 쓰러지는 저를 일으킵니다. / 제게 용기, 위로, 소망을 주는 분. / 제가 전생에 무슨 덕을 쌓았는지, / 제 곁에 당신을 두신 부처님, 고맙습니다. / 저를 사랑하는 이가 이 세상에 존재하는 것 / 그것이 제게 가장 큰 힘입니다.

혼사나 장례처럼 큰일을 치를 때 함께 몸과 마음을 나누는 '부조'는 '상부상조相扶相助'를 줄인 말로 '도울 부扶'는 '돕다·떠받치다·곁'이란 뜻이, '도울 조助'는 '구원·유익하다'는 뜻이 담겨 있다. 부조는 '품앗이'와 같은 말이다. 사전을 찾아보면 품앗이는 '노력+교환'이라고 쓰여 있다. 하지만 품앗이는 '가슴(품)+나눔(앗이)'이다.

품앗이는 혼사나 장례뿐만 아니라, 농사짓거나 집을 지을 때처럼 손이 모자라거나 크고 작은 어려움을 겪을 때 둘레 사람들끼리 서로 품을 나누는 일이다. 곁을 지켜주고 돌봐주는 사랑 나누어 드림이다. 지난날엔 개인끼리 서로 품을 나누는 품앗이뿐 아니라, 논매기·김매기·길쌈을 비롯한 생산을 여럿이 두루 함께 품을 나누는 '두레'라는 아름다운 마을공동체도 있었다.

우리는 은혜를 입거나 신세를 졌을 때 흔히 "○○님 덕분입니다." 하는 인사를 건넨다. 덕분德分. 덕을 나눈다는 말로 품앗이와 다를 바 없는 사랑 나누어 드림이다.

'음복飮福'도 아름다운 나눔이다. '마실 음飮'은 '잔치'를, '복 복福'은 '복 내리다·돕다'는 뜻을 지닌 말로 제사나 차례 또는 고사에 쓴 음식을 마을 사람들과 두루 나누어 드리는 고운 우리네 풍속이다.

나눔 가운데 '십시일반十匙一飯'도 있다. 밥 열 숟가락을 모아 한 사람 끼니를 마련한다는 말로 여럿이 제 몫을 조금씩 덜어 나눈다는 말이다. 우리 모두가 어렵사리 살던 때, 집집마다 부뚜막에 조그만 항아리를 놔두었다. 우리 어머니들은 그 항아리에다 밥을 짓거나 죽을 쑬 때 곡식을 한 숟가락씩 덜어내 모았다가, 어려운 이웃과 나누거나 스님들이 오시면 시주물로 내어 드렸다. 제 먹을 것을 덜어내 다른 이에게 나눔이다. 요즘처럼 차고 넘치는 가운데 하는 나눔이 아니라, 모자라고 모자라는 가운데 서로 아끼는 마음에서 우러나오는 정감 어린 나누어 드림이다. 이 나눔을 지방에 따라서 '절미節米'라고 부르기도 하고 '좀도리'라고도 불렀다.

품앗이·음복·좀도리는 우리를 어우렁더우렁 어깨동무로 만드는 나누어 드림으로, 우리가 앞으로도 고이 지키고 이어나가야 할 아름다운 풍속이다.

달라이 라마는 이런 말씀을 하셨다.

"공격성을 가진 포유류들은 서로 끌어안을 수 없다. 하지만 사람 몸은 본
디 자비롭고 온화한 성품에 맞게 만들어졌다. 사람 손 또한 때리기보다 껴
안기 좋도록 만들어졌다. 우리가 공격성을 띤 존재라면 아름다운 손가락이
필요 없다."

우리가 누군가를 돕는다는 생각을 하면, 상대가 나보다 모자란다고
생각하기 쉽다. 도움을 받는 사람도 돕는 사람이 가진 힘을 떠올리면
주눅이 들게 마련이다. 그러나 상부상조, 서로 힘을 나눠 드나든다면
이야기가 달라진다. 내 모자라고 약함이 상대방 약함과 만나 서로 떠
받히고 부추겨 함께 나아가게 된다. 내가 네게 들고 네가 내게 드는 드
나듦. 나눔은 정情이 듬뿍 담긴 껴안음, 사람다움이다. 우리를 순수한
본디 모습으로 되돌리는 '얼' 살림이다.

"제 어머니 가시는 길, 따뜻한 품을 나눠 꽃비를 내려주신 고운님들
고맙습니다. 여러분 덕분에 큰일을 여법하게 잘 치렀습니다."

4장

길을 열라 나는 자유다

# 흐름을 따라가시게

한 젊은 수행자가 주장자를 만들 나무를 찾아 여기저기 헤매다가 깊은 산중에서 그만 길을 잃었다. 날은 저물고 돌아가는 길을 찾아 허둥대던 수행자는 머리를 풀어헤치고 풀옷을 걸친 한 노스님을 만났다. 길 잃은 수행자는 산속 암자에 은거하는 노스님에게 묻는다.

"스님께서 이 산에 들어와 사신 지 몇 해나 되었습니까?"
노스님이 답한다.
"둘레 산 빛이 푸르렀다가 누레지는 것을 보았을 뿐이네."
수행자는 과거나 미래에 살지 않고 오로지 현재를 최대한 살고자 하기 때문에 지난 세월에 관심을 두지 않는다. 그러자 젊은 스님은 나갈 길을 묻는다.

"산을 내려가려면 어디로 가야 할까요?"

"아, 그러신가. 저 골 따라 흐르는 물이 보이시지? 그 흐름을 따라가시게."

우리는 살아가면서 크고 작은 문제와 만난다. 때로는 어려움인 줄 모르고 지나는 어려움도 많다. 그러다가 뒷날 돌이켜보니 커다란 위험이 비껴갔다는 것을 뒤늦게 알아차리고 모골이 송연해질 때도 많다. 난관은 이처럼 알아차리지 못하게 다가오는 경우도 많지만, 때로는 2008년에 밀어닥친 미국 서브프라임 모기론 사태에서 비롯한 세계 금융위기처럼 느닷없이 덮치는 일도 많다. 어떤 모습으로 다가오든 위기는 절체절명이다. 위기에 맞닥뜨렸다고 느껴지는 순간 우리는 빛을 잃는다. 갑자기 시야에 빛이 사라지고 어둠이 엄습하는 듯한 공포에 휩싸인다. 그래서 허둥대게 되고 그러면 그럴수록 더 깊은 늪으로 빠져드는 우리 모습을 발견하게 된다.

흐름은 딱딱하지 않고 부드럽다. '흐름을 따라가라'는 말은 위험에 처했을 때 억지로 무엇을 어떻게 해보겠다고 무리수를 두지 말고 하늘에 연을 띄우고, 강이나 바다에 돛단배를 띄우듯이 바람결이나 물결을 잘 써서 운행하라는 말이다.

옛날 우물가 여인들은 갈증을 느껴 물을 달라는 나그네에게 우물가에 서 있는 버드나무 잎을 훑어 물바가지에 띄워 줬다. 심한 갈증에 시달린 나그네가 허겁지겁 물을 마시다 사레 들지 않게끔 하려는 결 고운 마음 씀이다. 목마른 입술을 가로막는 불편하고 거추장스러운 '버들잎'에서 우리는 '바쁠수록 돌아가라.'는 슬기를 배운다.

너무 달리다 보면 먼지가 많이 일어, 시야가 뿌옇게 된다. 그러면 지금 서 있는 곳이 어딘지 가야 할 곳이 어딘지 알 수 없게 된다. 그렇게 됐을 때, 가던 길을 멈추고 서서 찬찬히 둘레를 돌아보면서 마음을 가다듬어야 한다.

바를 정正은 한 일一자와 그칠 지止를 한데 모은 글씨다. 지止는 사람 발자국 모양을 형상화한 상형문자. 지금은 '그치다, 머무르다'는 뜻으로만 알고 있지만, 지止에는 발을 멈춘다는 뜻과 발을 움직여 앞으로 나아간다는 두 가지 뜻이 담겨 있다. 그 위에 한 일자를 얹은 정正은 가던 길 멈춰 서서 한 생각 돌이켜 보라는 말이다. 바르다는 것은 평평한 것, 균형과 조화가 갖춰진 상태만을 뜻하는 것 같지만 정에는 멈춤만 들어 있는 게 아니다. 그칠지에는 나간다는 뜻이 담겨 있다. 그렇게 정에는 '흐름'이 있다.

흐름을 따르라는 말은 자연을 거슬러 인위로 무엇을 해보겠다고 억지 부리지 말라는 말이다. 흐름 속에 든 것은 경직이 아니라 부드러움이다. '흐름을 따라가라'는 말은 꼭 위험에 처했을 때뿐만이 아니라, 언제라도 인위로 무엇을 이루려는 경직된 마음을 버리고 몸에 힘을 빼고 자연 흐름에 맡기라는 말이다. 가던 길 멈춰 서서 한 호흡 가다듬고 여유를 되찾는 일이다. 절집에서 참선을 권하는 까닭도 다 여기에 있다. 참선 명상이란 호흡을 가다듬어 내 모습을 돌아보는 일이다. 나란 존재가 본디 자연이라는 깨침이다.

빼기와 흐르기, 자연으로 돌아가기다.

# 하나 속에 모든 것이

세종 재위 9년 때. 형조판서가 길을 가다가 어떤 사람이 지게에다 이상한 것을 지고 가는 모습을 보고 멈추게 했다. 몸은 분명 사람 같은 데 가죽과 뼈가 파리하게 붙어 있었다. 조사를 해봤더니 그것은 바로 집현전 학사 권채 집 여종이었다. 사연을 알아보니 권채가 자기 여종 덕금을 첩으로 삼자, 부인이 질투해서 덕금을 학대한 것이었다. 방에 가두고 발에 쇠고랑을 채우는가 하면, 밥 대신 오줌과 똥을 먹게 하는 따위로 수개월 동안 사람으로서 차마 하기 어려운 악한 짓을 했다는 게 조사 내용이었다. 형조판서 보고를 받은 세종은 깜짝 놀랐다.

세종은 "권채가 성품이 안온한 사람인 줄 알았는데 그렇게 잔인했 던가. 아마도 아내에게 눌려서 그런듯하니 끝까지 조사해 보라."고 지 시했다. 의금부에서 올린 조사 보고서에는 권채는 그 사실을 몰랐다고 되어 있다. 권채가 집현전 일에 몰두하고 있는 동안 부인이 저지른 짓이라고 남자종하고 여자종 하나가 진술하고 있다.

조사하다 보니 부인과 권채, 여종 덕금 말이 서로 엇갈렸다. 그런데 정작 세 사람을 대질할 수는 없어서 사건 진상을 가리지 못하고 있었다. 그 까닭은 '수령고소금지법' 때문이었다. 종이 상관에 대해 이러쿵저러쿵 나쁜 말을 할 수 없게 만든 법규였다. 이때 세종이 새로운 법해석을 내놨다. "권채 일은 비록 종과 상전 일이지만 노비가 스스로 고소한 게 아니라 나라에서 형조판서가 알고 조사한 일이기 때문에 수령고소금지법을 적용해서는 안 된다."

이 유권 해석으로 비로소 잘잘못이 가려질 수 있었다. 권채는 여종 덕금이 학대당하고 있었다는 사실을 다 알고 있었다고 밝혀졌다.

결국 권채는 벼슬을 회수 당하고 지방으로 유배를 갔다. 그 아내는 속전을 받고 풀려났다. 곤장을 맞아야 하는데 사대부 아내이기 때문에 맞지 않고 죗값을 대신하는 돈을 내고 풀려났다.

당시 이조판서였던 허조는 계집종 하나 때문에 집현전 학사 부부를 심하게 처벌하면 자칫 강상綱常 문란해질 수 있다면서 처벌을 반대했다. 하지만 세종은 이렇게 대답한다. "비록 계집종일지라도 이미 첩이 되었으면 마땅히 첩으로써 대우해야 하며, 그 아내 또한 마땅히 그리 해야 하거늘, 그 잔인 포악함이 이 정도니 어떻게 그를 용서하겠는가."

(세종실록 9년 9월 4일) 이 말은 세종이 가진 사람관을 잘 드러낸 말이다. 어진 군주 세종은 하나 속에 모든 것이 있고 모든 것 속에 하나가 있으니, 하나가 곧 모든 것이고 모든 것이 하나를 이룬다는 조화와 균형을 제대로 꿰뚫고 있다. 하나하나 낱 사람, 백성들 속에 온 나라가 담겨 있음을 잘 알아차린 조처였다.

세종은 또한 노비 덕금이 처했던 곤경을 생각하며 자기 자신을 부끄러워했다. "임금 직책은 하늘을 대신하여 만물을 다스리는 것이다. 만물이 그 처소를 얻지 못해도 상심傷心할 터인데 하물며 사람에 있어서랴."

"진실로 차별 없이 만물을 다스려야 할 임금이 어찌 양민良民과 천인賤人을 구별해서 다스릴 수 있겠는가." (세종실록 9년 8월 29일).

세종 때 천하 명화로 알려진 그림이 있었다. 할아버지가 손자를 안고 밥을 떠먹이는 그림이었다. 장안에 자자한 소문에 끌려 세종이 이 그림을 보게 되었다. 그림을 물끄러미 바라보던 세종은 못마땅한 표정으로 이맛살을 찌푸리며 입을 열었다.

"그리긴 참 잘 그렸는데…… 쯧쯧, 안타깝게도 이 그림 속 노인은 입을 다물고 있구나."

신하들은 무슨 영문인지 알 길이 없다는 표정으로 임금 얼굴과 그림을 번갈아가면서 멀뚱거렸다.

세종 말이 이어진다.

"어른이 어린아이에게 밥을 먹일 때는 저도 모르게 제 입이 먼저 벌어지는 법이거늘, 이 노인은 무엇에 화난 사람처럼 입을 꽉 다물고 있지 않느냐."

엄마가 아이에게 밥을 떠먹일 때 밥을 한 숟가락에 뜨고 그 위에 반찬을 얹어 아이 입 가까이 가져간 뒤에 "아가! 아." 하며 자기 입을 벌린다. 그러면 아이는 입 벌린 엄마를 바라보며 제 입을 벌려 음식을 받아먹는다. 세종은 그 그림에 진실이 담기지 않은 점을 꿰뚫어 본 것이다.

모름지기 지도자는 이치를 잘 헤아려 파악할 줄 알아야 한다. 이런 임금이었기에 백성들 심경이나 처지를 깊이 헤아려 선정을 펼칠 수 있었다.

세종은 '누가 우리 곁에서 사라질 때 그 개체만 사라지는 것이 아니라, 우리 일부분이 사라진 것이다.'라는 이 말을 바르게 이해한 지도자이다.

백성들이 억울하게 당하는 나라, 백성이 주인이 되지 못하는 나라가 왕에게는 또 무슨 의미가 있겠는가.

# 소를 몰아야지
# 수레를 몰면 어쩌나

청주가 자랑하는 직지심체요절에 실려 있는 이야기이다. 남악회향 선사는 중국 형주 옥천사에서 출가했다. 스님은 혜안 스님에게 가르침을 받고 육조 혜능 스님에게 가르침을 받았다.

남악회향선사가 계시는 전법원에 도일 마조 스님이 매일 좌선만 하고 있었다.

"거기서 무엇하고 있는가?"

"좌선합니다."

"좌선은 해서 무엇 하려고?"

"부처가 되려고 좌선하지요."

이튿날 회향 스님이 벽돌 하나를 집어 절 앞 바위에서 득득 갈았다.

이것을 본 마조 스님이 물었다.

"스님, 벽돌은 갈아서 무엇 하렵니까?"

"거울을 만들려고 하네."

"아니, 벽돌을 갈아서 거울을 만든다고요?"

"그래, 앉아만 있으면 부처가 될 줄 아는가?"

이 말에 마조 스님은 정신이 번쩍 들었다. 자신이 좌선이라는 타성에 빠져 있었음을 알아차린 것이다. 그는 초조했다.

"스님, 그럼 어떻게 해야겠습니까?"

"소 수레가 움직이지 않을 때에는 수레를 몰아야 하는가, 소를 몰아야 하는가? 선은 앉거나 눕는 데 있지 않고, 부처는 움직이지 않고 가만히 앉아만 있는 것이 아니야! 집착이 없고 취하고 버릴 게 없는 것이 진짜 선이지!"

이 말을 듣고 마조 스님은 크게 깨쳤다.


선종 사서史書인 〈오등회원五燈會元〉 17권에 사심 선사(11세기) 행적이 실려 있다. 그는 여러 곳을 행각하다가 황룡산 회당조심晦堂祖心 선사를 찾아가, 자기가 아는 지식을 장황하게 늘어놓는다. 말이 많은 젊은이를 보고 스승은 다음과 같이 타이른다.

"아무리 음식에 대해서 이야기한들 어찌 배가 부를 수 있겠는가."

개는 돌멩이를 던지면 돌멩이를 향해 짖으며 쫓아간다. 하지만 사자는 다르다. 사자는 돌멩이를 던진 사람에게 달려든다. 무엇을 쫓을 것인가. 절집에는 이와 같은 비유가 많다. '달을 가리키면 달을 봐야지 왜 손가락만 쳐다보는가?' 하는 말도 그런 말이고 '소 등에 타고 소

를 찾는다.'는 말이나 속가 속담처럼 '업은 아이 삼 년 찾는다.'라는 말
이 다 마찬가지다.

본질을 바로 꿰뚫지 못하면 평생 국그릇 언저리만 돌뿐 국 맛을 알
길이 없다. 그렇기 때문에 절에 오래 다닌 사람 가운데 십 년이 되어도
일 년 된 듯한 불자들이 많다. 그것은 흔히 하는 말처럼 불교가 어려워
서가 아니다.

불교는 손가락 뒤집듯이 아주 쉬운 종교다. 부처님은 오늘 현실을
사는 이야기가 아닌 말씀을 한마디도 한 적이 없다.

우리는 무엇을 구하는가. 구원이 없다면 종교는 맑은 날 우산처럼
아무 소용이 없다. 사람은 태어날 때부터 갖가지 모순과 갈등을 겪는
다. 자신을 둘러싸고 있는 바깥 부조리와 갈등뿐 아니라, 자기 안에서
도 적잖은 모순을 지닌다. 자유롭지 못한 안팎 조건들에서 벗어나려는
것이 우리 간절한 소망이다.


구원은 '자유 길'이며 '목숨이 싹트는 현상'이다. 자유는 모든 사람
들이 추구하는 바탕이다. 사람이 사람답게 산다는 것은 자유를 살리는
길이다. 불교에서는 구원은 구제, 제도 또는 해탈, 열반이다. 여기에는
'건져준다'는 뜻과 '벗어난다'는 뜻이 담겨 있다. 건져줌은 내가 남에
게 손길을 내미는 일이고, 벗어남은 내가 속박에서 벗어남을 가리킨다.
다시 말하면 자유에 이르는 길은 '건짐과 벗어남'에 있다.

우리는 지혜와 자비가 충만한 경지를 열반이라 부른다. 니르바나

nivāna원뜻은 '불어서 끄다'인데 지혜로써 번뇌 불꽃을 꺼버린 상태를 가리킨다. 자기 갈등과 모순에서 벗어나는 일이 우선 과제다. 괴로운 원인이 집착에 있다고 생각, 그 집착에서 벗어나 눈, 지혜 눈을 뜬다.

깨침은 눈뜸이다. 부처님을 '눈이 있는 이여' 또는 '눈을 뜬 이여'라고 한 것도 바로 눈뜸을 통한 해탈에 의미를 두고 있었기 때문이다. '벗어남'이다.

지금 우리는 소는 몰지 않고 수레만 때리는 어리석음을 범하고 있지는 않은가.

# 식사대사食事大事 생사대사生死大事

　홀로 사시는 법정 스님은 늘 혼자서 끼니를 해결하신다. 하지만 때로 끼니때가 번거롭기도 하신지 "식사대사가 생사대사랍니다." 하시면서 밥 먹는 일이 생사를 가르는 큰일이라는 말씀을 가끔 웃으면서 농처럼 하신다. 처음에는 스님이 그저 하시는 가벼운 농담으로 알았다. 하지만 조금만 곱씹어 살피면 그 말씀이 그저 단순한 농담이 아님을 알 수 있다.

　넓고 깊게 따져보지 않더라도 먹지 않고 살 수 있는 사람은 없다. 그 점에서는 깨달음을 얻은 부처님도 예외일 수 없다. 누구라도 먹어야 산다. 그래서 한 가정을 이끄는 가장은 누구든지 자기 식솔들을 잘 거두어 먹여야 한다. 기업이나 사회, 그리고 나라를 이끄는 지도자들도 결국 마찬가지. 잘 거두어 먹이지 않으면 어느 누구도 따르지 않는다.

몇 해 전 상영되어 인기를 끌었던 영화 '웰컴 투 동막골'에서 북한 장교로 나오는 정재영이 동막골 촌장 할아버지에게 묻는다.

"촌장님, 거 소리 한 번 지르지 않고 부락민을 휘어잡을 수 있는 그 영도력 비결이 뭡네까?"

촌장은 덤덤한 표정으로 말한다.

"뭐를 마이 멕여야지 머."

〈칼의 노래〉와 〈남한산성〉을 쓴 작가 김훈은 아들에게 보내는 편지에서 이렇게 말한다.

"밥은 끼니때마다 온 식구들이 둘러앉아 함께 먹는 것이다. 밥이란 쌀을 삶은 것인데, 그 의미 내용은 심오하다. 그것은 공맹노장보다 심오하다. 밥에 비할진대, 유물론이나 유심론은 코흘리개 장난만도 못한 짓거리다. 다 큰 사내들은 이걸 혼돈해서는 안 된다. 밥은 김이 모락모락 나면서, 윤기 흐르는 낱알들이 입속에서 개별로 씹히면서도 전체로서 조화를 이룬다. 이게 목구멍을 넘어갈 때 느껴지는 그 비릿하고도 매끄러운 촉감, 이것이 바로 삶인 것이다. 이것이 인륜 기초이며 사유 토대이다."

식사 대사를 제대로 해결해 바람 앞에 촛불 같은 나라를 구한 이가 있다. 앎이 바르면 삶이 바르다는 이치를 제대로 깨치게 해준 사람. 지금부터 400여 년 전에 이 땅에 태어나 난세를 올곧게 살다간 사람 이순신. 이순신은 기나긴 7년 전쟁 임진왜란과 정유재란, 긴박한 상황 속에서 한산도에 통제영을 만든다. 그리고 그곳을 자기가 쓴 시에서는 수국水國이라고 표현한다.

이순신은 삼도수군통제사에 올랐지만, 나라에서 먹을 것, 병선, 무기를 공급해 주지 않았다. 함선도 만들고 무기도 만들어야 하고 병사를 먹이고 입히는 일을 알아서 해야 했다. 원균, 이억기, 권율, 의병장 곽재우 같은 당대 장군들 모두 7년 전쟁을 함께 치렀지만 그들은 전비 조달과 백성을 먹여 살리려고, 산업을 일으킬 생각을 하지 못했다. 하지만 이순신은 달랐다. 이순신은 군대를 이끌고, 백성을 먹이려면, 산업을 이끌어야 한다고 생각했다.

이순신은 바닷가 고을을 돌면서 그곳을 수군 전속으로 복속시켰다. 바닷가에 버려진 땅들을 아주 넓은 둔전屯田으로 일궈냈다. 둔전은 백성들에게 임자 없는 땅을 갈고 일궈서 이 땅에서 거둬들인 곡식을 절반은 백성들이 갖게 하고, 나머지는 군대에 바치게 한 제도다. 동시에 바다에서 전복이나 미역을 따고 생선도 잡으며 바다와 육지 산물을 함께 개발했다. 그리고 심지어는 그 전쟁 한복판에서 국내외 해상무역에도 나섰다. 그리고 무기를 만들고 선박을 건조하는 공업생산력도 확충시켰다. 그 7년 전쟁 속에서 경제 기반을 확립해서 전쟁을 승리로 이끈 배경엔, '통제영=수국'이 있었다. 조정 지원을 거의 받지 못한 상황에서 이순신은 경제를 통해서 통제영을 이끌고, 전비를 충당하고, 병사들을 키우고, 백성들 배를 곯지 않게 했다. 이순신은 '군사전문가'인 동시에 '경제전문가'였다.

수군통제사 이순신 군정체제 아래서 거대한 농장, 어장, 공작소가 운영돼서 돌아갔고, 한산도 통제영 안에 있는 백성들은 밥걱정을 덜었다. 군사들은 식구들이 전쟁 와중에도 배곯지 않고 살게 된 데 대한 보답으로 죽기를 작정하고 싸웠다. 내 식솔들이 적들 손아귀에 떨어지게 된다면 다시 굶주릴 수밖에 없다는 사실을 군사들은 잘 알고 있었다.

그 경제력 바탕에서 한산도 군영은 1593년부터 3년 5개월 동안 왜적을 완전하게 막을 수 있었다. 이순신이 한산도를 중심으로 서남해 여러 섬과 바닷가에 이룩한 수국水國, 이른바 '군 · 산 · 정, 산업 정치 복합체제'야말로 나라에 견줄 만했다. 가난한 조선 수군이 막강한 일본군을 저지할 수 있었던 경제력 토대 위에서 가능했다. 그래서 백성들 민심은 언제나 이순신에게 있었다.

모름지기 리더는 '금강산도 식후경'이란 말이나 '곳간에서 인심 난다'는 말이 지닌 뜻을 깊이 헤아려야 한다. '식사대사=생사대사' 밥 먹는 일이 삶과 죽음을 가르는 큰일이다.

# 알아차림

노자老子는 스승 상용商容이 늙고 병들어 눕자. 이렇게 가르침을 청한다.

"선생님! 제게 남기실 가르침은 없으신지요?"

스승이 말한다.

"고향을 지날 때는 수레에서 내려야 한다. 알겠느냐?"

"네, 고향을 잊지 말라는 말씀이지요?"

수레에서 내려서 걷는다는 일은 자신을 낮추는 겸손함을 일컫는다. 스승이 고향을 지날 때 수레에서 내리라는 소리에 노자는 그 말이 제 뿌리를 잊지 말라는 말로 바로 알아차린다.

다시 스승이 말한다.

"높은 나무 밑을 지나갈 때는 종종걸음으로 걸어가야 하느니라. 알겠느냐?"

"네, 어른을 공경하라는 말씀이지요?"

종종걸음은 어른이나 임금 앞을 지날 때 걷는 걸음걸이다.

이번엔 스승이 입을 크게 벌린다.

"내 입속을 보아라. 무엇이 보이느냐?"

"혀가 보입니다."

"이빨은 보이지 않느냐?"

"네, 선생님."

스승이 말한다.

"알겠느냐?"

"네, 딱딱하고 센 것은 없어지고, 약하고 부드러운 것은 남는다는 말씀이시군요."

그러자 스승이 돌아누우며 말한다.

"천하일을 다 말했느니라."


허균이 쓴 〈한정록閑情錄〉에 실린 이야기다. 딱딱하고 굳센 이빨은 먼저 없어졌지만, 부드럽고 약한 혀는 남아 있었다. 상용이 입 안을 보여준 까닭은 부드럽게 남을 감싸고, 약한 듯이 자신을 낮추는 이는 잘 살 수 있고, 제 힘만 믿고 힘을 함부로 쓰며 멋대로 사는 이는 오래 가지 못한다는 말이다. 법정 스님도 가끔씩 인용하는 이 말씀이 바로 약하고 부드러움이 딱딱하고 센 것을 이긴다는 이빨과 혀 비유다.


상용이 노자에게 이른 말을 간추리면, 뿌리, 근본을 잊지 말고, 어른을 공경하고, 부드럽게 살라는 가르침이었다. 그것을 상용은 직접 말하지 않고 에둘러 말했다. 그 은유를 노자는 바로 알아차렸다. 그 알아차림 배경에는 깊은 슬기가 깔려 있다.

여기에 오래된 고전에서 우리가 삶을 배우는 묘미가 있다. 고전에서는 전할 이야기를 직접 대놓고 하는 경우는 드물다. 진짜 할 말은 저 깊숙한 바닥에 깔아놓는다. 절집에서 일어나는 선문답도 매한가지다. 보통 사람은 선사들 이야기를 금방 알아채기 어렵다. 하지만 선기禪氣를 가진 이들은 바로 알아차리고 바로 답이 나간다. 하지만 고전이나 선문답에만 암시 같은 은유가 담긴 것만은 아니다. 우리가 살고 있는 모든 현상 이면에 쉽게 알아차리기 어려운 속내가 있다. 그 깊은 바닥에 깔린 저의를 바로 끌어올리는 것이 슬기다.

현상을 표면에서만 보지 않고 깊이 헤아려 심층에 들어 있는 실체를 알아차려 백성을 평안하게 이끈 지도자가 있다. 그가 바로 위대한 대왕 세종이다.

세종 12년 관청에 소속된 여자 노비들이 애를 낳다가 죽는 일이 많다는 말을 들은 세종은 그 까닭을 알아보게 했다. 1430년에 올린 승지 보고에 따르면 여자 노비들은 애를 낳은 뒤 7일간 휴가를 받게 되는데 출산이 임박해서 애를 낳으러 가는 도중에 잘못되어 죽는 경우가 많았다. 이에 세종은 출산휴가를 130일로 늘리되 그 가운데 30일은 애를 낳기 전에 쓰게끔 했다.(세종 12년 10월 19일).

거짓으로 출산 휴가를 쓸 수도 있다는 신하들에게 세종은 그가 속인다 한들 한 달을 넘게 속일 수 있겠냐며, 규정을 고치게 했다. 그런데 이 규정이 마련된 지 4년 뒤에 조사를 해보니 여전히 관노비 출산 사망률은 떨어지지 않았다.

당시 여자 노비는 천하에 돌보아줄 사람 없는 외톨박이들이 많았는데 산모 혼자서 조리하고 애를 돌보다가 죽는 경우가 많았기 때문이다. 이 보고를 들은 세종은 이렇게 말했다.

"나라에서 산모에게는 휴가를 주었으나 그 남편에게는 휴가를 주지 않고 날마다 출근하게 하니, 산모를 구호할 수 없었기 때문이 아니겠느냐? 이 때문에 산모가 목숨을 잃는 일이 끊이지 않고 있다. 그러니 그 남편에게도 한 달간 산간휴가를 주어 부부로 하여금 서로 구원하게 하라."

돌봐줄 사람 없는 여자 노비를 진실로 가엽게 여기는 그 마음도 아름답지만 그 일을 하면서 한 세종 말은 감동 그 자체였다. "부부로 하여금 서로 구원하게 하라"는 이 말이야말로 부부 참된 의미를 일깨우는 말이자, 애 낳은 아내를 혼자 놓아두고 출근해야 하는 남편 노비 마음을 역지사지易地思之로 헤아린 어진 군주 마음이 듬뿍 담긴 말이다.

그는 먼저 드러난 현상 속에 있는 문제점이 뭔지 조사를 시켜 실제 상황을 파악한 뒤 해결책을 지시한다. 그저 한번 지시를 하고 끝낸 것이 아니라, 제도를 실시하고 몇 년이 지난 뒤 그 성과를 평가 분석을 한다. 그 결과 문제가 해결되지 않았음을 알아차린 세종은 다시 그 실태를 파악하게 하고 문제점을 찾아내서 마침내 해결책을 찾아낸다.

무엇보다 겉으로 드러난 현상 이면에 있는 실체를 알아차리고자 하는 세종 '애씀' 바탕에는 백성을 어여삐 여기는 '애민사상愛民思想'이 짙게 깔려 있다. 노비도 우리와 조금도 다를 바 없는 사람이라고 선언하고 또 지켜주려 했던 세종 덕행이야말로 오늘날 지도자들이 본받아야 한다.

# 고통은 사랑이다

환절기라 그런지 몸살을 앓는 이들이 늘고 있다. 환절기에 오는 몸살이야 때가 되면 저절로 낫거나 약을 쓰면 낫는 것이니 잠시 불편할 뿐, 그리 대단한 일이 아니다. 그런데 요즘 둘레에 마음고생을 하는 이들이 적지 않다. 어떤 이는 어머니가 뇌출혈로 쓰러져 몸을 쓰지 못하고 누워계셔서 고통을 받고, 어떤 이는 직장을 새로 옮겨 적응하느라 애를 먹고, 어떤 이는 업業을 바꿔 앉아 새 터전에 뿌리를 내리느라 몸살을 앓고, 또 어떤 이는 실연을 겪고 있고, 어떤 이는 코스피지수가 2,000포인트를 넘는 와중에도 자신이 가지고 있는 주가만 반 토막이 나서 힘들어한다.

절집에서는 이 세상을 '사바세계娑婆世界'라고 한다. 산스크리트어 'Sabhá'에서 유래한 것으로, 참고 견디는 세상이라는 뜻이다. 이 세상을 왜 사바세계라고 했을까? 삶에는 반드시 고통이 따르기 마련. 목숨을 가진 모든 동·식물은 태어나고, 살아가면서 성장통을 겪는다. 살아가는 일은 늘 새로운 변화와 맞닥뜨리게 된다. 이 변화에 대한 두려움 때문에 걱정과 근심이 따르고, 새로운 환경과 부딪치면서 생기는 마찰로 아파한다.

아기가 자궁을 떠나 산도를 통과하는 아픔과 당혹스러움에 터뜨린 고고성呱呱聲을 어른들은 세상에 자기 출현을 알리는 최초 인간선언이라며 기뻐한다. 그러나 그 상황을 느닷없이 맞닥뜨려야 하는 당사자에게는 일그러진 고통뿐이다. 성장통을 겪는 사춘기도 마찬가지. 이미 그 과정을 다 거치고 난 어른들은 마땅히 치러야 할 통과의례로 여기지만, 당사자들은 자신이 겪는 고통이, 세상 어떤 아픔도 이보다 더 클 수는 없다.


우리는 새로운 만남에 대한 갈구, 이해가 얽혀 생기는 갈등, 헤어짐에 대한 두려움, 앞날에 대한 불안, 부모 형제를 비롯한 사랑하는 사람과 헤어짐 따위가 한데 어우러져 고통스러워한다. 그러나 인생행로에 고통만 따른다면 누가 애써 세상을 살려고 들겠는가. 삶에는 고통 못지않게 기쁨과 사랑을 맛볼 수 있기에 살아갈 수 있다. 그렇더라도 고통과 근심은 피하고 싶은 것이 사람 마음.

과연 고통은 우리에게 아픔만 주는 것일까? '아픈 만큼 성숙해 진다'는 말이 있듯이 어린 아기들은 몸살이나, 배앓이를 하고 나면 한결

영리해진다. 고통을 이겨내려다 보니 어떻게 하면 이 아픔에서 벗어날 수 있을까 궁리를 하게 되고, 이 궁리 저 궁리가 쌓여 슬기가 된다.

아프리카 다가라족은 고통을 이렇게 말한다.

"사람 감각은 소통하는 도구이다. 시각은 언어이다. 아픔·촉각·냄새·맛처럼. 이 가운데 가장 센 놈이 아픔이다. 아픔이란 새로운 어떤 변화에 저항한 결과이다. 무언가 낡음을 밀어내고 새로움이 오려는 움틈이다."

다가라 노인들은 아픔을 침입자에 대한 우리 불평이라고 말한다. 몸이 하는 불평은 우리에게 이야기를 거는 영혼이 하는 말이라고 한다. 말하자면 아픔은 우리에게 뭔가를 이야기하고자 하는 우리 내면 언어라는 것이다.

아프리카 다가라족 노인 말처럼 고통은 우리 내면이 미처 몰랐던 세상 깊이를 알려주는 언어인지도 모른다. 그렇다면 고통이야말로 내밀하게 나를 자라게 하는 신성일 터. 고통은 사람을 사람답게, 나무는 더 나무답게 자라게 만든다. 결국 고통이 내게 주려는 선물은 '사랑'이다.

법정 스님은 '스스로 선택한 맑은 가난을 청빈'이라고 말씀하신다. 그렇다면 '스스로 선택한 고통'은 없을까? 아무리 힘들고 고되더라도 자식을 위해서라면, 죽음도 마다하지 않고 기꺼이 고통을 무릅쓰는 어머니나, '중생이 아프면 나도 아프다'는 동체대비 보살 마음은 선택한 고통이다.

120살을 살다간 조주 스님은 "지옥에 내가 먼저 들어갈 거야."라는 말을 남겼다. 무슨 말인가?

주어진 고통이든, 기꺼이 선택한 고통이든 그 바탕에 '사랑'이 있다.

# 온몸으로 '듣기'

벌써 장마가 지려나? 오월 하순부터 시작한 소나기는 유월에 들어서도 느닷없이 아열대 지방 스콜처럼 퍼붓고 있다. 아까 점심때까지만 해도 그다지 비가 올 것 같지 않았던 하늘에서 사정 보지 않고 퍼부어댄다. 올 장마도 여느 해처럼 유월 하순에나 진다고 했었는데.

하늘도 온 국민이 미친 소 때문에 미치려 드는 것을 아는 걸까? 아니면, 아무리 그래도 소용없으니 몸이라도 축가지 않게 그만하라는 당부 말인가? 그것도 아니라면 어차피 미친 소나 먹고 미칠 세상, 아예 비나 펑펑 맞고 실컷 통곡이나 하라는 건지 알 수가 없다. 아무튼 마음이 편치 않고 몸도 찌뿌듯하니 영 개운치 않다.

이렇게 비가 쏟아지는 여름이면 떠오르는 꽃이 있다. 넝쿨로 크는 꽃, 장마 전에 피기 시작하여 비를 맞으면 색이 더욱 선연한 꽃, 능소화가 그것이다. 한 살 한 살 나이를 더 할수록 담장을 휘감아 오르는 품새가 의연해지는 꽃 능소화. 능소화 꽃잎 매무새를 잘 살펴보면 그 모양새가 마치 귀를 열고, 몸 기울여 듣는 사람 모습을 닮았다.

예전에는 이 꽃을 선비 꽃이라 했다. 어사화라고도 불리는 이 꽃은 문과에 장원급제를 하고 금의환향錦衣還鄕할 때 머리 관에 꽂던 꽃이었다.

이 꽃이 좋은 까닭은 동백처럼 '절화'라는 데 있다. 송이 채 '뚝!' 떨어지는 모습에서 옛 선비 지조나 기개, 또는 남성 못지않게 의연함을 가진 여성들 기개를 읽는다. 꽃이 지는 그 순간까지도 활짝 폈을 때 싱그러움을 그대로 지키다가, 활짝 연 그 모습 그대로 '뚝' 떨어져 필 때와 질 때 모습이 한결같은 꽃이다. 그런 까닭에 나무 위에 남아 있는 여느 꽃 한 송이 흠잡을 데 없이 싱그럽다.


아마 장원급제한 어사 머리에 쓰는 관에 능소화를 꽂아준 까닭도 이렇게 굽히지 않는 장부 기상과 선비가 지켜야 할 기개를 담으라는 소명 때문이 아닐까 싶다. 꽃말도 '명예'란다. 모습에 걸맞은 꽃말이다.

장원급제하고 암행어사가 되어 민생사찰을 나갈 때 가장 중요한 덕목이 뭘까? '듣기'다. 온몸을 기울여 민초들 신음소리를 관觀하는 일이다. 절집에서는 이런 이를 관세음보살이라고 부른다. 풀어보면 민초들 소리를 듣는다가 아닌 '민초 소리를 본다'다. 이 무슨 말인가? 민초들은 아무리 아파도 크게 소리 내어 아프다는 얘기를 할 엄두를 내지

못한다. 그래 봤자 소용없을뿐더러 잘못하면 오히려 치도곤을 당할 뿐이다. 그렇기 때문에 민초들 처지에선 속이 끓어 넘쳐도 그저 속으로만 끙끙댈 뿐, 함부로 나서서 입을 놀리지 못한다.

그러니 그 소리를 마음눈을 크게 뜨고 봐야 하는 것이 암행어사 일이다. 암행을 나간 어사는 입 틀어막고 끼낑거리는 민초들 신음소리를 들어야 한다. 신음하는 모습을 생생히 봐야 한다. 그 소리를 바탕으로 저간 생생한 삶 모습을 그려보고 느껴야 한다. 그렇게 퍼즐 꿰맞추듯이 엮은 그림을 기초로 민초들 골육을 빼먹는 탐관오리를 경치는 일이다.

온몸을 기울여 민중 고통 소리와 울음소리 실체를 관觀하고, 올바른 판단을 통해 문제를 해결하는 일이 어사들에게 주어진 의무이자 권한이다.

그러기 위해서 어사는 어떤 심성과 기개를 가져야 할까? 마땅히 있는 그대로 볼 줄 아는 안목이 있어야 한다. 어떤 상황에도 맞설 수 있는 의연함을 지녀야 한다. 그리고 차라리 떨어질지언정 불의와 타협하지 않는 기상을 지녀야한다. 능소화는 그런 모습을 지닌 꽃이라고 여겨 장원급제한 어사에게 이 꽃을 꽂아 주었던 것이다.

# 길에서 배우기

직소폭포에서 내소사까지는 전혀 표지판이 없어 순전히 느낌으로 길을 가야 하므로 잘못 들기 쉽다. 한참 개울을 따라가다가 꺾인 지점에서 왼쪽으로 개울을 건너 낮은 솔밭 언덕으로 올라갔다가 혹시 길을 잘못 들지 않았는가 싶어 다시 개울가로 한참 따라가니 뽕나무를 가꾸는 산촌이 나와 아차 싶었다. 처음 솔밭 언덕길이 내소사로 넘어가는 바른 길이었던 것이다. 바른 길로 가면서도 확신이 없으면 다시 헤매게 된다는 교훈을 이 길에서 배울 수 있었다. 그리고 낯선 길에서 '느낌'이란 상당히 신빙성이 있다는 사실도 함께 배웠다. 우리는 길에서 많은 것을 배운다.

　　　　– 법정 스님 〈물소리 바람소리〉 '무소의 뿔처럼 혼자서 가라'에서

느낌 따라가다가 짧은 순간 생각이 끼어들어 길을 놓치신 경우다. 바른길을 가면서도 확신이 없으면 헤맬 수밖에 없다는 말씀이 가슴에

와 닿는다. 스님이 잘못 드신 길이 금방 되돌아올 수 있는 짧은 길이었
게 망정이지, 만약 인생길 끝자락 즈음에 '아차! 잘못 왔구나.' 하는 판
단이 선다면 어쩔 것인가. 되돌릴 수도 없이 뼈저린 회한悔恨만 남을 것
이다.

삶에 있어 바른길이란 무엇인가. 부처님 말씀을 따라가 보면 이치
에 맞는 길이다. 이모저모 따져보고 요리조리 살펴봐도 납득이 가고 누
구라도 고개가 끄떡여지는 그 길이 바른길이다. 좋은 씨를 골라 옥토
에 뿌리고 제때 물과 바람 그리고 햇빛이 들게끔, 궁리하고 애를 써서
사는 길이 바른길이다.


스님 말씀처럼 바른길을 가면서도 확신이 서지 않으면 갈팡질팡하
게 마련이다. 하지만 때로는 확실한 믿음을 가지고도 갈팡질팡하는 경
우가 많다. 왜 그럴까? 사람은 사회성을 가진 동물이라 여럿이 있는 무
리에 끼고 싶어 한다. 그 무리가 가는 길이 옳지 않은 줄 알더라도 나
홀로 서 있기가 쑥스럽기도 하고 난처하기 때문에 무리에 섞이는 경우
가 종종 있다. 그럴 때 우리는 이렇게 말한다. '가만히 있으면 중간은
간다'고. 정말 그럴까?


부처님은 불타는 집 이야기를 하신다. 아무리 여럿이 함께 있더라
도 불타는 집 안에 있으면, 타죽고 만다. 집안이 온통 불로 뒤덮여 있
을 때 아무리 무서워도 그 불길을 뚫고 밖으로 나와야만 살 수 있다. 밖

으로 뛰쳐나와야만 산다. 뛰쳐나오면 살아날 확률이 단 1%라도 더 있다. 안에 가만히 앉아 있으면 100% 죽는다. 살고 싶으면 용기 있게 뛰쳐나와야 한다.

부처나 예수를 보라. 그들은 앎이 바랐던 것처럼 삶도 바랐기 때문에 세상을 떠난 지 2000년이 넘도록 빛을 발한다. 하지만 그들이 걷던 길, 그들이 펼친 사상은 그 당시 셈법과는 동떨어진 셈법이었다. 그들은 그렇게 외롭고 고적한 길을 뚜벅뚜벅 걸었다. 무엇을 위해서? 올바름을 위해서. 그 올바름이 무엇인가. 먼저 그 집이 불타는 집인 줄 아는 것이다. 그리고 불이 많이 붙지 않아 끌 수 있다고 판단되면 먼저 불을 꺼야 한다. 하지만 불길이 거세서 도저히 끄지 못할 것 같으면 뛰쳐나와야 한다. 살길을 찾아.


깨침이란 무엇인가? 불편할 때 불편함을 느끼고, 불완전함을 느끼고, 불평등함을 느끼고, 지금이 어떤 상황인지 알아차리는 일이다. 느낌이 없으면 세상을 바꿀 수 없다. 알아차림은 문제를 바로 아는 일이다. 그 느낌, 문제 속에 답이 있다. 문제 속에 길이 있다.


세상을 바꾼 이들은 그 시대를 살던 세상 상식에서 보면 '문제아'다. 이제까지 마땅하게 여겨왔던 일들에 대해 고개를 갸웃거리며 이게 아닌데 하는 이들이다. 그리곤 "이렇게 고쳐야 해!", "이렇게 바꾸자!" 하고 외쳐대는 이들이다. 기득권 세력들에게 눈엣가시 같은 이들은

'문제아'들이다. 이런 문제아들이 세상을 바꾼다. 석가가 그랬고, 예수가 그랬다. 뒷사람들은 그들을 혁명가라고 부른다. 그리 멀리 볼 것 없이 무엇을 발명한 사람들만 봐도 그들은 불편을 참지 못하는 사람들이었다. 불편을 무릅쓰고 얌전하게 가만히 있지 못하는 사람들이다. 부산을 떨고 먼지를 일으키는 사람들이다.

불가에서는 이 세상을 사바세계 참고 견디는 세상이라고 부른다. 그러니까 부당한 대우를 받아도 참으라는 말일까? 아니다. 역설로 들릴지 모르지만 참고 견디는 데서는 변화가 나오지 않는다. 잘못된 꼴을 보지 못하고 불편을 참지 못하는 이들이 세상을 바꾼다.


위 말씀에서 법정 스님은 느낌이란 게 상당히 신빙성이 있다는 걸 배우셨다고 했다. 느낌 이야기를 해보자. 말씀 이전에 침묵이 있었듯이 우리는 본디 말 이전에 느낌을 가지고 살았다. 생각이전에 느낌이 있었다. 상식이나 과학이전에 느낌이 있었다. 동·식물처럼. 그런데 우리는 합리라는 과학을 들먹이면서 가장 먼저 잃어버린 게 느낌이다.

느낌은 내면 깊숙한 곳에서 오는 생각 이전에 있는 것이다. 현대를 사는 우리들은 '정보 집합'을 나라고 착각한다. 내가 보고 들은 정보를 모아놓은 것을 나라고 오해한다. 본디 온전한 내 속에, 구족된 내 속에 정보가 끼어들고 타산이 끼어들고 생각이 끼어들면서 우리는 느낌을 잃었다. 느낌을 잃는다는 것은 나를 잃는 일.

이제껏 사람들은 밖으로만 치달았다. 무엇을 위해서? 세상을, 속도를 정복하려고 몸부림쳤다. 하지만 정복하려고 들면 들수록, 몸부림치면 칠수록 정복은커녕 더욱더 옭매이게 되었다. 밖으로 향하면 중심에서 멀어진다. 개체를 지향하면 전체에서 멀어진다. 어떻게 풀 것인가?

수레바퀴를 떠올리면 간단히 풀린다. 밖으로, 밖으로 나아가 중심축과 멀어지면 바퀴살인 개체, 너와 나도 점점 멀어진다. 하지만 안으로, 안으로 들어가면 너와 내 간격은 말할 것도 없이 중심과도 점차 가까워지고 궁극에는 너와 나, 중심과 나, 그리고 삼자가 합일이 된다.

서로서로 가까워지면 가까워질수록 느낌이 살아난다. 모두 하나가 된다. 너와 나 그리고 어머니 우주까지 혼연일체가 된다. 그래서 명상이나 참선을 중요시하는 것이다. 길을 잃지 않으려면, 중심을 잃지 않으려면, 우리가 하나임을 알고프면 느낌을 되살려야 한다. 그것이 사람 이전 사람, 본디 모습으로 돌아가는 길이다. 우리는 그걸 벗어남이라고 부른다.

느낌을 살리면 길을 잃지 않는다.

# 스승의 날

계절의 여왕이라는 오월. 신록이 그 푸름을 더해가는 2003년 5월 15일은 하안거 결제일이자 스승의 날이었다. 법정 스님이 길상사 법회에 나오시는 날과 스승의 날이 맞닿는 경우는 아주 드문 일로 길상사가 생긴 이래 그런 날이 없었다.

부처님 오신 날에 부처님에게는 꽃을 올리고 부처님 오신 뜻을 기렸지만, 이제껏 이 시대 스승이신 법정 스님에게 고마움을 전할 기회가 없었던 길상사 대중들은 모처럼 맞은 스승의 날, 스님께 꽃과 향을 공양하기로 했다. 마침 수천 명이 모이는 대중법회가 아니고 하안거 결제법회인지라 한 7백여 명쯤 되는 스님 뜻을 따르는 사람들이 모인 조촐한 법석이라 더 정겨웠다.

스님이 법문 하러 법석에 오르신 뒤 "오늘은 모처럼 스승의 날과 하안거 결제법회가 맞물린 소중한 날입니다. 스승의 날을 맞아 이 시대 스승이신 스님께 꽃을 올리겠습니다."라는 진행자 설명에 이어 거사림 회장 고경거사가 스님께 꽃을 올렸다. 이어서 모인 대중들이 목청 높여 '스승의 날 노래'를 불렀다.

"수레의 두 바퀴를 부모라 치면 이끌어주시는 분 우리 선생님

그 수고 무엇으로 덜어 드리랴 그 은혜 두고두고 어찌 잊으랴

스승의 가르침은 마음의 등대 스승의 보살핌은 사랑의 손길."

"오월에도 보름날로 날을 받아서 세종날을 스승의 날 삼았습니다.

오늘 하루만이라도 걱정 안 끼쳐 기쁘게 해 드리자 우리 선생님

스승의 가르침은 마음의 등대 스승의 보살핌은 사랑의 손길."

스님은 받으신 꽃을 부처님 전에 올리시고는 쑥스러워하시며 "왜 안 하던 짓을 하느냐. 이 시대 스승이라니 당치도 않다"면서 법문을 시작하셨다. 그 말씀을 듣고 나니 참 부끄럽고 죄스러웠다. 어떻게 스님이 앞에 서 계신데 '이 시대 스승'이니 하는 말을 낯 뜨겁게 입에 올릴 수 있단 말인가. 참 미욱했다. 말 한마디로 천 냥 빚을 갚는다는데 생각이 짧아도 한참 짧았다.

스님은 평소 청법가를 들을 때마다 마음이 편치 못하다고 말씀하신다. 청법가는 "덕 높으신 스승님 사자좌에 오르사 사자후를 합소서. 감

로법을 주소서……." 이렇게 이어진다. 스님은 "청법가에 나오는 사자후란 사자가 뭇 짐승들을 제압하듯이 부처님 설법이 중생 번뇌를 없애준다는 뜻이며, 감로법이란 불사와 영생을 이르는 진리인데, 덕도 높지 않은 내가 법문 시작 전에 이 노래를 들을 때마다 낯 뜨겁고 부끄러움을 느낀다."는 말씀이시다.

'조고각하照顧脚下' 옛 절에는 법당이나 선방 앞 선돌에 이런 표찰이 붙어 있었다. 스승에게 제자가 물었다.

"달마가 서쪽에서 온 뜻은 무엇입니까如何是祖師西來意?"

스승은 "네 발밑을 보라照顧脚下."라고 답한다.

선禪 근본 뜻을 묻는 질문에 '발밑, 지금 네가 서 있는 곳을 보라' 하는 되물음. 서 있을 때는 선 자리를, 앞으로 나아갈 때는 한 걸음 한 걸음 내딛는 발아래를 늘 살피라는 말이다. 발끝을 돌아보듯이 자기 삶에 대해서 스스로 물음을 던지고 스스로 답하라는 말이다. 그런 되물음이 없다면, 앞으로 나아가기 어렵다.

〈몽실 언니〉와 〈강아지 똥〉을 쓴 동화 작가 권정생 선생이 죽기 두어 달 전 이현주 목사 손을 꼭 쥐고는 이런 말을 남겼다는데…….

"가 · 르 · 치 · 려 · 고 · 들 · 지 · 마 · 세 · 요."

이 말씀처럼 스님은 당신이 시주 은혜를 갚으려고 대중 법문을 하시지만 조고각하 발밑을 늘 살피시고 또 당신을 낮추고 또 낮추셨다.

# 길은 거기 있지만

터키 사진가 아리파 아쉬치는 시안에서 이스탄불까지 옛 실크로드 12,000km를 따라 옛날 카라반들처럼 낙타를 타고 여행을 하겠다고 계획을 세운다. 그러고는 1996부터 97년까지 이 놀라운 생각을 행동에 옮긴다.

그 여행길에서 뜻하지 않은 어려움과 맞닥뜨린다. 낙타들 발이 부어올라 걸을 수 없게 된다. 옛날 실크로드는 모래와 흙으로 된 길이었다. 하지만 이제 그 길은 그때와는 너무나 다르다. 길 곳곳에 아스팔트가 깔려 있다. 수천 년 동안 모래나 흙을 밟는 데 익숙한 낙타들 발은 딱딱한 아스팔트가 주는 충격을 견디지 못하고 그만 부어올랐다. 고대 카라반들이 가던 길을 꼭 같은 모습으로 따라가려고 했지만, 낙타는 새로운 길에 자신을 맞추지 못하고 만다.

그 때문에 낙타를 치료하기 위해서 멀리 있는 전문가와 이메일을 주고받아야 했다. 문제를 풀기 위해선 어쩔 수 없이 현대문명이 낳은 인터넷을 써야 했던 것.

사람이 만든 길은 여전히 거기 있지만 그 길은 달라졌다. 그러나 자연이 만든 낙타는 달라지지 않고 옛 모습 그대로였다. 달라진 길에서 옛날 같은 방식 그대로 걸으려다 보니 어려움을 겪게 된 것이다. 길은 오랜 시간을 두고 서서히 달라졌지만 낙타는 빠르게 바뀌어야 했던 것이다. 환경이 바뀌는데 함께 바뀌지 못하면 견디기 어렵다는 걸 보여 주는 좋은 본보기이다. 결국 세상에 모든 일은 똑같이 되풀이할 수 없다는 것을 일깨워 준다.

붓다와 같은 시기에 서양에서 태어나 환영받지 못했지만, 붓다와 같은 사상을 펼친 사람이 있다. 21세기에 들어와서야 새롭게 평가받고 있는 그리스 철학자 헤라클레이토스가 그 사람인데. "같은 강물에 두 번 발을 담글 수 없다."는 말을 남겼다. 그저 눈으로 보기에 같아 보여도 똑같지 않다는 것이다. 붓다도 역시 "이 세상에 바뀌지 않는 것이란 없다."는 말을 남겼다.

이렇게 상황이 바뀔 때는 필요한 것은 전통을 지키는 것보다 외려 새로운 슬기다. 늘 새로운 눈으로 세상을 바라보고 관찰하고 궁리를 해야 문제를 알아차릴 수 있고, 고칠 수 있는 슬기가 생긴다.

우리는 어제도 오늘도 길에 있다. 늘 같은 길을 가는 것 같지만, 언제나 새로움과 마주 서고 있다.

# 길을 열라 자유!

이 땅에는 사람들이 다니던 많은 길들이 있다. 산길, 들길, 오솔길, 뒷길, 건너편 길, 고샅길, 논두렁길, 뱀길, 봇짐장수들이 다니던 길, 달맞이길, 돌담길, 장터 가는 길, 나무하러 가는 길, 꽃상여 나가던 길, 아스라한 세월 뒤안길……. 그 길들이 하나둘씩 사라져간다. 우리는 왜? 길을 잃어갈까?

두 발로 서서 걷게 되면서부터 손이 해방돼 문명을 만들고 문화 꽃을 피웠던 사람들은 그 문명 끝자락에서 어느 날 갑자기 다리를 잃었다. 공중부양, 한 마디로 '두둥' 떠서 산다. 땅에 발 디딜 틈이 없다. 바빠서도 아니고 속도 때문만도 아니다. 칸칸이 쌓여진 성냥갑 같은 속에 살면서 사람들은 저도 모르게 공중부양을 했다. 길을 갈 때도 걷지 않는다. 공중에 둥둥 떠다닌다. 걸음을 잃어버린 길, 그 길은 이미 길이 아니다. 길 아닌 길에는 숨을 쉴 겨를이 없다. 숨이 막힌다.

티베트 말로 사람은 '걷는 사람'이라고 한다. 이 말을 뒤집으면 걷지 않으면 사람이 아니라는 말이다. 법정 스님은 서서 걷는 데서 사람다움이 배어 나온다는 말씀을 하신다. 터벅터벅 걸음을 내디딜 때마다 길섶에 풀들이 새나 곤충들이 내게 담기고, 한발 한발 발을 옮기며 숨을 들이켜고 내쉬면서 자연과 교감하게 된다고. 걷는 행위는 숨 쉬는 행위다. 걷는다는 건 자연과 서로 통하는 놀이. 어머니 대지와 하나 되는 놀이. 본디 모습으로 돌아가는 놀이다.

그 잃어버린 길을 다시 내 우리에게 돌려준 사람이 있다. 제주 올레 길 걷기. 시사저널 편집장이었던 서명숙이 '놀멍 쉬멍 걸으멍(놀며 쉬며 걸으며) 천천히 걷는 길'을 새로 냈다.

서명숙은 본디 제주도 서귀포 출신. 2006년 9월, 그이는 다니던 직장을 그만두고, '산티아고 길' 800㎞를 걸었다. 그 길은 야고보가 복음 전파를 위해 걸어서 널리 알려진 뒤 1,000년 넘게 수많은 가톨릭 신자들이 순례했던 길이다. 또 작가 파울로 코엘료 삶을 바꿔놓았다는 그 길을, 서명숙은 나이 50에 걸었다. 그 여정 막바지에 영국인 길동무가 서명숙에게 말했다.

"이제 너는 네 나라로 돌아가서 네 길(카미노)을 만들어라. 나는 내 카미노를 만들 테니." 이 한마디가 그이 삶을 온통 뒤흔들었다.

"산티아고 길이 성 야고보 히스토리history가 숨 쉬는 길이니, 나는 설

문대할망과 그 후손인 해녀들 허스토리herstory가 담긴 길을 만들어야지." 제주 올레는 그렇게 태어났다.

본디 '올레'는 자기 집 마당에서 마을 어귀까지 이르는 골목길을 가리키던 말이다. 서명숙이 숨은 길을 찾아내고 끊어진 길을 잇고 사라진 길을 되살리고 없던 길을 새로 내 만든 제주올레는 2007년 9월 제주도 동쪽 시흥초등학교에서 출발하는 제1코스를 시작으로 지금까지 14코스가 열렸다. 해안을 품은 올레 길엔 리듬이 있다.

올레 길은 목적 길이 아니다. 그저 놀멍 쉬멍 걸으멍 된다. 올레 길에서 만나는 사물은 몹시 순하다. 바람이 그들을 순하게 만들었다. 거칠고 드세게 느껴지는 제주 바람이 날선 것들을 깎고 다듬어 부드럽고 살가운 곡선으로 다듬어 냈다. 그래서 바람은 제주 손길이다. 결 고운 제주 숨결이다. 그래서 제주는 부드럽고 느리다. 그 바람에 한국 사람뿐 아니라, 세계 사람들이 마치 마을 어귀를 걷는 것처럼 느림을 취하는 길이 되었다. 그렇게 올레는 죽었던 제주가 올레 덕분에 다시 산다는 말이 나올 만큼 제주 명물이 됐다.

인생길은 이어지는 만남 길이다. 우리는 길에서 짝을 만나고, 동무를 만나고, 스승을 만난다. 그 만남을 통해서 우리는 안목을 깨치고, 인생을 배우고, 사는 묘미를 터득한다. 까칠하면 까칠한 대로, 부드러우면 부드러운 대로 모든 만남에는 서로 주고받아 서로 깨침이 있다.

길과 만나는 사람들은 아무 생각 없이 무작정 길을 떠난 경우가 많다. 어디론가 떠나지 않고는 견딜 수 없어 그리움 하나 달랑 들고 길을 떠난 경우가 대부분이다. 길을 걷는 건 해방, 해탈이다. 나를 벗어나 너를 만나는 놀이. 그저 마음이 시키는 대로, 직관과 감성에 나를 내어 맡기고 바람을 가르고 앞으로 나아가기만 하면 된다.

길은 길에 든 사람을 가만히 받아들이고선 무장해제를 시킨다. 길이 가만가만 조곤조곤 말을 걸어온다. 길이 다독인다. 길은 그렇게 우리 동무가 되고, 연인이 된다. 그러면 길벗은 어느덧 제 흥에 겨워 노래하고 춤추게 된다. 그렇게 길에는 열림이 있고, 만남이 있고, 환희가 있으며, 그렇게 내가 길에 들고 길이 내게 든다. 바람처럼 살갗을 헤치고 뼛속 깊이 스며들어오고 빠져나간다. 무시로 나를 드나든다. 그래서 길은 신비롭다.

길을 열라! 우리는 그 길에서 자유를 만난다. 자유! 나는 자유다.

# 비어 있음은
## 비어 있음이 아니다

옛 어른들은 자연과 더불어 살 줄 알았다. 또한 자연이 주는 혜택을 슬기롭게 잘 쓸 줄 알았다. 하지만 우리는 옛 것은 낡은 것이고 모자란다고 여기면서 조상들이 남겨놓은 드나듦 길, '비움' '틈새' 쓰임새를 몰랐다. 그래서 남은 공간만 있으면 채우고 열린 곳이 있으면 그저 꽉꽉 틀어막았다. 우리 조상들이 지녔던 슬기를 내동댕이쳤다. 자연과 더불어 나누고 드나드는 슬기를 까맣게 잊었다. 자연이 우리에게 주는 신비를 느끼고 맛보려고 들지 않고 자연을 조이고 옥죄려고 들었다.

하지만 사람도 역시 자연인지라 그렇게 틀어막은 속에서 답답함을 더 이상 견디기 어려웠다. 틈이 없는 빡빡한 삶은 견딜 수 없게 됐다. 그래서 마치 보도블록 새를 뚫고 돋아난 풀꽃처럼 틈을 내기 시작했다. 덜어내고 비워내는 일이 숨통을 틔우는 일이라는 걸 새삼 절감하게 됐다. 너절하게 널브러진 것을 덜어내고 막힌 것을 뚫는 작업을 시작했다. 비우고 내려놓음 뺄셈 철학이다.

요즘엔 어느 종교나 비우고 내려놓음을 내세우지만, 비우고 덜어내
는 일은 본디 절집 풍습이다. 들어내고 비우는 일이란 너절한 일상에
서 벗어나는 일이다. 치움이 비움이다. 비움은 내려놓음이다. 안고 있
는 모든 것을 내려놓음. 내려놓음은 칼날 세움이다. 칼날 세움은 칼을
가는 일. 칼이 칼답게 제 노릇을 할 수 있으려면 그 날이 시퍼렇게 서
있어야만 한다. 그렇게 날선 칼을 오랜 타성과 번뇌를 가차없이 끊어
내는 반야검이라 부른다. 서슬 푸른 칼날을 지니지 않으면 남은커녕 제
자신도 구제할 길이 없다. 삶은 이렇게 서슬 시퍼런 칼로 끊어냄과 비
워냄이 어우러져 한 켜 한 켜 쌓아갈 뿐, 누구도 대신해 줄 수 없다.

8세기 후반에서 9세기 초에 걸쳐 살다간 마조 법을 이은, 방 거사는
본디 소문난 부호였다. 그런데 어느 날 자기 온 재산을 배에 싣고 바다
에 나가 미련 없이 버린다. 온 재산을 바다에 버리기에 앞서 사람들에
게 나누어줄까도 생각해본다. 하지만 자신도 버리려는 짐스런 재산을
남에게 떠넘길 수 없다는 생각에서 실행하기로 마음먹는다. 그 뒤 조
그만 오두막에 살면서 대조리를 만들어 장에 내다 팔아 목숨을 이어가
며 딸과 함께 평생 수도생활을 한다. 그가 남긴 게송이다.

　세상 사람들은 돈을 좋아하지만

나는 순간 고요를 즐긴다

돈은 사람 마음을 어지럽히고

고요 속에 본디 내 모습이 드러난다.


덜어내고 비워낸 끝에 얻은 고요, 적막함 그 안에 본디 모습이 드러난다. 그는 그렇게 고요 속에서 꽉 채워진 텅 빈 충만 앞에 섰다. 고요적적, 그 빈 탕 안에 담긴 여여함이다.

법정 스님은 오래전부터 '텅 빈 충만'이란 표현으로 버리고 떠나는 무소유 사상을 펴셨다. 선택한 가난, 청빈이야말로 덜어내고 비워내는 뺄셈이 지닌 아름다움의 극치다. 그 느낌을 잘 나타내는 풍경이 잎을 다 떨구고 몸만 남은 나무를 보는 겨울이다. 겨우 살아가기 때문에 겨울이라나.


적조함이 도는 겨울나무 숲은 본질로 향하는 지름길이다. 벗어난 길. 비움 길. 이 겨울, 여백미를 마음껏 느끼는 텅 빈 충만을 만끽해보자.


비어 있음은 비어 있음이 아니다.

비어 있음은 비어 있음이 아니다.

# 비움, 그 빼기 철학

올해도 이제 몇 시간 남지 않았다. 사회생활을 시작한 뒤, 올 한해 지금껏 살아온 여느 해들보다 유난히 비우는 시간을 많이 가졌다. 올해 들어 하던 사업을 유월 말일에 접고, 아무 생각 없이 보냈다. 원 없이 쉬었다. 그래도 시간은 무척 잘 갔다. 별로 하는 일도 없고 사람들도 되도록 덜 만났건만, 지루한 줄 모르고 육 개월이 훌쩍 지났다. 뭘 하지 않더라도 시간은 빨리 간다는 걸 알았다. 백수가 더 바쁘다는 말에 공감을 하면서……

지난달 하순부터 아흐레를 굶었다. 젊어서 몹시 앓았던 천식 후유증으로 남아 있는 알레르기성 비염이 나이 들어 체력이 떨어지면서 고개를 쳐들었다. 겨울이 오고 찬바람이 돌아 공기가 차지니 어김없이 콧물이 흐르고 재채기를 해댄다. 아내 성화에 들른 한의원 원장 말이 단식이 좋긴 하지만, 당신은 그럴 만큼 심한 상태는 아니니 그저 채소 위주 식단을 꾸미는 게 좋다고 했다. 그 말끝에 되물었다. 만약 단식을 한다면 체질을 바꿀 수 있느냐고. 그렇긴 하지만 굶는다는 건 많은 고통이 따르는 일이니 그럴 것까지는 없다고 했다. 그런 이야기를 주고받다가 시민모임 〈맑고 향기롭게〉에서 독거노인과 결식 이웃과 만나는 잔치 '맑은 세상 한마당'을 연다고 했던 말을 떠올리며 선뜻 단식을 해보겠다고 불쑥 말을 뱉었다.

일본 관상가 미즈노 남보쿠 말이 떠오른 까닭이다. 그이는 내가 먹고 남은 것을 나누는 일엔 큰 의미를 두기 어렵다고 한다. 그건 어차피 상대방 몫이었던 걸 잠시 맡아 두었다가 내어줄 뿐이라는 것. 내 먹이를 줄여서 나누는 것만이 진정 나눔이라는 것이다. 법정 스님도 "늘 우리는 우주 선물을 관리하고 있는 관리인이니 인연이 닿을 때마다 기꺼이 나누고 또 나누어야 한다."고 하셨다. 그 말이 떠올라 임도 보고 뽕도 딴다는 생각에 덜컥 열흘간 단식을 결정했다. 그럴 듯한 핑계치곤 너무 얄팍하고 빈곤한 생각이지만……

굳이 단식을 계속할 필요가 없다는 의사 말을 전해들은 아내 압력에 못 이겨 열흘에서 한 끼 모자라는 아흐레 만에 단식을 끝냈다. 단식 시작 전에 피를 현미경으로 봤을 땐, 피가 곶감처럼 들러붙어 있고 콜레스테롤 찌꺼기가 둥둥 떠다녔는데, 단식 뒤에 보니 백혈구와 적혈구가 빛을 발하며 생동하는 것이 '피가 맑고 깨끗해졌구나.' 하는 생각이 들었다.

몸무게는 육 킬로그램쯤 줄었다. 지방이 빠져 몸도 많이 가벼워졌고, 덩달아 마음도 가벼워져 머리도 맑아진 것 같다. 하긴 속만 비운 게 아니라, 육 개월이나 하는 일 없이 탱탱 놀았으니 머릿속도 텅 비었을 게다. 속도 비고 골도 비었을 테니 속 비고 골빈 놈이 된 것이로군. 그러면 '말 그대로 속 빈 강정이네.'

그래도 속 빈 강정 소린 듣기 싫어서 나무 가운데 유일하게 속이 빈 대나무를 떠올렸다. 대체 어떤 속성을 지녔기에 속이 비었음에도 불구하고 사군자에 끼어 선비들 사랑을 듬뿍 받았을까?

대나무는 왜 다른 나무처럼 속을 채우지 않을까? 대나무 속이 빈 까닭은 줄기 벽을 이루는 바깥 조직이 매우 빠르게 자라지만, 속을 이루는 조직은 성장을 위한 세포분열이 느리기 때문이다. 벽이 자라는 속도를 속이 미처 따라잡지 못하고 느리게 자라다 보니 속이 비게 된단다.

빠른 성장을 위해 속을 채우는 일을 포기하고 하늘을 향해 쑥쑥 자라는 것이 바로 대나무가 사는 슬기. 대나무답기 위해서 대나무다움을 방해하는 요소를 과감히 덜어낸 것이다.

대나무가 속을 비우는 까닭은 자라는 일 말고도 중요한 게 더 있다. 바로 제 몸을 단단하게 보호하기 위해서다. 대나무는 속을 비웠기 때문에 어떤 강풍에도 흔들릴지언정 부러지지 않는다. 대나무 속이 비어 튼튼하다고 말하면 고개를 갸웃거릴지도 모르겠다. 하지만 고층 건물을 세우는 건축용 파이프를 보면 쉽사리 이해가 간다. 건축용 파이프 속도 대나무처럼 속이 텅 비었다. 파이프 속을 비우는 것은 외부 충격에 훨씬 더 잘 버티기 때문이다.

대나무 역시 속이 비었기 때문에 바람에 잘 꺾이지 않고 유연하다. 대나무는 다른 나무에 비해서 줄기가 가늘고, 키가 훨씬 크기 때문에 이렇게 속을 비우지 않는다면 작은 바람에도 쉽게 꺾일 것이다. 대나무는 사계절 늘 푸름을 유지하고, 꺾이지 않는 지조 때문에 기품 있는 사군자로 평가받는다.

우리는 대나무에게 핵심을 잃지 않으려고 덜 중요한 것을 과감히 덜어내고 비워낼 줄 아는 슬기를 배워야 한다. 현대인들은 무엇이든지 꽉 꽉 채우려고만 든다. 그러나 속을 비워 공기를 채우면 경직되지 않는 유연함을 얻는다. 세상은 늘 바뀐다. 변화하는 세상 슬기롭게 살려면 들어내고 비워야 한다. 비우기는 단순한 뺄셈을 넘어 알싸하게 나를 바꾼다. 그러면 대나무처럼 늘 푸르고 청정해질 수 있지 않을까.

비우고 비운 김에 더 많이 덜어내는 빼기 철학으로 사람답게 사는 새해를 맞이해야지.

# 재와 제사 그 얼 이어짐

올해는 오월이 윤달이라 추석이 예년보다 늦은 시월 초순에 들었다. 두둥실 보름달이 뜨는 한가위엔 한해 동안 땀 흘려 정성스레 가꾼 햇곡식과 햇과일을 차려놓고 조상께 차례를 올린다. 제사는 우리에게 무엇일까. 제사상에 꼭 올려야 하는 나물과 과일을 살피면서 그 뜻을 새겨 본다. 식물에게 있어 뿌리는 역사요, 줄기는 현세, 잎이나 꽃은 앞날이다. 그래서 뿌리 나물에 어제, 줄기 나물에 오늘, 이파리 나물에 내일을 담아 제사상에 올린다. '이어짐' 이것이 제사상에 나물을 올리는 뜻이다.

나물과 함께 제사상에 빠뜨리면 안 되는 세 가지 과일이 있다. 대추와 밤, 감이 그것인데, 열매는 꽃이 피는 결과로 내세來世이다. 그 열매를 제상에 올리는 까닭은 앞날을 이끌 자손을 옹글게 가르치고 길러 앞날을 희망차게 이어나가겠다는 다짐이다.

먼저 대추는 괜히 피었다가 지는 헛꽃이 없이, 핀 꽃은 꼭 열매를 맺고 떨어진다. 게다가 거센 태풍이나 폭풍이 든 해에는 여느 과일들처럼 낙과落果를 해 거둘 열매가 줄어드는 것이 아니라, 도리어 여느 해보다 더 많은 열매를 맺는 근성 있는 과실나무다. 그래서 '헛꽃이 없는 대추처럼 반드시 핏줄을 이어, 자손을 어떤 어려움도 거뜬히 넘어서는 튼실한 재목으로 키우겠다.'는 상징으로 제상에 대추를 올린다.

대개 모든 싹들은 틀 때 씨가 갈라지면서 떡잎이 되는데 유독 밤은 밤알 속에서 따로 싹이 터 올라온다. 그리고 씨밤 껍질은 싹이 다 큰 나무로 자라서 열매를 맺은 뒤에야, 비로소 뿌리에서 떨어져 나간다. 싹이 큰 나무로 자라 열매 맺을 때까지 보살피는 밤처럼, '자식이 다 자라 또 자손을 볼 때까지 잘 보살피고 이끌겠다.'는 다짐으로 밤나무를 깎아 신주를 만들고, 제사상에 올렸다.

콩 심은 데 콩 나고 팥 심은 데 팥 나는 것이 세상 이치지만, 감은 임금님에게 올리는 좋은 반시를 심더라도 그냥 두면 떫은 돌감(고욤)밖에는 열리지 않는다. 그래서 나무가 3~4년 자란 뒤에 좋은 감나무에서 여린 가지를 떠다가 접을 붙여 줘야만 그 이듬해부터 제대로 된 감이 열린다.

사람은 같은 포유류인 말이나 소와는 달리, 제 몸 하나 제대로 가누지 못하는 미숙아로 태어나 사람으로 길러진다. 감나무를 저 혼자 자라게 가만히 두면 쓸모없는 돌감이 열리듯이 사람도 그냥 내버려두면 사람 구실을 제대로 하지 못한다. 그래서 감나무 생가지를 칼로 째서 접붙이는 것처럼, 자식들을 따끔하게 가르쳐 사람다운 옹근 사람으로 기르겠다는 다짐이다.

이렇게 우리는 제사상에 오른 나물 하나, 과일 하나하나에서 선조들 슬기와 마주 서게 되는데 그 고갱이는 '이어짐'이다.

사람들이 흔히 헷갈리는 유교의식인 제사와 불교의식 재齋는 어떻게 다를까. 제사는 앞서 살펴본 것처럼 유교에서 조상 신령에게 음식을 바쳐 정성을 드리는 예절로, 어제부터 이어온 얼과 문화를 오늘에 되새겨 내일로 이어가는 이어짐이다.

재는 제사와는 달리 몸과 말과 생각身口意, 삼업三業을 삼가 맑히는 일로, 본디 재는 부처님 살아계실 때부터 전해 내려오는 중요한 교단 행사이다. 몸과 말과 생각이 맑은 삶이란 사람다운 삶이다. 대중이 삼업을 맑히기 위해 정오에 한자리에 모여 공양하는 일을 재식齋食이라고 한다. 그런데 왜 제사와 재를 같은 것으로 생각하는 오해가 생긴 것일까? 그것은 절집에서 사람이 죽은 지 49일이나 백 일째 되는 날 공양을 올려, 죽은 이 삼업을 맑혀 천도하기를 비는 의식이 있기 때문이다. 이 의식은 본디 불교에서는 없었던 것으로 8세기경 중국에서 유교 사상과 접목하면서 생긴 풍습이다.

부처님 오신 날은 싯다르타 태자가 태어난 뜻을 기리는 데 있지 않고 부처님께서 열반에 든 뜻을 기리는 데 있다. 싯다르타는 중생을 가

없이 여기는 자비심을 바탕으로 꾸준히 정진한 끝에 부처를 이루었다. 우리가 부처님이 열반에 든 뜻을 기리는 속내에는 우리도 부처님처럼 자비심을 일으켜 기필코 보살도를 이루겠다는 열망이 담겼다.

부처님 오신 날이면 법정 스님께 이따금 "오늘은 '부처님 오신 날'이 아니라, '부처님이 오시는 날'이 되어야 한다. 부처는 고유명사가 아니라 일반명사다." 하는 말씀을 듣는다. 무슨 말씀일까? 지금 이 순간 보리심을 내어 보살행을 펼쳐 새 부처님이 나투시는 날로 만들라는 말씀이다. 지난 부처님 오신 날 길상사 법회에서 스님께 이런 말씀을 들었다.

"재물을 상속받으려 말고 법을 상속받으라."

사람이 다른 목숨붙이들과 다른 것은 얼, 문화를 이어가는 일이다. 사람들은 다른 동·식물들과는 달리 말과 글자와 그림으로 뜻을 나타낼 수 있기 때문에, 얼을 이어 문화를 꽃피울 수 있었다. 성현들 슬기를 오늘에 되살리고 그 얼을 이어, 몸과 말과 생각을 맑히려는 문화행사가 곧 재이고 제사라고 새로이 정의한다면 보다 맑고 향기로운 세상이 열리지 않을까 싶다.

재나 제사에 담긴 참뜻은 얼, 진리를 이어가는 일이다.

# 죽음은 새로운 시작

"나는 이곳에 와 지내면서 새삼스레 죽음에 대해서 가끔 생각하게 됩니다. 죽음은 삶과 무연한 일이 아닙니다. 우리가 산다는 것은 어떤 의미에서 연소요, 소모이므로 순간순간 죽어가는 일이기도 합니다. 그렇지만 죽음이란 삶 끝이 아니라 다음 생 시작이라고 확신하고 있는 나는, 평소부터 죽음에 따르는 의례 치르는 번거로운 의식에 대해 못마땅하게 생각해 오고 있습니다. 할 수 있다면 여럿이 사는 절에서는 죽고 싶지 않습니다. 많은 이웃들에게 내 벗어버린 껍데기로 인해 폐를 끼치고 싶지 않기 때문입니다."

― 〈버리고 떠나기〉 '달 같은 해 해 같은 달'에서

법정 스님은 늘 위와 같은 말씀을 자주 꺼내신다. 예지 능력을 가진 코끼리가 죽음이 임박해 오면 아무도 찾을 수 없는 밀림으로 들어가 조용히 삶을 마감하는 것처럼 그렇게 가고 싶다고. 아울러 스님들 장례에서 사리 따위를 줍는 일을 하지 말라고 경계하시면서 그 부질없음을 늘 지적하신다. 스님은 죽음은 삶을 마감하는 것이 아니라, 낡은 승용차를 바꿔 타거나 옷이 낡으면 새 옷으로 갈아입는 일이니 굳이 번거로움을 떨 필요가 없다고 하신다. 하지만 우리 같은 범부들은 죽음이 그렇게 단순하게 느껴지지만 않는다. 우리에게 죽음은 그저 관념 속에 자리한 일처럼 실감이 썩 가지 않는다. 어떻게 죽음을 맞아야 할까?

앞서 간 이들 입을 통해서 죽음을 맞을 준비를 할 수밖에 없다. 자연과 함께 호흡하면서 100년을 살다가 스스로 곡기를 끊어 죽음을 맞은 스콧 니어링 아내 헬렌 니어링은 〈아름다운 삶, 사랑 그리고 마무리〉에서 죽음을 이렇게 말한다.

"늙음은 땅과 죽음 사이에서 순환하는 삶 내리막길을 가는 것, 나는 몸에서 떨어져서 정박 밧줄을 느슨하게 하고, 미지 세계로 건너가 더 이상 분리되지 않는 필연 존재인 '전체'와 하나가 되고 싶다. 스코트 죽음은 내게 훌륭한 길, 훌륭한 죽음을 보여주었다. 고통과 억압이 없는 죽음, 여전히 생명 흐름이 이어지는 것. 나는 이제 분명히 비탈길을 내려가고 있으며, 더 이상 예전에 쉽게 그랬듯이 힘 있게 오를 수 없음을 깨달았다. 나는 걱정 없는 행복한 여행객이었으며, 이제 출발점으로 되돌아가는 중이다. 모퉁이 돌면 끝이다.

죽음 없는 삶은 견딜 수 없을 것이다. 영원한 삶, 죽음과 소멸은 모두를 하나로 만든다. 관계를 뒤얽는다. 저마다 아들의, 아들의 아들들과 할아버지의, 할아버지의 할아버지들은 모두 영속하는 것이며, 할아버지의 할아버지들과 할아버지의, 할아버지의 할아버지들과 섞이는 것이다!"

미지 세계로 건너가 더 이상 분리되지 않는 필연 존재인 '전체'와 하나가 되고 싶다는 헬렌 니어링은 죽음을 이제껏 존재했던 조상들과 섞여 하나를 이루는 것이라고 말한다.

"오늘은 친구 차례지만 이다음은 바로 우리들 자신 차례임을 알아야 한다. 친지 죽음은 곧 우리 자신 한 부분 죽음을 뜻한다. 삶은 불확실한 인생 과정이지만 죽음만은 틀림없는 인생 매듭이기 때문에 더 엄숙할 수밖에 없다. 삶에는 한두 차례 시행착오도 용납될 수 있다. 그러나 죽음은 그럴만한 시간 여유가 없다. 그러니 잘 죽는 일은 바로 잘 사는 일에 직결되어 있다."

법정 스님 말씀이다.

죽음 그 뒤가 어떨지 알 수 없지만, 목숨을 가진 모든 목숨붙이는 죽음을 맞을 수밖에 없다는 사실은 누구나 다 안다. 하지만 둘레 가까운 이들 죽음을 맞기 전에는 죽음은 그저 신문에 보도되는 사건 가운데 하나일 뿐이다. 그러다 가까운 사람 자기 어머니나 아버지 죽음을 맞고 나서야 우리는 참으로 죽음과 맞서게 된다. 하지만 그렇다고 해도 뼛속 깊이 실감이 되지 않는다. 그렇다 하더라도 죽음이란 만나고 싶을 때 만날 수 없다는 사실을 실감한다.

아프리카 스와힐리족은 두 가지 시간 개념을 갖고 있다. 하나는 사사SASA 시간이고, 또 하나는 자마니ZAMANI 시간이다. 그들은 누군가가 죽었을 때, 비록 그 몸은 죽었을지라도 사람들이 그를 기억하는 한, 그는 사사 시간에 살아 있다고 여긴다. 기억되는 한 살아 있다는 말이다. 반면에 그를 기억하는 사람들마저 다 죽게 되면 그 사람은 그때 비로소 이 세상에서 풀려나 영원한 침묵 시간, 자마니로 들어간다고 말한다.

결국 우리가 살아간다는 것은 커다란 생명 응집이다. 내 몸뚱이 하나에는 조상 대대로 숨결과 궤적이 기억이라는 유전자에 새겨 있다. 우리가 살아있다는 그 자체가 내 삶을 기억하는 것이고, 우리 살아있는 생명체 자체가 내 아버지 기억이고 내 어머니 기억이며, 내 존재가 내 아버지와 어머니 존재 증명이듯이, 내 자식이란 존재가 또한 내 존재 증명이다. 우리는 그걸 대를 이어간다고 말한다. 좋은 인생이란 좋은 기억을 남기는 일인지도 모른다. 대를 이어가는 과정 속에서 우리가 남겨야 할 것은 좋은 기억이다.

"나는 무엇으로 기억되고 싶은가?"
경영 나침반이라고 불리는 피터 드러커는 열세 살 나이에
"나는 무엇으로 기억되고 싶은가?"라는 화두와 부딪친다.
스승이었던 필리글러 신부가 남긴 말이다.
"너희 나이가 50이 되어서도 '나는 무엇으로 기억되고 싶은가'에 대

해서 나름 대답이 나오지 않고 그 의미가 잡히지 않는다면, 그 인생, 헛산 줄 알아라."

이 물음은 이제 우리 물음이다. "나는 무엇으로 기억 될 것인가?"

# 오! 늘 좋은 날!

지금 당신 마음은 어떠냐고 누군가 물었을 때, 선뜻 대답할 수 없을 때가 있다. 좋지도 나쁘지도 않은 상태, 그래서 영어에는 낫 베드 not bad 라는 말이 있다. 나쁘지 않다. 그쪽 사람들은 그 말을 결국 좋다는 쪽으로 해석하지만. 우리 마음은 좀 다른 것 같다. 그대로 번역해서 '나쁘지 않아'라고 말할 때, 우린 '그저 그래.' '그냥 뭐 그럭저럭' 그래서 때론 별로 좋지 않아 하고 여길 때가 많다. 사실 우리들 자신도 제 마음을 정확히 알지 못하는 경우가 더 많다. '내 마음 나도 몰라.' 그래서 제 마음을 정확히 알고 마음대로 조절할 수 있는 사람은 참으로 대단한 사람이다. 몸은 마음대로 움직이면서 마음은 그야말로 마음대로 하지 못하는 상태, 이런 우리도 어쩌면 몸이 불편한 사람들과 다름없는 장애를 가진 게 아닌가 하는 생각을 해본다.

나비 한 마리가 막 피어난 철쭉꽃 위로 날고 있다. 나비는 어느 나라에서나 절대 자유, 또는 사랑을 상징한다. 억울한 누명을 쓴 죄수가 끝까지 자유를 찾아 탈출을 시도하던 오래전 명화 제목도 '빠삐용' 나비였다.

　　40년을 기다려 애벌레에서 나비가 된 사내가 있다. 초등학교 1학년 여름방학이 채 끝나기도 전에 척추결핵을 앓아 하체 뼈와 살이 말라붙어 아랫도리를 담요로 둘둘 감싸고 좁디좁은 단칸방에서 40년을 살아온 지현곤이 그다. 그이가 할 수 있는 일이라곤 동생이 빌려다 준 만화책을 보며, 베껴 그리는 일뿐이었다. 그러다가 자기 혼자서 카툰을 그리게 됐다. 그이에겐 셀 수 없이 많은 점과 짧은 선들을 꼼꼼하게 찍고 그으며 카툰을 그리는 일이야말로 유일하게 살아 있음을 입증하는 자기 존재 증명이었다.

　　2007년 7월과 8월에 걸쳐 남산에 있는 서울애니메이션센터에서 그이 첫 작품전시회가 열렸을 때 일반인들은 물론 전문가들마저 찬사와 감탄을 아끼지 않았다. 그는 여전히 마산 단칸방에 엎드려 있지만 그이 카툰은 뉴욕까지 단숨에 날아갔다. 지난해 뉴욕 아트게이트 갤러리에서 전시회를 열게 된 것이다.

　　알에서 깨어난 애벌레는 고치를 짓고 그 안에서 번데기가 되었다가 결국엔 나비가 된다. 40년을 애벌레처럼 기고, 또 고치 속 번데기처럼 살던 그가 어느새 나비가 되어 날갯짓을 하고 있다.

강을 건네주려는 철교를 세우기 위해 기초공사를 할 때, 강물 바닥 철교 다리 끝은 어떻게 박아놓을까? 수면에서 물 밑바닥까지 두꺼운 철판을 막아서 집어넣고 공기압력으로 그 안쪽 물을 빼내면 사람이 들어가서 일을 할 수 있게 된다고 한다. 그 둥근 철판 모양이 꼭 커다란 종 같아서 사람들은 그것을 잠수종이라고 부른다.

지난해 우리나라에 소개됐던 영화 〈잠수종과 나비〉에서 주인공 보비는 바로 자기 인생을 물속에 가라앉은 잠수종처럼 여겼다. 그는 잘나가던 패션잡지 편집장이었다. 어느 날 갑자기 온몸이 마비되는 감금증후근이란 병에 걸려서 왼쪽 눈 하나밖에는 마음대로 움직일 수 없는 환자가 된다. 그야말로 물속에 빠진 커다란 잠수종처럼 꼼짝도 할 수 없게 된 것. 하지만 그는 남은 한쪽 눈을 통해서 세상과 소통하는 방법을 터득한다. 눈을 깜박이는 횟수로 알파벳을 나타내는 독특한 길고 힘겨운 방법으로 그는 자기 생각을 글로 옮긴다. 그이 손발이 돼주던 간병인 까뜨린느가 그 깜박이는 알파벳을 하나하나 받아 적는 방법으로…….

영화는 90년대 세계에서 으뜸가는 패션잡지 엘르 편집장을 지낸 장 도미니크 보비란 사람 실제 이야기를 바탕으로 만들었다. 왼쪽 눈 하나는 아직 움직일 수 있다는 사실을 처음 알게 됐을 때, 그이 절망은 이루 말할 수 없었다. 물론 그이도 하필 왜 나에게 이런 엄청난 시련이 주어졌냐며, 원망도 하고 삶을 완전히 포기할 생각도 했다. 하지만 그는 단 하나 남은 왼쪽 눈으로 세상을 다시 보기 시작한다. 전엔 그냥 지나치던 사람들과 사물들, 그리고 평범한 일상들이 얼마나 아름답고 소중한 것인지, 새롭게 발견한다.

그는 이렇게 깜박인다. 내 눈 말고 날 마비시키지 못하는 두 가지가 있다. "상상력과 기억, 이제까지 내 모든 경험을 기억한다. 그리고 난 뭐든지 누구든지 어디든지 상상할 수 있다." 그는 15개월에 걸쳐 무려 20만 번이나 눈을 깜박여서 결국 책 한 권을 펴냈다. 그 책이 바로 〈잠수종과 나비〉다.

장 도미니크 보비는 1997년 그 책이 출간된 지 열흘 뒤에 세상을 떠나고 말았다. 몸은 비록 잠수종 같았지만 상상력이 누구보다 자유로웠던 그이 영혼은 그야말로 한 마리 나비 같았다. 우리에겐 너무나 사소한 움직임에 불과한 눈 깜박거림, 그 사소한 움직임이 그에게는 세상과 그리고 사람들과 소통할 수 있는 유일한 통로가 됐다는 사실이 생각할수록 참 신비롭고 놀랄 일이다.

40년을 기다려 날아오른 카투니스트 지현곤이나, 초인다운 힘을 발휘해 왼쪽 눈을 20만 번이나 깜빡거려 〈잠수종과 나비〉를 쓴 엘르 편집장을 지낸 장 도미니크 보비 모습을 떠올리면 우리에게 주어진 오늘. 별로 나쁘지 않지만 썩 좋지도 않은 건조하고 심드렁하기만 한 오늘이, 우리 삶이 훨씬 더 깊이 있고 심오하게 나가온다. 그들과 우리 어느 쪽이 장애가 있는 것일까?

유영모는 아침에 잠에서 깨어 눈을 뜸이 태어남이요 저녁에 잠듦이 죽음이라고 했다. 그는 저녁에 일식一食 하루 한 끼 먹고, 밤에 일언一言 말씀을 찾고, 새벽에 일좌一座 바로 앉으며, 낮에 일인一仁 어진 마음을 품고 살았다. 이 4가지 실천을 '하루살이'라 했다. 그는 하루하루 날을 세면서 하루를 살았다. 그에게 새해나 새달은 무의미했다. 하루하루 늘 새날이 있을 뿐이었다. 유영모는 오늘을 '오! 늘'이라고 했다. '오'는 감탄사요 '늘'은 늘 그렇다는 말로 영원을 뜻한다. 그는 그렇게 영원 속에서 영원을 살지 않고 늘 하루 속에서 영원을 살았다. 날마다 새날! 늘 좋은 날이다.

오늘 우리 삶은 어떠한가?

# 울음터는 어디인가

스포츠 다큐멘터리를 보는 것은 중계를 보는 것과는 다른 매력이 있습니다. 1984년 스페인에서 열린 프랑스와 독일 월드컵 4강전 장면이 담긴 다큐멘터리를 보면서 중계였다면 절대로 알 수 없었던 사실 하나를 발견할 수 있었습니다. 한·일 관계 못지않은 라이벌전인 만큼 자존심을 건 한판 대결에서 프랑스는 3:1로 이기고 있었습니다. 프랑스 선수들이 모두 '이제는 결승전 진출이다.' 이렇게 생각하고 있을 때, 후반전 독일은 두 골을 넣어서 승부를 원점으로 되돌려 놓았습니다. 한껏 고양된 독일 선수들은 승부차기로 승리를 낚아채 버렸죠. 패배가 결정되는 순간, 프랑스 선수들은 어깨를 떨어뜨린 채 힘없이, 애써 태연한 얼굴로 경기장을 빠져나갔습니다. 다큐멘터리에서는 그렇게 걸어나간 선수들 뒷모습 보여줍니다. "우리 모두는 탈의실로 들어서자마자 씻을 생각도 못하고, 바닥에 주저앉아 어린아이처럼 '엉엉' 한참을 울었다."

문득 '아! 눈물이라는 게 바로 이런 거지.' 하며 새삼 뭉클함이 느껴지는 순간이었습니다. 아무 데서나 울 수 없는, 어른이 된 뒤부터는 그렇게 정말 뼈아픈 후회나 아픈 눈물들은 사람들이 보지 않게 은밀한 곳에서 처리해야 할 어떤 것이 돼버린 것 같습니다.

이 이야기는 오래전 라디오 프로그램 FM 가정음악을 통해서 들은 이야기다. 가슴 뭉클한 이야기라서 기억 저장고에 꼭꼭 매뒀었는데, 오늘 아침 출근길 갑자기 떠올랐다.

눈물 이야기를 떠올리다 보니, '열하일기'에서 연암 선생이 1천 2백 리에 걸쳐 한 점 산도 없이 아득히 펼쳐지는 드넓은 요동벌판을 보고 그 장대한 스케일에 압도되어 터뜨린 일성이 생각난다.

"아, 참 좋은 울음터로다. 가히 한번 울 만하구나."

이에 어리둥절해하는 일행 정진사 물음에 이렇게 답하는 대목이 나온다.

"천고 영웅이나 미인이 눈물이 많다 하나 그들은 몇 줄 소리 없는 눈물을 흘렸을 뿐, 소리가 천지에 가득 차서 금석으로부터 나오는 듯한 울음은 울지 못했다. 그런 울음은 어디서 나오는가? 사람이 다만 칠정七情 가운데 슬플 때만 우는 줄 알고, 칠정 모두가 울 수 있음을 모르는 모양이오. 기쁨이 사무치면 울게 되고, 노여움이 사무치면 울게 되고, 즐거움이 사무치면 울게 되고, 사랑이 사무치면 울게 되고, 욕심이 사무치면 울게 된다. 불평과 억울함을 풀어버림에는 소리보다 더 빠름이 없고, 울음이란 천지간에 있어서 우레와도 같은 것이다. 지정至情이 우러나오는 곳에는, 이것이 저절로 이치에 맞을진대 울음이 웃음과 무엇이 다르리오."

–도강록

그것이 기쁨이든 슬픔이든 감정이 극치에 이르면 북받쳐 오르는 게 울음이라는 말이다. 이어서 연암은

"아기가 태 속에 있을 때 캄캄하고 막힌 데다 에워싸여 답답하다가, 넓고 트인 곳으로 쑥 빠져나오니 사지가 쭉 펴지고 가슴이 확 트여 어찌 그 기쁜 고고성을 터뜨리지 않을 수 있겠느냐"며 어둠에서 빛 경계로 들어서는 순간 환희심이 그토록 울게 만들었다고 말한다.

"정채봉, 그가 이따금 자기 속에 있는 말을 내비칠 때, 내 가까운 살붙이처럼 가슴이 찡하면서 안쓰럽게 여겨질 때가 있다. 며칠 전 순천에 가서 할머니와 어머니 묘 이장을 하고 돌아왔다고 했다. '기억에 없는 어머니와 첫 만남이 유골로 이루어지게 되어 눈물을 좀 흘렸습니다. 제 나이 든 모습이 스무 살 어머니로서 가슴 아파하실까 봐 머리에 검정 물을 들이기도 하였습니다……' 이 사연을 읽고 내 눈시울에도 물기가 배었다."

정채봉을 향한 법정스님 마음이 물씬 풍겨나는 글이다. 2001년 1월 초 아직 젊은 나이로 세상을 떠난 정채봉 장례식에 조문을 하고 강원도 오두막으로 돌아가던 길, 법정 스님은 길섶에 차를 세우고는 밤하

늘을 쳐다보면 눈물바람을 하셨다.

누구나 살다 보면 울고 싶은 때가 있다. 하지만 정작 다른 이 눈을 의식하지 않고 혼자 실컷 울 곳을 찾기란 그리 쉽지 않다. 남자는 더욱 그렇다.

건축가 김중업은

"집 어느 구석에서든 울고 싶은 데가 있어야 한다."며 집을 지을 때 꼭 울 곳, 울음터를 만들어야 한다고 말했다.

우리에게 울음은 대체 무엇인가. 우리는 특히 남자들은 '울면 안 된다.'는 강박관념에 젖어 살았다. 고속도로 휴게실 화장실 소변기 앞에 붙어 있는 표어가 나를 흥분시킨다. "남자가 흘리지 말아야 할 것은 눈물만이 아닙니다." 이 표어를 볼 때마다 울음을 틀어막는 이 사회가 지닌 무지無知에 기가 막힌다.

사람은 울어야 한다. 울어야만 한다. 우는 일은 순수하게 자신을 맑히는 행위다.

"불평과 억울함을 풀어버림에는 소리보다 더 빠름이 없고, 울음이란 천지간에 있어서 우레와도 같은 것이다."는 연암 선생 말처럼 기쁨이 사무치든, 그리움이 사무치든, 노여움이 사무치든 사무치면 울어야 한다. 울음을 참으면 가슴이 막힌다. 가슴이 열리고 트여야 세상이 건강해진다. 울고 싶을 때 마음껏 울자.


당신 울음터는 어디인가.

# 진실한 말이 지닌 힘

세상은 우리 마음이 밖으로 나타난 모습이라는 말을 따르자면, 말이야말로 얼굴에 드러난 표정과 함께 우리 마음이 가장 먼저 겉으로 드러난 단계가 아닌가 싶다. 우리 생각이나 감정조차 진동을 지닌 파동이라면 몸을 울려 나오는 말이야말로 떨림 그 자체이니 더욱 그 파동과 에너지 파장이 클 것이다.

말이 씨가 되니 말을 함부로 하지 말라는 말은 우리가 오래전부터 익히 많이 들어 아는 말이다. 그 말에 담긴 뜻은 두 번 생각할 필요도 없이 말대로 된다는 말이다. 하지만 말이 씨가 되기 때문에 말조심하는 사람이 얼마나 될까? 말이 뿌린 씨가 어떻게 돌아오는지 한번 알아보자.

중국 삼국시대에 촉나라 제갈공명이 성을 지키기 위해 위나라 군대와 오랜 기간 대치하고 있을 때 일이다. 공명은 대치 중 사병들이 지치지 않도록 백일마다 사병을 교체시켰다. 그런데 사병들이 교체 준비하고 있는데, 공교롭게도 위나라 군대가 성을 공격해 왔다. 촉나라 군사들은 놀라 어찌할 바를 몰랐다. 그러자 장교인 양의가 제갈공명에게 보고한다.

"위나라 군대 움직임이 너무 빠릅니다. 승상께서는 4만 병력 교체를 잠시 뒤로 미루고 적과 맞서 싸우게 하는 것이 어떻습니까?"

하지만 제갈공명은

"안 되오. 우리가 군대를 통솔하려면 신뢰가 기본이오. 이미 정해진 규칙을 어떻게 어길 수 있소?" 하면서 명령을 내려 교체 병력을 곧바로 출발시켰다. 성에서 이 소식을 들은 병사들은 감격했다. 승상이 자신들을 이렇게 아끼는데 그냥 돌아갈 수 없다며, 큰 소리로 외치면서 죽음을 무릅쓰고 승상 은혜에 보답하겠다는 결의를 다진다. 아니나 다를까 위나라 군대가 성 앞에 이르자 촉나라 군사들은 용맹하게 맞서 순식간에 적을 쳐부수었다. 이렇게 제갈공명은 말 한마디로 군사들 마음을 얻었다. 이렇게 마음을 흔드는 말이 지닌 힘은 생각보다 세다.

우리가 흔히 쓰는 말 가운데 '위기는 기회'라는 말이 있다. 이 '위기는 기회'라는 말은 존 F. 케네디 대통령이 처음 쓴 말이다.

"위기를 한자로 쓸 경우 두 마디 말로 이어진다. 하나는 위험danger이라는 뜻이요, 또 하나는 기회opportunity라는 말이다.When written in

Chinese, the word 'crisis' is composed of two characters. One represents danger, and the other represents opportunity."라고.

불과 스무 자밖에 안 되는 이 말이 전쟁 일보 직전, 외교 궁지에 몰렸던 미국에 활력과 도전과 희망을 안겨준다. '위기는 기회'라는 말처럼, 쿠바사태 위기를 이용해 케네디는 지도자로서 강력한 카리스마를 얻게 됐다. 이것이 바로 말이 지닌 힘이다.

한자권에 사는 우리는 위기라는 말이 한자 '위危'와 '기機'라는 두 말이 합쳐진 말이라는 것조차 느끼지 못했는데, 외려 영어권 대통령 케네디가 그 의미를 찾아낸 것이다. 그제야 우리는 위기라는 부정 속에 들어 있는 희망과 긍정을 보게 되었다.

하지만 말에 진정이 실리지 않는다면 어떨까? 어렸을 때 배가 아프다고 하면 어머니는 언제나 배를 쓰다듬어 주시면서 이렇게 말했다. '엄마 손은 약손.' 그럼 신기하게도 배 아픈 것이 싹 사라지는 묘한 경험을 누구나 가지고 있을 것이다. 바로 이 '엄마 손은 약손'이야말로 그야말로 엄청나게 큰 효험을 지닌 주문이었다. 그렇지만 이 속에 아이를 꼭 낫게 하겠다는 어머니 마음이 실리지 않았더라면 어땠을까? 또 케네디 대통령에게 어떻게든 전쟁발발을 막아야 한다는 진정한 마음이 없었더라도 그 말이 힘이 되었을까? 아니다.

"참말과 거짓말을 가리는 잣대는 무엇일까? '있는 것'(사실)이다. '있는 것'과 맞으면 참말이고, '있는 것'과 어긋나면 거짓말이다." 김수업 우리말교육대학원장 말이다. 있는 것 가운데는 마음속에 있는 것과 바깥세상에 있는 것 둘로 나뉜다. 그런데 마음속에 있는 말은 참말이라고 부르지 않고 바른 말이라고 부른다.

참말, 바른말처럼 진정이 담기지 않은 말에는 메아리가 없다. 헛도는 바퀴처럼 공허할 뿐.

고대 인도인들도 말에 불가사의한 힘이 깃들어 있다고 믿었다. 특히 바라문 성전인 〈베다〉 말들은 진실한 말이라고 하여 그 말에 신성한 힘이 깃들어 있다고 믿었다.

본디 〈리그베다〉 말은 본래 사람이 신들에게 기원하는 말이었다. 그런데 후세 바라문교 사제들은 '진실한 말'을 가지고 신에게 기원하는 동안, 자신들이 이 '진실한 말'을 소리 내어 외우고 기원하면, 신들을 자기 마음대로 움직일 수 있다고 생각했다. 곧 '진실한 말'에 깃든 불가사의한 힘에 따라 사람이 신들을 지배할 수 있다고 생각했던 것이다. 바라문교 사제들은 말에는 그와 같은 위력이 담겨 있다고 믿고 있었다.

이처럼 신들까지도 지배할 수 있는 '진실한 말'을 산스크리트어로는 '만트라'라고 한다. 불교에서는 이것을 '진언眞言' 또는 '주呪'라고 번역하고 있다. 경전 말 가운데 궁극 진리를 나타내는 특정한 말을 진언, 주라고 부르며 그 속에 아주 훌륭하고 불가사의한 힘이 있다고 생각했던 것이다.

또한 불교에서는 이 진언 또는 주를 '다라니陀羅尼'라고도 부른다. 다라니는 산스크리트어를 음사한 말이다. 뜻으로 옮기면 '총지總持', '능지能持'가 된다.

고운 말꽃을 따라 진리대로 사람답게 삶이 살갑고 훈훈해지면 저절로 삶꽃이 피어나지 않을까 싶다. 결국 삶에 꽃이 피면 부처가 되는 것이다.

# 꽃향기는 천리를 간다지만

아래 글은 어느 해 겨울이 열릴 때, 법정 스님께서 제자에게 보내신 편지 간추림이다. 스님은 늘 다정다감하게 손을 내밀어 제자들을 이끌어 주신다. 이 속에 스님이 살아오신 온 세상이 고스란히 담겼다.

수행자에게

묵은 편지 받고 회신이 늦었다. 마음 길이 열려 있어 무소식이 희소식이라고 여기고 있다.

— 소유에 눈을 팔면 마음 문이 열리지 않는다. 하나가 필요하면 하나로써 족할 뿐 둘을 가지려고 하지 마라. 둘을 갖게 되면 그 하나마저 잃게 될 것이다.

– 모든 욕망과 집착에서 벗어나 어디에도 얽히거나 매이지 않고 안팎으로 홀가분해졌을 때, 사람은 비로소 온 우주와 하나가 될 수 있다. 개체에서 전체에 이르는 길이 여기에 있다.

– 수행자가 진리를 실현하려는 구도자로서 자기 순수성을 지키려면, 세속 사찰제도에서 벗어나 그 어디에도 예속되지 않는 독립된 개체로 존재할 수 있어야 한다.

– 행여 깨달음을 얻기 위해서 수행을 한다고 생각하지 마라. 깨달음은, 굳이 말을 하자면 보름달처럼 떠오르는 것이고 꽃향기처럼 풍겨오는 것. 수행을 하는 것은 그 깨달음을 드러내기 위해서다. 종교 여행은 시작은 있고 끝은 없다. 그저 늘 새롭게 출발할 뿐이다. 그 새로운 출발 속에서 향기로운 연꽃이 피어난다.

– 사람은 누구를 막론하고 자기 자신 안에 신비로운 세계 하나를 가지고 있다. 홀로 있지 않더라도 사람은 누구나 그 마음 밑바닥에서는 고독한 존재다. 그 고독과 신비로운 세계가 하나가 되도록 거듭거듭 안으로 살펴라.

– 성인 가르침이라 할지라도 종교 이론은 공허한 것이다. 그것은 내게 있어서 진정한 앎이 될 수 없다. 진정한 앎이란 내가 몸소 직접 체험한 것, 이것만이 참으로 내 것이 될 수 있고 나를 이룬다.

– 안으로 돌이켜 생각해 보면 남에게 물을 일이 하나도 없다.

늘어나는 빈 가지에서 새봄 싹을 찾아보아라.
나는 시작하기 위해 길 떠날 채비를 하고 있다.


어느 해 한 방송사 기자가 법정 스님에게 물었다.

"스님은 다가올 미래에 대해서 어떤 기대를 가지고 계십니까?"

"저는 오늘에 살고 있을 뿐, 미래에 관심이 없어요. 저는 솔직히 내일과 미래에 대해서 전혀 기대를 하지 않습니다. 그저 하루하루 그렇게 살아갈 뿐입니다. 바로 지금이지, 그때가 따로 있는 것이 아닙니다. 과거를 따라가지 말고 미래를 기대하지 말아야 합니다. 한번 지난 것은 이미 버려진 것, 미래는 아직 오지 않았습니다."

지난 일에 발목 잡히고, 내일 일에 골몰하느라 지금 주어진 진짜 삶을 놓쳐서는 안 된다는 준엄한 말씀이다.

절집에는 성직자가 없다. 오직 수행자만 있을 뿐. 스님께서는 '맑음은 저마다 청정을, 향기로움은 그 청정이 세상을 향한 메아리'라고 말씀하신다. 그 말씀은 곧 '화향천리행 인덕만년훈花香千里行 人德萬年薰 꽃향기는 천리를 간다지 만 사람 덕은 만년 동안 훈훈하다.'는 말씀이다

바다가 보였다. 바다를 향해 달렸다. 들고 있던 종지를 바다에 담갔다. 종지는 그대로 바다가 되었다. 종지를 들어 올렸다. 바다는 어디 가고 종지물만 남았다.

# 법정스님 숨결

초판 1쇄 인쇄 2019년 12월 1일
초판 4쇄 발행 2024년 6월 25일

지은이   변택주
펴낸이   한익수
펴낸곳   도서출판 큰나무
등록     1993년 11월 30일(제5-396호)
주소     (10424) 경기도 고양시 일산동구 호수로430길 13-4
전화     031 903 1845
팩스     031 903 1854

이메일   btreepub@naver.com
블로그   blog.naver.com/btreepub

값 15,000 원
ISBN 978-89-7891-321-8(03810)

잘못 만들어진 책은 구입하신 서점에서 교환하여 드립니다.

이 도서의 국립중앙도서관 출판예정도서목록(CIP)은 서지정보유통지원시스템 홈페이지
(http://seoji.nl.go.kr)와 국가자료종합목록 구축시스템(http://kolis-net.nl.go.kr)에서
이용하실수 있습니다.(CIP제어번호 : CIP2019049737)